Future Fiction

Collana diretta da

Francesco Verso

Uwe Post

e-Ternità

Traduzione di Elena Sanna

Associazione culturale Future Fiction
Via Valentiniano 40 – 00145 Roma
P.IVA 15586791004

Titolo originale, *e-Tot, Das Leben nach dem Upload*, Dpunkt Verlag GmbH; settembre 2020
Copyright @Uwe Post, 2020, 2022
@ per la presente edizione, Future Fiction, 2022

Titolo *e-Ternità*
© 2022 Future Fiction, Roma
I edizione settembre 2022
ISBN: 9788832077551

Finalmente immortale! Un sogno dell'umanità si avvera. E ciò addirittura senza effetti collaterali poco pratici come l'invecchiamento o, peggio ancora, la sovrappopolazione, dato che la vita eterna si svolge sul cloud e costa soltanto un po' di energia elettrica.

Nel mio romanzo questo sogno diventa realtà, ma ovviamente le cose non vanno come previsto. La storia ha origine dal racconto "edead.com" (pubblicato nell'antologia *Obsolescenza programmata*, Future Fiction, 2018) che nel 2006 ha vinto il premio William Voltz. Con il tempo si sono sviluppate innumerevoli idee, che si ispirano direttamente alla continuità dell'esistenza digitale e che hanno solidi legami con gli interrogativi pressanti del nostro sviluppo sociale: a chi appartengono i miei dati? Quanto è grave se qualcuno li manomette? Chi è che effettivamente ottiene dei benefici dai modelli di vendita finanziati dalla pubblicità? È importante proteggere i dati privati?

È di grande importanza riflettere su alcuni di questi temi, soprattutto se si tratta di vita e di morte. Quindi sono stato ancora più entusiasta quando Francesco Verso mi ha proposto di pubblicare il romanzo in italiano nell'edizione Future Fiction. Il mio entusiasmo dipende anche dal fatto che gli italiani sono forse ancora più pazzi per il calcio di noi tedeschi e io ogni tanto ho la strana abitudine di inserire il gioco del pallone di cuoio nelle mie storie di fantascienza. A questo si abbina perfettamente la copertina che Matteo De Monte ha creato in esclusiva per l'edizione italiana e per questo sono molto grato. Il mio ringraziamento va anche ad Elena Sanna, che ha tradotto il romanzo. Così la mia storia trova la propria strada attraverso i confini che, comunque, esistono solo nella mente di poche persone.

Uwe Post
Agosto 2022

Appena ti svegli, lo capisci: sei morto.

Non perché all'improvviso avverti una certa voglia di mangiare cervelli. O perché sbatti la testa contro il coperchio della bara. Né perché un tipo con un'aureola ti guarda in modo penetrante e mormora: *Mm, paradiso o inferno, dove abbiamo un posticino per te?*

No, sai di essere morto perché riesci a contare i pixel che compongono il muro del tuo appartamento. Le texture sul server economico non sono proprio 4K, ma i soldi che hai risparmiato sono abbastanza per rimanere qui per un paio di centinaia d'anni.

Detto meglio: per restare installato. Per non essere cancellato. Per esistere.

BENVENUTO SUL SERVER CRIPTA07 DI E-TERNITÀ.DE
LE AUGURIAMO UNA MORTE FELICE

Merda schifosa!

Nei film scadenti di Hollywood gli eroi hanno tempo fino al secondo rullo per ricordarsi cosa è successo. Ti colpisce come un pugno allo stomaco di mattina. Vorresti vomitare, ma il server non supporta questa funzione per motivi igienici.

Tranquillo, Paul, tranquillo.

Stando all'orologio di sistema oggi è mercoledì. Lunedì hai copiato il tuo cervello sul server, come ogni notte. Quindi devi essere morto martedì. Forse adesso il tuo corpo è diretto al forno crematorio e tu...

Tu te ne stai nel tuo salotto digitale, seduto a un tavolo largo 1800 pixel. Sopra c'è un libretto, proprio di fronte a te.

Troppo in bella vista per non essere importante. Lo sfogli. Le prime pagine sono piene di accordi di licenza, segue un breve manualetto, quindi una guida dettagliata di istruzioni e infine i dati personali. Il documento relativo alla tua morte fa venire in mente le stupide sit-com americane: cade ubriaco dal balcone e di fronte alla fidanzata.

Amico, sei proprio un miserabile perdente.

Il libretto ti chiarisce a dovere cose che tu sai da tempo: con la tariffa standard con supporto telefonico limitato, i tuoi documenti vengono ritirati e, nel caso scrivessi le tue memorie, il novantanove per cento degli introiti andrebbe alla e-ternità. Pazienza se non le comprerà nessuno. Segue una raccomandazione che lampeggia in rosso: in caso di difficoltà mentali con la tua situazione potrebbe farti piacere rivolgerti a uno degli innumerevoli forum della comunità: *clicca qui!*

Più indietro trovi una pagina illustrata a colori con la scritta
Certificato di donazione degli organi
Tutto è ben elencato, con riferimenti ai profili dei destinatari: i reni li ha una modella di 22 anni di Heidelberg (niente male!), il fegato un certo signor Neumann di Schweinfurt. Speriamo non sia un ubriacone che gli dia soltanto il colpo di grazia.

Ti alzi e perlustri la stanza. Quindi è questa la tua bara. Una cucina abitabile dal design economico, texture monocromatiche che da vicino rivelano la loro pixelatura. È evidente che non c'erano soldi per le immagini ad alta risoluzione, visibili nella realtà solo con un microscopio Ma sempre meglio un'immortalità, anche se a buon mercato, che una morte eterna.

Nella credenza c'è cibo spazzatura e un liquoraccio. Per un morto non è neanche poco salutare. Il cibo è superfluo, noi e-terni prendiamo energia da una presa di corrente. Cento per cento energia pulita. Davvero!

Il cibo è un'abitudine a cui non possiamo rinunciare, per sentirci ancora umani. Grazie a un controverso software l'alcol funziona come per i vivi, ma nella tariffa standard è fortemente razionato. Come se qui ci fosse il rischio di poter bere di nuovo fino alla morte.

In fondo, sotto una finestra panoramica, c'è un letto con cuscini blu e una lampada da lettura. Un maxischermo sull'altra parete mostra un video rilassante con dei pesci.

A Mia piacevano i pesci. A te no. Però a te piaceva Mia.

Muovi il braccio e i pesci spariscono. Appare il menu principale. Puoi navigare in rete, scrivere e ricevere e-mail (paul07012@eterno.com), visitare delle chat e giocare on-line. È meglio se scrivi un'e-mail a Mia. Per dirle che stai bene e che la ami ancora.

La faccina del tuo avatar diventa uno smile. Tutto è quasi come prima. Anche quel... formicolio. Ti tocchi in mezzo alle gambe con prudenza, perché hai sentito cose brutte su quei puritani del server e-ternità negli Stati Uniti.

Per fortuna è tutto ancora lì. Anche se nascosto da un'ampia barra nera di censura. E se dietro ci fosse un attacco hacker? Sicuro che fosse così. Doveva essere così.

Oppure...

AVVISO IMPORTANTE DEL TUO CONSULENTE DI
E-TERNITÀ

Ciao Paul, in nome della e-ternità.de ti voglio fare i miei migliori auguri di benvenuto! Insieme al mio team di sviluppatori e amministratori qualificati, mi voglio assicurare che tu ti senta vivo insieme a noi e come se fossi a casa tua. Puoi contare su di noi al 100% [message too long, maxLenght=255]

Non c'è dubbio, Paul si sente come a casa sua: il divano blu è molle e, a differenza del vecchio, senza macchie, e ora quando fa *binge watching* non deve andare a fare pipì sul più bello. Perché simulare anche le cose spiacevoli della vita nella morte digitale?

Dopo il finale di stagione di *Doctor Strange ottiene vendetta* Paul resta un po' perplesso. Indeciso, naviga nei menu del sistema video. Si sofferma sulla registrazione del proprio funerale, ma preferisce guardarlo un'altra volta. Ah, la trasmissione di una partita di calcio, il Wuppertal contro i biancorossi dell'Essen, inizia tra pochi minuti. Una specie di derby, tafferugli assicurati, anche se la posta in gioco è nulla. È un campionato amatoriale. L'abbonamento per le categorie superiori è troppo costoso. Deve accontentarsi dei replay.

A Paul cade lo sguardo sul bancone della cucina. È il momento di uno spuntino!

Si alza – felice che nella morte digitale gli arti non si addormentino e i muscoli non si stanchino per il lungo oziare – e va al frigo in calzini.

Prende una bottiglia di yogurt alla fragola e lo sorseggia con gusto. Guarda l'etichetta. Dettagliata nelle avvertenze e nella dichiarazione di conformità per i gusti digitali. Aroma artificiale, qui non ci si può aspettare che ci siano fragole naturali e vere.

"Non hai per niente un cattivo sapore," mormora Paul.

Prende ancora un sorso, poi mette lo yogurt di nuovo in frigo. La prossima volta la bottiglia sarà di nuovo piena.

Paul sogghigna. Qui sotto non ci sono problemi con i rifiuti plastici.

"Sotto?" Ha davvero pensato subito a questo?

Va alla finestra panoramica, il sole sta sorgendo, lo fa sempre su questo server; Paul conosce l'eterna scenografia mattutina dalla pubblicità: una luce morbida e dorata inonda le strade della città. Somiglia un po' a SimCity, ma sembra proprio vera.

L'appartamento di Paul è su una collina, come tutti gli altri, e la vista è fenomenale. Immagina che nelle altre case ci siano persone in piedi alle finestre e godersi il panorama. Di sicuro Paul farà nuove amicizie qui. Forse subito...

Suona il campanello.

Paul si volta, irritato. Non aspetta visite. Non conosce nessuno qui... oppure sì?

"Entra," dice Paul. Non sarà già un rapinatore o una donna delle pulizie che viene a spolverare.

La porta si apre, entra una donna mai vista prima. Trucco, abbigliamento e seno in bella mostra non lasciano dubbi sulle intenzioni della visitatrice.

"Ciao, io sono Emma." Voce profonda, un tocco di profumo. Capelli scuri, ricci, bracciali d'argento, esotica, inequivocabile.

"Io... " Paul sorride imbarazzato. "Ho una fidanzata."

Emma si avvicina, dietro di lei la porta si chiude da sola. "Credi che lei possa sorprenderci qui?"

"Difficile," dice Paul. "È viva."

"Allora sarai molto solo," sussurra Emma.

Paul alza le mani in segno di difesa. Sta andando troppo veloce per lui.

"Veramente," dice "deve esserci un malinteso."

"Possiamo anche solo parlare," risponde Emma con un tono normale. "Sono un bot multifunzione."

"Oh," Paul è stupito. "Non sei… vera?"

"Vera come lo yogurt sulla tua maglietta, dolcezza."

Sollevato, Paul indica il divano. Parlare con lo yogurt, questo poteva ancora farlo.

"Vogliamo sederci?"

"Naturalmente," dice Emma. "Vuoi che ti massaggi i piedi? È una cosa che rilassa!"

"No!" urla Paul. "Fa il solletico!"

Lei ride in modo sguaiato dell'obiezione. "Sei dolce." Indica il tavolo. "Hai letto tutto il manuale?"

"Certo," mente Paul.

"Allora sai che il tutorial per i principianti è disponibile solo per i primi tre giorni."

"Quale tutorial?"

La risata di Emma è breve e cristallina. "Sei proprio dolce. *Io* sono il tutorial."

"Ah ecco," mormora Paul. "E io che pensavo già che forse potevamo diventare amici."

"Dolcezza," dice Emma "Per questo cercati delle persone reali. Come amici i bot sono utili quanto lo yogurt alla fragola."

Paul guarda il motivo del tappeto; gli ricorda qualcosa, ma non capisce cosa.

Poi sente la mano di Emma sul ginocchio. La guarda, nel suo sorriso trova comprensione, senza alcuna presa in giro o arroganza.

"Ci sono gruppi d'incontro, club sportivi e di auto-aiuto," dice con tranquillità. "Scegliti qualcosa e attraversa la porta verso il mondo. Non preoccuparti, è mille volte più vitale di un cimitero. Ma il primo passo devi farlo da solo, nessuno lo farà per te."

"Capisco," mormora Paul. "Prima mi piaceva giocare a calcio. Mi divertivo con i ragazzi."

Lei annuisce. "Allora è un inizio." Poi gli porge un tablet il cui schermo mostra un emoticon felice. "Per favore, valuta questo tutorial!"

"Ma c'è solo un'opzione!"

"Oh, deve essere un errore," dice Emma e sorride in modo distaccato. "Ma tu avresti davvero voluto... darmi una valutazione bassa?"

"No, no!" garantisce Paul e clicca sull'emoticon.

"Grazie," dice Emma. "E se nei prossimi giorni avessi ancora bisogno di me..."

"Allora ti chiamo?"

"No, basta soltanto che tu ti senta solo. Ciao." Detto ciò, lo lascia e se ne va.

Paul fissa a lungo la porta chiusa. Ha il forte sospetto che il server gli abbia inviato la donna dei suoi sogni. Fatta su misura in un certo senso. Dopotutto, il sistema conosce le sue preferenze. E cosa aveva fatto con lei? Chiacchierato.

Questa è la morte digitale: perché uno dovrebbe chiacchierare soltanto con la donna perfetta invece di andarci a letto? Paul ha la vaga sensazione che qualcosa non vada in lui. Ma spazza via quel pensiero.

Cerca sul manuale i link alle squadre di calcio amatoriale e trova un certo Südfriedhof Football Club. In un baleno, fissa un provino.

Scende giù in strada e aspetta l'autobus. In realtà, gli e-terni potrebbero viaggiare senza perdere tempo, come fanno gli avatar nei GDR, ma su e-ternità.de questa caratteristica è riservata agli abbonati Premium: l'autobus è gratis, la metro fa due corse a settimana, ma per ogni trasporto diretto da un luogo all'altro ci vogliono due crediti e novanta.

Per fortuna, Paul ha molto tempo libero.

L'autobus è rosso e a due piani. La pubblicità di una nuova serie Netflix con Arnold Schwarzenegger lampeggia all'esterno. Sotto c'è una specie di club di bowling e si beve liquore all'uovo su scommessa.

Paul cerca un posto sul ponte panoramico che, a parte un idiota addormentato sul sedile posteriore, è libero.

Si sta godendo il tour della città dal clima estivo e non riesce a smettere di guardare. Appartamenti, parchi, negozi e sale giochi si susseguono in un via vai colorato mentre l'autobus si avvicina al quartiere che dà il nome alla squadra. Non appena entra nel campo sportivo, Paul viene accolto da un calciatore calvo e barbuto.

"Leo!" urla.

"No, Paul," risponde lui.

"Divertente," dice Leo. "Arrivi giusto in tempo."

"Che significa?" Paul si guarda intorno confuso. A bordo campo alcuni calciatori si stanno scaldando, e circa la metà non indossa le maglie nere e marroni del Südfriedhof, ma bianche e nere.

"Veloce, vestiti. Adesso c'è il calcio di inizio e senza di te saremmo solo in nove!"

"Ma..." Paul esita, dà un'occhiata agli avversari. Soprattutto, uomini più anziani, molti dei quali sin troppo sovrappeso. Stanno già sbuffando come se avessero 90 minuti sul groppone.

"Dov'è lo spoglia...?"

"Non c'è tempo!" sollecita Leo mettendogli in mano un fratino da gioco. "Dai, nessuno farà caso alla tua barra nera. Sai giocare in basso a sinistra?"

"Ah," fa Paul mentre si toglie i vestiti. "Spero di sì," risponde.

Non appena Paul indossa il color marrone-cimitero della sua squadra, inizia il gioco.

Il tempo vola, ma l'avversario è più forte del previsto. Poco prima della fine, il risultato è ancora 0-0 e il portiere lancia la palla a Paul.

"Tutti in avanti!" urla Lasse, il capitano. Paul colpisce il pallone con tutta la forza verso l'area di rigore avversaria. Il centrocampista del Südfriedhof si allunga, prende la palla e tira.

Il pallone finto vola appena davanti alla porta.

"Avrebbe dovuto essere dentro!" grida Kevin. "Simulazione di merda!"

Poco dopo suona il fischio finale. Mentre Kevin corre dall'arbitro e inizia a insultarlo, Leo dà una pacca sulla spalla a Paul. "Davvero niente male!"

"Grazie," grugnisce Paul.

"Prima eri un professionista famoso? Paul... Pogba, forse?"

Lui se la ride, poi si tiene il fianco, il server è spietato: niente allenamento, quindi fitta laterale.

"Grazie ancora," dice. "Paul Stein. Per quanto ne so, Pogba è ancora vivo. L'ho visto di recente come esperto in una partita di coppa europea."

Si sente urlare, Paul si volta e vede che diversi compagni stanno impedendo a Kevin di dare un pugno all'arbitro.

"Pessimo perdente," commenta Leo. "Tutti vogliono vincere. Ma lui la prende troppo sul serio. Giochiamo nell'undicesimo campionato e-ternità, non per la Coppa del Mondo."

"Sport digitale per morti," annuisce Paul, "sembra vero, anche la sfortuna nei minuti di recupero."

"È vero quanto la tua sete." Leo sorride. "Andiamo a bere qualcosa dopo la doccia?"

Paul si fa una risata "Certo che sì!"

Si fermano nel pub del calcio dall'altra parte della strada. L'arredamento è pixelato, la birra a buon mercato. Su uno schermo si gioca una partita della seconda divisione thailandese. I tifosi del Südfriedhof Football Club tifano per la squadra con le maglie più belle: a strisce viola e gialle.

Nel frattempo anche Kevin si è calmato. "Per lui è sempre una gran pena," dice Leo. "Non aver centrato la porta, ed essere un così pessimo perdente."

"Però è stato divertente," risponde Paul rilassato. "Entrerei volentieri nella vostra squadra, sempre che mi vogliate, anche se non sono Pogba."

"Certo. Non eri male."

Paul fa una smorfia. "Prima ero anche meglio."

"Il pallone vola in modo diverso nell'aria simulata," afferma Leo.

"Questo spiega tutto," ridacchia Paul. "Oppure dipende dalle scarpe pixelate."

"Riuscire a trovare buone scuse è quello che contraddistingue il professionista," aggiunge Leo e alza il bicchiere. "Salute!"

"Salute!"

Alla terza birra. Leo racconta di aver fatto un abbonamento da 10.000 anni.

"Dove hai preso la grana?" si stupisce Paul.

Leo prende un altro sorso. "Ero sul lastrico. Poi, all'improvviso, un riccone russo mi offre un mucchio di denaro per gli organi. A quanto pare ho un gruppo sanguigno molto raro o roba del genere. Presto fatto."

Paul stringe il bicchiere come se fosse la sua stessa vita. "Tu ti sei... venduto? Per... un'e-ternità da morto?"

"Già," fa Leo. "Ho avuto davvero fortuna."

NOTIFICA

TUTORIAL PER MORTI DIGITALI PRINCIPIANTI: TELE-
FONARE

Il tuo abbonamento include ovviamente un accesso illimitato per chiamate verso i paesi dell'Unione Europea. Fai attenzione alle tariffe speciali per la Gran Bretagna e l'Irlanda del Nord. Puoi anche essere chiamato, ma poiché le carte SIM non vengono rilasciate agli e-terni, hai solo un numero di rete fissa virtuale. Consigliamo la comunicazione tramite chat vocale o video. Con la nostra app SEMPREVICINO puoi sperimentare una connessione permanente con una Smart Home o un sistema di altoparlanti Cloud con i tuoi cari. Il prezzo per i primi tre mesi è di soli 4,99 crediti, e solo per oggi, ti regaliamo un buono iniziale di 19,99 crediti!

"Dove cavolo è finito quel maledetto?"

Nele Haerter corre per casa come una pallina da flipper. Di sicuro non sta cercando un'uscita o un punteggio alto, ma il cellulare. In camera da letto rovista tra coperte e cuscini senza successo.

"Hai chiamato?" le chiede suo marito.

"Sì, maledizione! È in modalità silenziosa."

"C'è un'app con cui..."

"Tom, tesoro!" grida Nele e corre in bagno. Il cellulare è sullo scaffale degli asciugamani vicino alla tazza del water. "Tombola," dice Nele e prende subito un asciugamano per togliersi il sudore. A metà aprile ci sono temperature da piena estate, qui nella valle del Reno superiore. Nele si guarda allo specchio. Si chiede se ci sarà abbastanza tempo per domare i suoi capelli in maniera diversa, ma decide di non farlo. Nessuno ci farà caso.

"Sapevo che l'avresti trovato!" dice Tom.

"Ma dov'è la mia dannata borsetta?"

"Non ha un numero di telefono, vero?"

"No," dice Nele sorridendo. "Ma è rosa lampone ed è difficile da perdere. Se la vedi da qualche parte..."

"Divertente," dice Tom. "Hai controllato sul comò?"

Nele esce dal bagno e si ferma in corridoio. La voce di Tom arriva dal bagno, dalla cucina abitabile e dalla camera da letto. All'unisono. Nel corridoio suona strano. Non c'è interfaccia qui, così come non c'è interfaccia nella stanza di Steven.

Il ragazzo non vuole suo padre sempre a controllare.

Nele scuote la testa. Cosa stava cercando?

"Forse è caduta," grida Tom. Nele si china, e la borsetta rosa è effettivamente sotto il cassettone. "Se non ci fossi tu," borbotta Nele.

Va in cucina. Beve un sorso dalla tazza di caffè, fa una smorfia.

"Il caffè è troppo freddo," dice Tom. La sua voce proviene dall'altoparlante nero, grande quanto un palmo, che si trova sulla credenza. Nele ci pensa. Tom non ha accesso alle telecamere. Non può aver visto che ha fatto una smorfia. Deve averla sentita prendere la tazza e bere.

"Rispetto," mormora Nele. Versa nello scarico il terribile caffè avanzato e guarda fuori dalla finestra. Fuori, sta passando il mini-robot a strisce rosse e gialle di Schröder, porta Kalle il cane a fare una passeggiata.

Il cellulare le ronza in tasca e le ricorda l'appuntamento. Sobbalza, si ricorda che sta stringendo la tazza di caffè vuota, la posa e sospira. "Ora ci manca solo..."

"Parrucchiere?" ipotizza Tom.

Nele scuote la testa con decisione. "Steven."

Attraversa di corsa il corridoio fino alla porta della stanza di Steven e ci batte sopra un pugno. "Stevie! Devo andare!"

"Non m'interessa!" risuona da dentro.

Con un grugnito, Nele apre la porta. Suo figlio tredicenne è seduto davanti a un videogioco. Ovviamente.

"Devo andare al lavoro," dice Nele. "Stai bene, vero?"

Steven fa finta di non aver sentito. Sul grande schermo di fronte a lui sta falciando zombi verde oliva a quattro braccia con un cannone laser.

In mezzo agli arti volanti compaiono le scritte: Pazzesco! Epico! Festa!

"Non sei solo," dice Nele. Esita, poi aggiunge, giusto per stare sul sicuro: "Papà è qui."

Steven si rivolge a Nele, i suoi occhi azzurri scintillano: "No, non c'è," sibila.

"Ma lui..."

"Mamma," sfugge di bocca al ragazzo. "Papà è morto! La voce dalle casse è un software di merda."

Nele si volta. "Se c'è qualcosa, papà mi può chiamare." Steven indica il cellulare sul tavolo accanto a lui. "Posso farcela da solo."

"Pensaci, le vacanze di Pasqua finiranno presto," dice Nele. "Forse dovresti dare un'occhiata ad alcuni libri tra un'ondata di attacco e l'altra."

Il ragazzo si aggrappa al suo Game Pad. "Vorrei essere morto! Allora non dovrei andare a scuola o lavorare fino a tardi e potrei fare quello che voglio tutto il giorno."

"Se prima avessi ucciso zombi 24 ore su 24, di sicuro non sarei riuscita a diventare un poliziotto," mormora Nele.

"Sono orgoglioso di voi due," dice la voce di Tom dalla cucina-soggiorno.

Ha sentito, anche se non è nella stanza. I microfoni sulle interfacce sono piuttosto sensibili. Nele torna in corridoio e prende dall'attaccapanni la giacca color borgogna.

"Magari papà ti aiuta un po' con le cose di scuola," dice. "Ci vediamo più tardi, ti voglio bene!" Invece di una risposta, Nele sente le urla degli zombi, visto che Steven ha ricominciato a giocare.

Lungo la strada per l'ufficio, Nele si fa un selfie sull'autobus. Con un'app fa un fotomontaggio mettendo accanto una vecchia foto di Tom e sullo sfondo una foto del giardino. Il risultato è che sembra che siano di nuovo insieme, felici a danzare nel sole primaverile.

NOTIFICA: APP DR. FRÜHLING

Affida la tua psiche alla nostra app! Dott. Frühling (sesso selezionabile m/f/n) risponde in modo anonimo, competente e senza mesi di attesa, a tutte le domande sulla vita. Approfitta delle nostre settimane a prezzo speciale: Supera il dolore del lutto. La salute mentale non è mai stata così conveniente!

Leo 1

Leo barcolla verso casa. Era sempre bello stare con i compagni di squadra e il nuovo amico – come si chiamava? – non calcia affatto male. Uh... forse ha bevuto una birra di troppo. Leo vomita contro un albero, lampeggia e luccica. Bene, funzionalità di lusso, non tutti vomitano oro puro. Il tesoro filtra nel terreno, lì tutto è solo decorazione, inutile, ma l'effetto non ha prezzo.

Paul! Paul Ma-non-Pogba è il nome del ragazzo. Con un sorriso stampato sulla faccia, Leo riesce a tornare a casa, c'è una birra Goldkotz fresca che aspetta in frigo e dovrebbe esserci anche qualcosa di livello superiore. È molto interessato a quelle cose che sembrano libellule. Le succhi, si agitano, vibrano con le ali, anche nello stomaco, una sensazione davvero fantastica. A confronto le droghe vere, laggiù nella vita reale, erano come il pane secco, e troppo pericolose.

Al tempo stesso avevano anche un paio di vantaggi. Leo non riusciva a farsene venire in mente nessuno in quel momento. Ai tempi, doveva rimanere a galla col sussidio e la microcriminalità. Una volta aveva truffato una signora anziana, un'altra aveva contrabbandato codici crittografici per un hacker dal PC di un amico, oh sì, e non dimentichiamoci di quel catorcio di bici: una volta, parcheggiato davanti all'ALDI, Leo aveva visto che il proprietario aveva dimenticato di chiudere la sua e-bike CLASSIC molto costosa. In modo naturale, Leo l'aveva portata via e si era allontanato, tutto molto semplice. Era bella, aveva una specie di motore elettrico. Un furto sorprendentemente redditizio e privo di emissioni gassose.

Ebbene, a 22 anni si hanno ancora dei sogni. Grandi sogni. Quindi, prendi le droghe più pazzesche. Purtroppo quella merda costa. Sogni costosi che vanno pagati.

Il russo è arrivato al momento giusto. 10.000 anni – chi poteva dire di no?

Quindi Leo aveva firmato, caricato una nuova scansione e whoosh: *benvenuto nel server di lusso* ZANZIBAR-1 *di e-ternità. de, il tuo periodo di noleggio rimanente è di 9.999 anni, 364 giorni, 23 ore e 59 minuti.* Quello che è successo dopo, cioè con il suo corpo – il suo "ex" come gli piace dire – non ha importanza. Leo spera che l'anestetico abbia funzionato bene prima della rimozione degli organi – no – dei suoi ex organi. Nessuna idea di che cosa ci abbiano fatto col resto. Forse il riccone si è rivenduto tutto quello di cui non aveva bisogno, dopotutto il suo cancro non aveva colpito né le cornee né le dita dei piedi.

Ogni tanto gli altri ragazzi parlano del loro funerale. Quasi tutti hanno un video, ma non tutti lo guardano. Leo non ha un video del genere, per lui il risveglio su e-ternità.de è stata la sua ora zero, *il prima* non gli importa. Si sente come in un'altra vita, come una persona nuova, qui e ora, con un'aspettativa di vita di quasi 10.000 anni.

La porta di casa lo riconosce, si apre con un saluto cordiale, dentro lo attende lo schermo dell'acquario in cui nuotano Dora e Nemo, sì, proprio quelli a cui stai pensando. Possono persino parlare, ma al momento sono muti: Leo vuole la sua pace e tranquillità.

Va al frigo, prende una lattina di birra, poi si dirige all'armadietto dei farmaci e prende una libellula. L'animaletto canticchia e luccica in tutti i suoi colori, uno spettacolo così bello che ti viene voglia di ululare.

Ma i morti non ululano. Per cosa poi? 10.000 anni! Va bene, 9.999 e rotti.

Leo ingoia la libellula. Una sensazione di aeroplani nello stomaco. Si allontanano. Si allontanano dalla paura. Dalla paura della propria esistenza. Ancora soltanto 9.999 anni. E poi Leo sarà cancellato. E tutto sarà finito. Per sempre. Che cosa sono in fin dei conti 9.999 anni? Un battito di ciglia della storia del mondo. Un momento ridicolo se paragonato ai duecento milioni anni di cui ha bisogno il sole per girare una volta intorno al buco nero al centro della via lattea.

No, ora non comincio a parlare di dinosauri. Loro avevano avuto comunque più tempo di Leo. D'accordo, non ogni singolo individuo, ma... chi non ha predetto la fine dell'umanità! Fatta eccezione per i testimoni di Geova. Cento anni, cinquanta anni? Quei pessimisti non ne avevano idea. Adesso viviamo per sempre, ma purtroppo anche l'eternità finisce troppo presto. Quanto dura di preciso l'eternità degli dei? Nessuno lo sa di preciso, nessuno lo scoprirà mai.

I dinosauri vivevano davvero in un paradiso? Oh no, dopo di loro c'era stato ancora il diluvio. Leo sorride, socchiude gli occhi con piacere, mentre la libellula invia le sue vibrazioni in tutto il suo corpo morto. Qui un mignolo si contrae, lì l'ombelico – che può! – e da ultimo ma non meno importante... lo sai. Quando le vibrazioni svaniscono, Leo va a fare una passeggiata in giro per casa. È enorme, ha un parco, un laghetto, un patio, tre angoli cottura per il barbecue. Wow, la scorsa settimana, con gli amici, erano accese tutte e tre le griglie e le bistecche erano fantastiche!

Nel soggiorno, Leo si appoggia allo schienale della sedia e guarda lo schermo a muro, che sta pubblicizzando un nuovo negozio di prodotti farmaceutici per morti digitali.

"Fammi vedere il negozio," dice Leo, e la casa obbedisce. Il muro si trasforma in una porta a vetri, il cui battente destro si apre in modo invitante. Leo entra, accolto da dolci profumi e musica. Forse si tratta di un negozio cinese. Bene, meglio così, loro hanno controlli più blandi, qui l'ue non verifica gli ingredienti dei prodotti qui. I soliti guastafeste!

Accanto a uno scaffale pieno di caramelle colorate c'è una donna cinese sorridente con un vestito rosso a motivi tradizionali – un bot ovvio, ma che diamine, deve solo vendere qualcosa.

"Oggi gli antidepressivi di marca sono gratis, si pagano solo le spese di spedizione!" sussurra lei con un accento marcato.

"Esentasse, eh?"

"Per noi non fa alcuna differenza, vero?" sorride la donna.

"Non sono depresso per natura," dice Leo.

"Non importa, i nostri farmaci di alta qualità funzionano comunque!" dice la commessa. "Garantito! Garantito! Garan..."

"Va tutto bene. Avete l'Arcanum Premium Verum Extra?"

"Certo!"

"Ne prendo una confezione."

La donna salta di gioia; davanti a lei, in una nuvola di stelle colorata, compare una scatola con sopra un mago dalla barba bianca. Afferra la scatola, non appena si è materializzata del tutto e inizia a obbedire alla gravità, e la porge a Leo.

"Le spese di spedizione sono state appena detratte dal tuo credito! Ovviamente tutto anonimo e..."

"E cosa?" Leo vorrebbe prendere la scatola, ma lei non la lascia andare. Il movimento del bot è bloccato, si contrae ogni tanto e ripete "e!"

Poi la donna svanisce nel nulla. Leo si ritrova davanti al muro nel soggiorno, e lo schermo mostra le parole lapidarie connessione interrotta. Deluso, fissa la mano vuota. Può solo sperare che non gli abbiano addebitato nulla. Non può permettersi di sperperare denaro. Benché vomiti oro, il suo patrimonio è limitato.

E deve durare ancora 9.999 anni.

Tutorial per morti digitali principianti:
Soldi e crediti

Per sfortuna, i defunti come te non hanno accesso ai normali conti bancari. Quei fondi sono andati ai tuoi eredi. Prima di morire, devi aver convertito tutto il tuo capitale in cripto-valuta, perché questo account è protetto con la tua password personale, che conosci solo tu e nessuno nella vita reale. Tutti i servizi di e-ternità.de e dei nostri partner possono essere pagati in VitaCrediti gratis, ma possono anche essere scambiati con dollari o euro al tasso di cambio corrente. E-ternità.de non è responsabile per perdite di qualsiasi tipo, non tutte le informazioni sono garantite.

Elisabeth 1

PIENO DI SPERANZA: il cartello con la cornice dorata all'ingresso si può considerare una presa in giro. Perché nel complesso di cemento grigio in una zona industriale abbandonata fuori Kassel c'è un ospizio; una transizione tra questo mondo e l'aldilà, l'inizio della fine, un luogo che solo infermieri, agenti di pompe funebri e visitatori occasionali lasciano da vivi.

Non è lo Stige, però è così vicino che, in una notte tranquilla, puoi sentirlo scorrere dolcemente. Chiunque stia aspettando la fine qui può solo sperare di non sentire alcun dolore e che la morte non avvenga nel bel mezzo di un'entusiasmante partita di calcio.

Quando non si sta svolgendo nessun avvenimento sportivo, i pazienti si siedono o sdraiano davanti alle console per ottimizzare le proprie scansioni, in quanto la maggior parte di loro vuole essere se stessa nell'e-ternità e non una copia sbiadita. Gli zelanti stagisti di vari fornitori di servizi supportano le persone, per lo più anziane, nel funzionamento dei dispositivi, un servizio che è incluso nel prezzo, perlomeno dei fornitori affidabili. Per il resto, qui vale quanto segue: si entra dall'ingresso principale, si esce dal cavo in fibra ottica.

Elisabeth vive nella stanza 213. Ancora. Ha 97 anni, le metastasi premono sugli organi e sulle articolazioni, non riesce più a camminare da tanto tempo.

"Il mio catorcio è in officina," dice il tizio allampanato con la polo YourBackup mentre entra nella stanza.

"Per questo arrivi con un'ora di ritardo," ringhia in risposta il tipo piccolo e grassoccio, anche lui con addosso una polo YourBackup.

Il tessuto delle loro camicie è rosa pallido, il logo bianco è già un po' sbiadito.

Elisabeth pensa che il ragazzo paffuto è carino, prima le ha portato un caffè perché per l'ennesima volta il personale infermieristico non si è fatto vedere, il numero di quelli che si sono messi in malattia è alto.

"Te lo dico io, autobus e treno! Roba vecchia! Puah." L'uomo allampanato – baffi, testa calva, biondo scuro – a causa dello sconforto per lo stato del trasporto pubblico locale, pare sul punto di farsi fare un backup anche di se stesso.

"Dovresti prendere più seriamente il tuo tirocinio, Ben", lo ammonisce il paffuto. "Accendi lo scanner e controlla la calibrazione."

"Sì, sì, signore." Lo stagista apre un contenitore di metallo, tira fuori un groviglio di cavi e sospira. "Ci vuole un minuto..."

"Ragazzo," dice il paffuto, "non tutti in questa stanza hanno tempo." Getta a Elisabeth uno sguardo significativo. "Uh, signora..." L'uomo si tasta le tasche dei pantaloni, senza successo.

"Oggi download di *Gusto e Scimmie*. Le piacerà."

"Molto gentile," risponde Elisabeth. Avrebbe ringraziato anche il traghettatore che le suggeriva di passare dall'altra parte.

Le torna in mente *Don't Pay the Ferryman!* Decide di seguire per tempo la raccomandazione di Chris de Burgh.

La voce dell'impiegato grassoccio di YourBackup la allontana dai ricordi confusi della cultura pop: "Conosce già i nostri occhiali video. Li indossi in modo da potersi concentrare solo sulle immagini che le mostriamo. Oggi il tema è *cibo, animali domestici e così via*. Lo scanner misura la sua reazione e registra tutto. In questo modo, il suo profilo verrà continuamente ampliato per una simulazione successiva. Pronta?"

"Sì, grazie," risponde lei con tono flebile.

Sente che la morfina le sta annebbiando i sensi. Il dolore un po' sopito pulsa sotto la coperta di velluto. Non appena gli uomini le mettono gli occhiali, ha le vertigini perché non riesce a orientarsi. Tutto è nero, come uno sguardo verso il suo futuro.

Elisabeth è cresciuta in tempi difficili, nel profondo dell'area della Ruhr. Molto tempo dopo l'ultimo ingresso in miniera, suo marito ha finalmente trovato lavoro in Assia. A un certo punto i ragazzi si sono trasferiti e Reinhard, suo marito, ha ricevuto un anno di pensione prima di morire. Questo era prima di Internet e di qualcuno che si prendesse la briga di creare una SIM con i suoi miseri ricordi. In fondo a Elisabeth andava bene, lui le mancava... beh, a essere onesti, di rado.

I suoi parenti l'avevano da poco persuasa a trascorrere la morte su Isla Dorada, in particolare Leo, suo nipote. Era entusiasta di quell'isola tropicale su cui non fa troppo caldo, né piove mai eppure i fiori spuntano e le erbacce appassiscono da sole. "È proprio la cosa giusta per te", aveva detto Leo, "e verremo a trovarti spesso lì!"

Elisabeth serra la bocca dietro gli occhiali. Certo che lo faranno.

Un'isola dei morti piena di fiori, profumi e giardini ben curati. Nei video di YouTube pubblicati dalla società di Isla Dorada, sembrava il paradiso. Anche se l'impressione può essere ingannevole, da un certo punto di vista quel posto è pure meglio del mondo reale: lì non c'è dolore.

"Ciarpame! Immondizia! Fallimento epocale!" L'allampanato impreca di nuovo contro il suo equipaggiamento. A quanto pare ha preso a calci lo strumento che si è portato con sé e serve a elaborare le scansioni cerebrali.

"Perché non ho fatto il becchino?" borbotta l'uomo prima che il collega anziano lo ammonisca: "Stai di nuovo dimenticando dove sei. Un po' di rispetto e compostezza, per favore."

"Vedi, l'apparecchio ora funziona. Devi solo convincerlo. Proprio come i miei figli. Ogni tanto hanno bisogno di un calcio nel sedere. Credimi, lo so. Anche mio padre mi ha cresciuto così. E guarda come sono diventato."

"Ah sì, lo vedo," risponde l'uomo paffuto.

Elisabeth si concede un sorriso. Poi gli schermi dei suoi occhiali s'illuminano, vede il logo di YourBackup, poi una coppia nuda che fa sesso.

"Oops", dice l'allampanato. "Chiavetta USB sbagliata. Un lampo."

Elisabeth aspetta stoicamente che il grassoccio abbia finito di strigliare il collega.

È un po' delusa quando compaiono davanti ai suoi occhi i filmati di uno zoo. Ci sono un canguro, dei fenicotteri e un coccodrillo, e nessuno di loro sembra più agile di lei in questo momento. In mezzo, continuano a comparire parenti e conoscenti. Ogni volta che accade a sorpresa – le hanno detto – il cervello reagisce, in modo che gli scanner ricevano fluttuazioni nitide. Quindi, da tutti questi dati, viene creato un profilo YourBackup su cui si basa la simulazione.

La sua simulazione: un nuovo io, Elisabeth versione 2.0, senza cancro.

"Era un asino?" ridacchia l'allampanato. "Mi piacciono gli asini. Hi-hoo!"

Segue un'imprecazione appena sussurrata. Poi Elisabeth sente il paffuto dire: "Riceviamo molte letture più pulite. Per favore scusi l'incompetenza del mio collega. Lo riferirò al capo. Dico sul serio!"

"Fantastico," Elisabeth sente urlare l'allampanato, "allora posso cercarmi un nuovo lavoro."

Non è del tutto sicura se fosse ironico o serio.

TWEETS DAL @governopreferito1

Il tuo @governopreferito annuncia: i colloqui esplorativi sono a un mese dalla loro conclusione, i negoziati di coalizione dovrebbero iniziare presto. Non sappiamo ancora con chi, forse ci saranno nuove elezioni o un governo di minoranza. Niente di cui preoccuparsi! #Tutto bene.

"Bond. James Bond."

"Lo so," sussurra Randy.

L'agente segreto indossa una camicia blu e un papillon rosso scuro. La versione di Roger Moore ma con gli occhi di Daniel Craig è appena entrata nel cupo bar del seminterrato di Randy. Il barista ha un look da cowboy: camicia ruvida che prima era blu, giubbotto di pelle e pettinatura dozzinale appiattita da un cappello. Le rughe intorno agli occhi gli danno un sorriso complice che a poker darebbe sui nervi agli avversari.

A parte Randy e Bond, il bar è vuoto. Forse per questo l'incarnazione di 007 si guarda attorno, neppure una donna vestita in modo lascivo né un super cattivo circondato dai suoi scagnozzi stanno pianificando la sua morte né tantomeno una partita a poker.

Da casse invisibili sta uscendo *You Only Live Twice*, cantato da Nancy Sinatra. Randy trattiene un sorriso mentre Bond lo raggiunge al bar. "Sei chiuso?"

"No, scelgo i miei ospiti con molta attenzione."

"Modello di business insolito per un bar," commenta Bond. "Redditizio?"

"Preferirei dire accogliente."

"Così noioso."

"Sono sempre favorevole alle novità."

Bond indica il soffitto. "La canzone mi suona familiare."

"Occhio alla porta," dice Randy.

L'ospite successivo è un poliziotto inglese smilzo e in minigonna che ha appena finito uno sketch dei Monty Python e ora sta cercando i suoi vestiti.

"Guarda altrove," dice con uno sguardo di ghiaccio quando percepisce gli occhi di Bond. "Laggiù, non c'è uno scaffale separato con bicchieri di birra? E non c'è nemmeno un pallone da calcio? Un tango dei Mondiali del "78, direi."

Mentre il poliziotto inglese si siede a un tavolino in un angolo e aspetta che qualcuno gli porti dei pantaloni, la porta d'ingresso si apre di nuovo. Stavolta entra un'anziana Papessa con un enorme cono gelato alla fragola, che le ha già lasciato diverse macchie rosa sul vestito bianco. Senza dire una parola, la religiosa oltrepassa il tavolo dove un adolescente sta fissando lo smartphone, prima di sedersi a un tavolo vuoto e leccare il suo gelato.

Bond indica il ragazzo. "E lui quando è entrato?"

"È seduto già da parecchio," risponde Randy. "Forse è sfuggito alla sua attenzione, Mister Bond."

"Non prende la cosa molto sul serio, vero?"

"La domanda è piuttosto: chi è il super cattivo qui?" Randy ha preso un bicchiere sottile da qualche parte e lo posa sul bancone davanti a Bond. "Prego, il suo Martini."

"Da dove...?"

Randy grugnisce. "Di nuovo la domanda sbagliata. Ma cos'altro puoi aspettarti da un personaggio di fantasia?" Emerge da dietro il bancone e si avvicina agli altri ospiti. "La Papessa ha sempre paura che qualcuno scopra di che sesso è. Il poliziotto si chiede se lo sketch sia finito e questo ragazzo..."

Randy fa ruotare un po' la sedia con il soggetto sopra e aggiunge: "È fatto di cartone sottile. Vede?"

In effetti, il giovane è bidimensionale. Un cartone sagomato che sembra vero solo se visto dalla giusta angolazione.

"Sembrava così realistico," dice Bond. "Ma nessuno di loro aspira al dominio del mondo. Quindi il cattivo devi essere tu." Tira fuori la Walther P99 e la punta verso Randy. "Travestito da barista. Non è... molto fantasioso."

"Aspetti a sparare," dice Randy. "Devo spiegarle il mio piano."

Bond aggrotta la fronte. "Per quel che m'interessa. Nessuno si metterà in mezzo."

"Certo," dice Randy, indicando la porta d'ingresso. "Oltretutto, nessuno può scappare."

"Un bar molto interessante," commenta Bond. "Sono sicuro che c'è un'altra via d'uscita."

"Questo è un bar seminterrato ammuffito e senza finestre." Randy sospira. "Puoi cercare quanto ti pare. C'è solo una possibilità di lasciare il mio bar."

"Mi lasci indovinare," dice Bond.

"Si concentri!" Grida Randy. "Stavo proprio per spiegarle il mio piano diabolico da supercriminale, e lei vuole un quiz?"

"Sono curioso come un pezzo di cartone," risponde Bond con lo sguardo di traverso al proprietario bidimensionale dello smartphone.

"Ci sono troppe persone superflue," dice Randy.

"Ma non mi dica. E poi?"

"Sto per decimare la popolazione mondiale." Randy prende una sedia e ci si siede al contrario. "Per la Terra è meglio se le persone vivono come simulazioni di morti digitali. Sui server riescono a fare meno danni." A quanto pare, Bond fatica ad ascoltare. Non capisce una parola, questo a Randy è chiaro. "Neanche l'etica può ignorare ragioni così convincenti."

"Sciocchezze," dice Bond. "Lei sta agendo per interesse personale perché vuole passare alla storia. La costruzione della reputazione è una strategia dominante nel gioco della vita. Questo è riprovevole e sbagliato. L'etica è buona solo se non dipende dalla prospettiva. La morte e la sofferenza sono sempre negative."

Randy se la ride. "E questo chi gliel'ha insegnato?" Allarga le braccia. "Vede, tutti quelli presenti in questo bar sono morti. Con una sola eccezione." Con l'indice indica l'agente segreto. "Lei. Non è mai vissuto, né esistito, è una fantasia. Se non ha capito una parola, potrei spiegarle in dettaglio da quali forum *darknet* ho scaricato la sua versione e come è stata creata da alcuni fan e hacker improvvisati detti *script kiddies*. Lo sta ancora bevendo?" Randy indica il Martini intonso sul bancone. Poi si alza e svuota il bicchiere in un solo colpo.

Bond ha un attimo di esitazione. "Chi è lei *veramente*?"

"Ah!" Di buon umore, Randy si appoggia al bancone. "Adesso ci avviciniamo alla questione. Noccioline?"

"No, grazie."

Il barista tira verso di sé una ciotola di stuzzichini. "In realtà, mi chiamo Heinz. Questo è il mio bar, l'ho programmato io. Bello, no?"

"Quindi lei è un programmatore... patetico."

Randy alias Heinz fa una smorfia. "Su questo ha ragione. Però, per sfortuna, non mi bastava essere un agente segreto. Comunque posso dirle che la programmazione è un'abilità molto utile. Soprattutto quando ti crei il codice da solo. Beh, non è così facile imbrogliare con le varie misure di sicurezza, ma a chi lo dico? Non si può avere un accesso completo. Non sulle funzioni centrali. Non si può avere più vita, né più intelligenza."

"Peccato," commenta Bond.

"Però..." Randy solleva l'indice. "Vede, ho appena espresso il bisogno di dormire, per esempio. Ecco perché posso fare quello che voglio, 24 ore al giorno. Sono 8 ore in più rispetto alla media. Un terzo! Se sottrai le ore di lavoro, ho 16 ore di tempo libero rispetto alle 8 della gente comune, cioè il doppio! Per non parlare del tempo perso per andare al lavoro o fare gli straordinari. Il suo straordinario è pagato?"

"Segreto aziendale," risponde Bond laconico.

"Col tempo guadagnato, posso sviluppare piani per il dominio del mondo, guardare i film di Bond o invitare i duplicati di personaggi famosi al mio bar e scherzare con loro. Può esserci un divertimento maggiore? Per favore risponda onestamente!"

"Ha finito?"

Heinz ci riflette. "Sì. Penso di sì. Vada avanti e spari." La copia mix di due Bond (Moore-Craig) rivaluta la situazione. Il fattore "calma e sangue freddo" nel tempo diminuisce e quindi non è più particolarmente rilevante. Ciò che è più importante per la sua trama è la necessità di non superare troppo la lunghezza della scena media del film, così come l'alta probabilità di trovare una Bond girl attraente nella scena successiva. L'azione più plausibile ora è un'ultima battuta finale ("La tua subroutine è finita"), seguita dal premere il grilletto.

La polvere da sparo esplode, il proiettile entra nel cranio del barista seguendo una traiettoria idealizzata e lineare. Dalla posizione del proiettile vicino alla fronte, la SIM di Randy calcola una probabilità di sopravvivenza dello 0,01% se un medico qualificato non si presenterà entro i successivi 60 secondi. Dopo aver atteso un minuto, l'istanza si cancellerà da sola e con lei, il bar che ha creato.

COMUNICATO STAMPA DI MIA-TOMBA.DE

Ci opponiamo fermamente alle voci secondo cui il nostro server è stato infestato da intrusi che stanno dando la caccia ai nostri clienti. Chiunque diffonda tali voci dovrebbe aspettarsi di sentire i nostri avvocati. Abbiamo prove verificate in modo indipendente affinché sul nostro sito venga mantenuto l'ordine. #VERITÀ

Paul sta cucinando Miracoli.

"Mmh", fa lui, quando il famoso profumo alla miscela di spezie riempie la cucina. Le fragranze sono una caratteristica riservata ai prodotti Premium: profumi costosi, servizi di escort esclusivi e, ovviamente, Miracoli. In teoria, Paul potrebbe rendersi conto di quando finirà i soldi per un lusso del genere. Ma può ancora farlo dopo il pasto.

Più tardi, con lo stomaco pieno di spaghetti, Paul si alza e avvia SKYPE per chiamare Mia. Stando all'orologio mondiale, dovrebbe essere già sveglia. Poiché c'è un'alba costante sul server di Paul, deve fare attenzione a non svegliare la sua ragazza dal letto nel cuore della notte.

"Buongiorno," saluta Paul appena Mia prende la chiamata. Gli viene da sorridere, perché lei sta ancora indossando la camicia da notte e si è appena seduta al tavolo della colazione.

"Ciao, amore," risponde Mia e gli manda un bacio. "Dormito bene?"

"Senza di te? Così così."

"Anche tu mi manchi." Mia s'infila un cucchiaio di cereali in bocca e mastica. Tuttavia Paul, può solo immaginarlo, dato che la connessione è mediocre, l'immagine video è pixelata e sbiadita.

"Adesso gioco in una squadra di calcio."

"Fantastico!" risponde Mia, sgranocchiando. "Sono orgogliosa di te."

"Oltretutto, non abbiamo perso la prima partita."

"Ti stai comportando bene. Credimi, non è scontato. Certi hanno dato di matto. Rimani così come sei, per favore. Resta normale."

"Sì, sicuro... Qui c'è davvero molto tempo e si deve capire come trascorrerlo in maniera sensata."

"Guarda un paio di serie che avevi sempre voluto vedere."

"Lo faccio."

"Leggi un paio di libri che avevi sempre voluto leggere."

"Lo faccio."

"Gioca a un paio di videogiochi che avevi sempre voluto finire."

"Buona idea. NEVERWINTER NIGHTS 3, per esempio."

"Oltretutto puoi partecipare a manifestazioni online, petizioni e raccolte firme."

"Sembra un programma sensato."

"Le cose che fanno i nativi digitali durante la vita, per cui non trovano mai abbastanza tempo. Non hai bisogno di un corpo in carne e ossa per partecipare a campagne di firma contro i gas di scarico e gli allevamenti intensivi, basta un'e-mail. E di fatto ce l'hai."

"Giusto."

"A proposito, ci sono molte petizioni online per i diritti degli e-terni."

Paul si porta la mano alla fronte. "Nature! Avrei potuto capirlo da solo."

Ora la video-immagine sfocata di Mia sorride. "È un bene che tu abbia me."

"Oh sì," dice Paul con enfasi. "Grazie di esserci."

"Ehi, ora devo andare a lavorare."

Paul saluta. "E io devo firmare mille petizioni!"

"Divertiti!"

"Ti amo!" dice Paul quando se ne va.

"Anch'io." Mia spegne.

Paul porta in fretta il piatto di pasta e le posate nella lavastoviglie e la accende.

Meno di un'ora dopo, piatto, cucchiaio e forchetta si troveranno puliti nell'armadio. Paul pensa che questa è una grande tecnica e rende la vita davvero più facile. Poi si mette a suo agio sul divano con una bottiglia di Coca Cola gratis e senza zucchero, si concentra sul maxi schermo e cerca in rete i siti di petizioni, soprattutto quelli per morti viventi.

Subito s'imbatte in un portale che, stando alla pubblicità, è specializzato nel richiedere che i fornitori di servizi finanziari tengano conto delle esigenze speciali degli e-terni. Si tratta di accesso gratuito ai portafogli azionari, diritti di voto alle assemblee generali e vantaggi fiscali per i residenti del server e-ternità alle Bahamas.

Paul non è sicuro se le richieste siano sensate o vantaggiose per lui, ma firma comunque. Fantastico, il primo passo è fatto!

Una dopo l'altra, firma petizioni a favore del diploma per il terzo percorso educativo, contro la cancellazione di fondi per lo sviluppo di simulazioni astrologiche sul server dei morti e per rapporti sessuali con qualsiasi partner per ex-persone. Appena ha sostenuto una campagna a favore dei vivi per la conservazione della foresta pluviale brasiliana rimanente e quella per l'aumento della tassazione sul cherosene, si sente rinato. Non ha fatto così tanto da molto tempo senza nemmeno dover pensare o lavorare.

Poi suonano alla porta. È ancora Emma, ma oggi non si presenta con nessuna risata seducente, piuttosto con un'espressione preoccupata.

"Paul Stein," dice invece di salutare, "dobbiamo parlare." Lo spinge nell'appartamento e resta in piedi vicino al divano. "Per favore, chiudi la porta."

"Che sta succedendo?"

"Prima la buona notizia: ti è successo durante i giorni di tutorial gratuiti. Altrimenti potrebbe diventare molto costoso."

Lui deglutisce. "Cosa? Cosa mi è successo?"

"Ti sei fatto dei nemici. E ti sei dimenticato di attivare la *navigazione sicura*."

"Eh?" Se Emma gli avesse letto un paio di righe di codice di programmazione, avrebbe capito di più.

"Siediti," dice lei, indicando il divano e tirando fuori dalla tasca un dispositivo oblungo con indicatori e luci. Paul si sistema, mentre Emma gli punta il dispositivo e osserva l'oggetto insoddisfatta.

Paul borbotta: "E la cattiva notizia qual è?"

"Forse sei un po' ingenuo," sospira lei. "Ecco, ci sono persone là fuori, oltre i confini del regno dei morti, che non credono affatto nell'aldilà. Almeno non a questo tipo di aldilà. Pensano che il loro dio sia l'unico responsabile della resurrezione delle persone."

"Ma..."

"Pura immaginazione? Sì, senza dubbio!" Emma interrompe Paul. "Non si tratta di religione. Si tratta di odio, invidia e vanità. Quindi normali sentimenti umani. Queste persone chiamano gli e-terni zombi o codici difettosi. Capisci cosa voglio dire?"

"No," deve ammettere Paul mentre si raggomitola su se stesso.

"Gli estremisti amano rappresentare se stessi come vittime. Ciò legittima le loro azioni, capisci? Uccidere uno zombi è autodifesa, perché vuole la loro carne. Il codice dannoso non è altro che un bug, una potenziale minaccia che andrebbe eliminata."

"Ma io non sono uno zombi."

"Dipende da punti di vista. Sei morto e nonostante questo te ne vai in giro. Ma prima di tutto sei una copertura. Chi uccide uno zombi, quindi un nemico dell'umanità, risolve un problema di questo mondo e di conseguenza è un eroe. Oggi hai visitato qualche sito particolare?"

"Un mucchio, petizioni e roba così."

"Santo cielo. Diritto di voto per gli e-terni e simili?"

"Qualcosa del genere."

"Hai sentito parlare di Pentole di miele? O Honeypots?"

"Suona appetitoso."

"Giusto. Sono siti che servono ad attirare le vittime di un determinato gruppo e raccogliere i loro dati."

"Merda."

"Quindi i vivi usano i dati per un attacco ottimizzato al fine di lanciare trojan o altri codici dannosi. Per esempio, un sottoprogramma che ti fa passare la voglia di vivere in modo che tu possa annullare l'abbonamento di tua iniziativa. E quindi verrai cancellato del tutto, in modo tranquillo e silenzioso. Tuttavia, questo accade molto di rado."

"Allora sono stato fortunato."

"Ecco come ci si infetta. Gli aggressori preferiscono farlo con un effetto esplosivo, piuttosto che di nascosto. Amano danneggiare in modo permanente la tua reputazione. Per esempio," il tutorial fa oscillare lo strumento di misurazione, che rimane all'altezza dell'addome di Paul. "Aha, l'abbiamo già trovato."

"Che c'è? Mi è sparito l'uccello?"

"Non sarebbe poi così tragico," dice Emma, tenendo davanti al naso di Paul il display del misuratore che lampeggia con un codice di avvertimento rosso intenso. "Ti hanno installato un modulo per la pedofilia."

Paul tace. Serra le labbra. Così, a malapena impedisce a se stesso di rispondere: "Ma che c'è di sbagliato?" E in quello stesso istante capisce che Emma ha colto nel segno, perché la frase gli è stata di sicuro inculcata da quel modulo deplorevole. Il suo algoritmo della vergogna si attiva e lo fa arrossire.

"Per fortuna sei sotto la supervisione del tutorial i primi giorni. Altrimenti la cosa non sarebbe stata notata così in fretta e avresti potuto fare azioni molto, molto sbagliate."

A Paul viene in mente la petizione per un rapporto sessuale con qualsiasi partner e chiude gli occhi. "Puoi rimuovere il modulo, per favore?"

"No. Troppo complicato. Per motivi di sicurezza, in questi casi i termini di utilizzo che è necessario aver letto per intero, prevedono un ripristino a pagamento. Hai un backup recente?"

"Quello di ieri sera."

"Meglio di niente. Non te ne accorgerai nemmeno." Prende la borsetta e tira fuori una chiave.

Paul ricorda ancora il discorso con Mia durante la colazione. Questo non è compreso nel backup. "Aspetta," dice ancora, ma Emma gli spinge la chiave nell'ombelico attraverso la maglietta e gira.

Click.

Benvenuto sul server cripta07 di e-ternità.de le auguriamo una piacevole morte

Maledizione! Paul sussulta.

È seduto sul divano e il sole sta sorgendo. È tranquillo nel suo appartamento. Molto tranquillo. L'orologio di sistema contraddice il suo senso del tempo. Vuole contattare Mia via SKYPE, ma per qualche motivo per i vivi è pomeriggio. Lei è al lavoro e il suo status è *non disturbare.*

Confuso, Paul fissa lo schermo a muro. Pur sforzandosi, non riesce a ricordare cosa ha combinato per tutto il giorno. Apre la cronologia di navigazione e confronta un elenco di siti di petizioni online. La casella di posta è piena di link CONFERMA LA TUA PARTECIPAZIONE.

42

In quel momento arriva un'altra email. L'oggetto è FATTU-RA PER RIPRISTINO. Il testo fa riferimento ai termini di uti-lizzo, che autorizzano e obbligano e-ternità.de a eseguire un reset addebitabile in caso di danno colposo alla propria SIM. Il prezzo è un colpo al cuore, dato che costa 199 crediti. 19 crediti di cashback in forma di buoni a scelta.

Paul cancella la cronologia del browser e tutte le e-mail delle petizioni il più in fretta possibile. Qualunque cosa non andasse bene, non può permettersi ulteriori ripristini.

Sceglie un buono potenziamento a calcio che aumenta la forza difensiva di un enorme 15%. Dopo averlo riscattato, il negozio online mostra tantissime altre offerte personalizzate. Per sfortuna, i migliori potenziamenti costano più di quanto Paul possa permettersi. Ma bisogna fissare degli obiettivi nella vita, giusto? E anche nella morte.

Paul decide di diventare una star del calcio su Exitus. Sarà molto divertente, potrà uscire con Leo e festeggiare grandi vit-torie. Tutto ciò di cui ha bisogno è un po' di capitale iniziale, che poi investirà in modo specifico per costruirsi una carriera. A sua volta, può acquistare miglioramenti per qualsiasi pre-mio in denaro. Un piano ben congegnato!

Tuttavia, per la prima volta, adesso Paul ha fame. Dato che in suo appartamento è così silenzioso, accende una sitcom. Poi cucina Miracoli.

TUTORIAL PER E-TERNI PRINCIPIANTI: I SUOI DIRITTI

I suoi diritti per noi sono importanti! La sua simulazio-ne si basa sui dati nei nostri sistemi. I dati non hanno dirit-ti di fronte alla legge. I diritti possono essere fatti valere solo dal proprietario dei dati e, in base al suo contratto di morte elettronica, siamo il server di cui si può fidare. Se necessario, difendiamo i diritti secondari che le abbiamo assicurato – in particolare il diritto di conservare i suoi dati per il periodo della sua sottoscrizione a pagamento – per suo conto in tribunale. I costi dovuti sono coperti dalla nostra assicurazione per le spese legali fino a 1 milione di euro; purtroppo, per importi superiori, dobbiamo metterli in conto.

Pensieroso, Leo se ne sta seduto nudo sul divano massaggiante e fissa la foto sulla parete. Mostra lui e sua nonna Elisabeth in spiaggia, da qualche parte, maledizione... dov'era? Sul Reno? No...una diga, da qualche parte. Faceva caldo, Leo se lo ricorda.

Ha attivato un filtro-effetto dipinto a olio sulla foto, prima di aggiungerlo all'arredamento del soggiorno. Il divano gli sta massaggiando il collo, il che aiuta contro la tensione fantasma dovuta alle pillole colorate.

Leo non ha mai detto davvero addio a sua nonna. Perché, poi? Lui è ancora lì e anche lei sopravvivrà alla sua morte imminente. Strano che sia morto prima di lei. Per quanto ne sa, lei non era riuscita a venire al suo funerale. Il cancro, ovvio.

Maledetto bastardo. No, questa definizione è molto appropriata.

Dunque, alla fine, l'umanità ha sconfitto il cancro in modo complicato, anche senza test sugli animali. In ogni caso, Leo non morirà mai di tumore, bensì per un conto in bianco. A meno che nei prossimi 9.999 anni non riesca a farsi venire in mente qualcosa per evitarlo.

Leo si sforza di ripensare a sua nonna. Non è cresciuta con smartphone, occhiali VR e Netflix come lui. Potrebbe non trovarsi affatto a suo agio nella morte digitale. A volte, non osa nemmeno accendere il tablet quando sui notiziari parlano di emergenza hacker. Gli aggressori preferiscono cercare bersagli con poche conoscenze specialistiche, e nonna Elisabeth è una di loro.

I morti digitali sono spesso vittime di cyber-vandalismo. Quelli che non hanno familiarità con i tipici schemi di raggiro vivono in pericolo. Di recente, Leo ha ricevuto un invito illustrato per una festa con *vere ragazze tailandesi* su un *server esclusivo di incontri*. Tuttavia, il link nel messaggio portava al servizio di spegnimento d'emergenza automatico per e-terni, che per fortuna è dotato di un'intera serie di domande "Sei sicuro?"

Ma si può sempre provare...

Troll! Un'epidemia contro la quale neanche l'assassinio aiuterebbe, anche perché la maggior parte di loro è già morta: i vivi, dal canto loro, si sentono al sicuro dai morti: non possono presentarsi alla porta di casa tua e spaccarti la faccia.

Elisabeth non potrebbe nemmeno sporgere denuncia per molestie o dichiarazioni fraudolente alla polizia. Va bene, sì, potrebbe. La denuncia finirebbe in una coda infinita perché il dipartimento contro la criminalità informatica, sempre a corto di personale, sta lavorando ai casi di dieci anni fa e i tribunali a quelli di quindici anni fa.

PRENDI SUBITO LA TUA JANE!
LA PRIMA BAMBOLA GONFIABILE CHE PUÒ PERSINO
FINGERE DI INTERESSARSI AL CALCIO!

Spaventato, Leo salta giù dal lettino. Si guarda intorno, ma non riesce a capire la provenienza della voce. Era forse nella sua testa?

Nemo e Dorie lo fissano curiosi, ma restano muti – altrimenti attaccherebbero a cantare di colpo e senza preavviso. Leo si mette la mano sinistra sulla fronte. Sembra una leggera febbre. Ovviamente è impossibile. Raffreddori o infezioni virali non sono nell'elenco delle funzionalità del suo server.

L'I CHING – L'ARTE CURATIVA TRADIZIONALE DIGITALE CINESE FUNZIONA ANCHE CONTRO IL DOLORE DEI

PIXEL! ORDINA ADESSO E RICEVI GRATIS UNA SPADA DA SAMURAI!

Merda! Si è beccato un trojan pubblicitario cinese. Si precipita al frigo. È sempre l'anello debole. "Avvia a freddo e rimuovi i parassiti!" ordina al dispositivo.

"Il riavvio rimuove tutti i cubetti di ghiaccio," informa il frigo con freddezza. "L'equivalente cibo avariato e rimosso non verrà rimborsato."

"Fallo e basta! Veloce!"

COLLANT IN NYLON TRASPARENTE IN TAGLIE EUROPEE DA UOMO, ORA SEXY E CON SPEDIZIONE GRATUITA! CONSEGNA ANCHE AI COMUNI SERVER E-TERNITÀ. VARI COLORI INTERESSANTI

Leo chiude gli occhi e respira. Inciampa nel divano e ordina alla casa di stabilire un collegamento con l'aldilà (dal suo punto di vista) con nonna Elisabeth, la quale vive nell'ospizio PIENO DI SPERANZA.

Stabilita la connessione, sullo schermo si visualizza un mazzo di fiori. Rose rosa, già un po' appassite. La nonna ha la telecamera puntata sul tavolino. Di certo non senza motivo.

"Nonna?"

"Leuccio! Che bello che hai chiamato!" La voce della nonna suona come se provenisse da un'altra galassia.

"Come stai?" E si morde subito le labbra.

"Ah! Non posso lamentarmi. Gli uomini di YourBackup sono uno spasso. Non sanno fare niente."

"Questo è seccante. Devo chiedere al loro capo che cavolo stanno combinando?"

"Lascia perdere. Piuttosto raccontami, com'è lì da te?"

"Chiamo per questo," dice Leo in modo ansioso. "Credimi, non è un Lunapark. Tutti cercano di elimin... di cancellarti. Davvero brutto."

"Più brutto della morte?"

"È questa la morte."

"Io però avevo capito un'altra cosa, quando mi hai consigliato di continuare a vivere su Internet."

"Non volevo perderti," grugnisce Leo. All'improvviso si sente assonnato. Presto avrà bisogno di una nuova libellula. Mh... Una di quelle azzurre?

"E adesso hai cambiato idea?"

"No! Solo... quello che sta succedendo potrebbe... forse sopraffarti."

Elisabeth sbuffa: "Aspetta, ho perso l'udito a causa del cancro, puoi ripetere, per piacere?"

"No, aspetta..." Leo alza gli occhi al cielo. "Intendo dire che... è diverso da come me l'ero immaginato."

"Capisco. La tua morte non è stata proprio facile."

Leo si domanda se sua nonna lo stia prendendo in giro. Non sarebbe la prima volta. "Di sicuro non sono un buon esempio." Magari una libellula color rosso vino al gusto fragola?

C'è una pausa, una folata di vento muove i boccioli di rosa; dalla parte della nonna una finestra è aperta. Leo dà uno sguardo triste al bouquet artificiale sul davanzale. I petali non si muovono, nemmeno quando la finestra è aperta. Il vento non è tra le dotazioni di questo server.

"Quando si è remissivi non si fa nessun danno," dice all'improvviso la nonna.

"Non c'è un filo di vento qui," dice lui dolcemente. "I fiori hanno tutti lo stesso odore, e quelli economici non lo hanno affatto."

"Capisco," risponde lei. "Avrei dovuto accorgermene prima. Non sei mio nipote, ma un programma che cerca di convincermi a sottoscrivere un abbonamento su un server più costoso."

Leo apre bocca. "Ma..."

"Al mio vero Leo non importa nulla del mio destino. Forse adesso se ne sta seduto in qualche pub. Guarda il calcio con i suoi compari e si beve una birra che poi vomiterà sul marciapiede."

Lo sfogo di Elisabeth dura un attimo, finché Leo non reagisce.

Con la voce di un rappresentante mormora: "Noi di WE-R-4EVER.COM offriamo 19 settimane gratuite su un server di lusso che includono uno yacht, vino illimitato e feste frequenti insieme a celebrità."

"No, grazie," dice con enfasi nonna Elisabeth e chiude il collegamento.

Leo fissa l'enorme schermo a muro, mentre l'oscurità gli si presenta come un vecchio amico. L'immagine, appena riconoscibile allo specchio, sembra quella di uno sconosciuto.

È ancora se stesso dopo la propria morte?

Adesso vorrebbe esaminare il codice del suo programma per poterlo capire. Se ce ne fosse bisogno, vorrebbe apportare modifiche intelligenti. Anche nel corso della sua vita aveva avuto spesso questa sensazione ma imparare a programmare per lui era troppo.

Si mette a scegliere tra diversi gusti di libellule di livello superiore. La questione finisce con una decisione. Sì, lui è forte! Può vivere senza droghe! Non hanno potere su di lui. Un polmone pieno d'aria fresca aiuta di sicuro, dovrebbe fare una passeggiata, se necessario, fino alla fine del mondo, ovvero il muro che circonda il terreno simulato del server.

Leo trotterella fuori di casa. Lì, incontra un gatto che cammina su due zampe e tiene un cartello.

VIENI ALL'UNDERGROUND, SOLO SPETTACOLI ILLEGALI GARANTITI.

"Cazzo. Ci mancava questo."

"Ti ho osservato bene," dice il gatto. "Per te apro volentieri un portale. Naturalmente gratis!"

"Vi accollate voi l'onere del teletrasporto? Dev'essere un'attività *molto* illegale."

"E questo ti piace," risponde il gatto contento.

"Vai a cagare! Anche leggere il pensiero è illegale, a quanto ne so," infierisce Leo.

"Solo per gli e-terni. Io sono uno script dell'operatore, solo un po' modificato. Leggi i termini di utilizzo."

"Un po' modificato?" Grugnisce Leo. Al momento non gli importa di niente, la cosa principale è distrarsi. "E va bene, apri questo portale, allora."

Allargate le zampe anteriori in modo teatrale, il gatto borbotta: "Kasimir Vendetta, energia oscura e pazzesca, gatto, stregone, miao! Quindi, per favore, entra dentro e saluta Lemmy."

L'aria davanti a Leo si illumina e diventa viola, il campo di rilevamento del portale si sta espandendo facendo rumori scoppiettanti come il maglione pesante della nonna quando c'è elettricità.

"Chi?" chiede Leo, ma il portale non aspetta che lui entri, lo risucchia come fa una cannuccia con l'ultima goccia di un long drink.

All'improvviso Leo si trova in un pub polveroso.

Un rumore infernale gli fa ronzare le orecchie e vibrare il cervello, per non parlare del diaframma. Ci mette un po' a capire che si trova in mezzo a un concerto dal vivo di Lemmy Kilmister. Si trova fisicamente con il suo basso sul palco del club, mentre il resto della band si muove solo in due dimensioni sul muro dietro di lui.

Ovviamente il cantante è una copia, ma la sua performance di *Killed by Death* non è impressionante solo per quanto riguarda il volume. Suona dannatamente come il vero Lemmy.

Beh, non è troppo difficile, perché c'è una quantità infinita di materiale in rete, di suoi album o anche registrazioni dal vivo, non autorizzate e di qualità sonora infima, filmate col cellulare. Qualche hacker ha copiato il materiale, l'ha assemblato in un avatar e installato in questo locale. Uno spettacolo che Leo e i tanti e-terni presenti trovano fantastico.

Leo salta, balla, urla, in pratica fa la stessa cosa degli altri e si sente così unico e all'improvviso di nuovo vivo. Lemmy sa quello che può fare la musica rock ad alto volume per questo non canta una canzone (*Dancing on Your Grave*) o due (*Overkill*), ma... oh beh, adesso si fa festa finché non si perde conoscenza!

Ma dopo la canzone successiva arriva la pubblicità: una specie di vacanza in agriturismo con alcuni extra.

Leo si guarda intorno. A giudicare dalla mancanza di reazione degli altri ospiti, lui deve essere l'unico a vedere l'annuncio e questo gli dà da pensare. Non solo si perde mezza canzone perché il lungo discorso fastidioso sui benefici di una calda e morbida pecora a letto non può essere saltato, ma anche perché il suo umore scende di nuovo sotto zero.

GARANTITO, SHAMPOO PREPARATO IN CASA E SEMPRE FRESCO!

Leo decide di affrontare prima i problemi risolvibili. Deve sbarazzarsi del trojan preso forse al negozio cinese. Perciò deve uscire di lì.

Tuttavia, non c'è via d'uscita: la stretta sala da concerto non ha porta, solo il palco e un bar dove un androide arrugginito sta servendo birra. Quando qualcuno gli dà una pacca sul sedere, Leo si gira. È il gatto di prima o una sua copia, stavolta senza cartello.

"Ovviamente c'è un'uscita," dice il gatto dando prova definitiva che la sua razza legge nel pensiero. Riesce a sovrastare la musica facendo risuonare la sua voce direttamente nella testa di Leo. "Diventa visibile non appena hai bevuto almeno tre birre. Consumazione minima, lo sai."

Adesso, Leo si metterebbe volentieri a dar di matto, sfogarsi, urlare, ma è quello che stanno facendo tutti gli altri, quindi non attirerebbe nemmeno l'attenzione. Invece, colpisce il gatto così forte come se avesse tirato malamente un calcio di punizione contro la barriera della squadra avversaria.

La creatura lampeggia un po', si rigenera a pochi metri di distanza, emette un sibilo e poi per fortuna va a infastidire qualche altro avventore.

Giocoforza, Leo ordina tre birre a un prezzo esorbitante e lancia i bicchieri di carta pieni in mezzo alla folla danzante. Che spreco. Però adesso non riuscirebbe a sopportare un altro annuncio pubblicitario.

La porta d'uscita s'illumina di un piacevole color lilla e teletrasporta Leo al parco Kurzweil.

Senza sapere se il gatto fosse coinvolto nella cosa, avendo letto di nuovo i suoi pensieri, Leo si sente comunque come una vittima sacrificale che, nuda e indifesa, giace in mezzo a un prato, osservata, compatita, derisa.

Il parco pullula di coppie nude, piuttosto impegnate. Ridacchiano, gemono.

Leo fa per allontanarsi. Nelle vicinanze del parco c'è un quartiere commerciale. Prima una gelateria, anche questa piena di nudisti. Forse oggi è la giornata del gelato nudi, dopotutto ieri era la giornata dei collezionisti di orologi da polso, qui non ci si meraviglia più di niente.

Accanto alla gelateria c'è un rivenditore di orologi da polso, ora in offerta speciale: orologi da pilota che includono voli panoramici di un'ora sul paese del server. Di fianco c'è un negozio di dischi, davanti al quale un vecchio con la barba sta rovistando curvo tra le offerte speciali alla ricerca del vinile della sua infanzia.

Altro negozio: una bottega di e-book, specializzata in teatro sentimentale a tema vampiresco. La clientela è perlopiù femminile e vestita di nero; una strega sta giusto cavando gli occhi a un'altra. Ovviamente è tutta una messa in scena; bot ben progettati che rendono lo shopping un'esperienza unica.

Poi, alla fine, MacEnigma, il Service Point per qualunque necessità nel campo della sicurezza. Leo entra, vaga lungo i corridoi, trova criptoalgoritmi rari per una crittografia particolarmente sicura, un triplo portfolio di sicurezza per i crediti, una cassetta degli attrezzi esclusiva e molto costosa per decifrarli e, nascosto nell'angolo più lontano quasi nascosto, *Krypto-Max ++Q*, lo speciale pacchetto blocca trojan e blocca pubblicità, particolarmente efficace nel caso di produttori cinesi. Purtroppo anche molto costoso.

Leo valuta un'alternativa. Potrebbe fingere di non avere nulla a che fare con la questione e insinuare all'operatore del server che il trojan fosse scivolato attraverso una falla nel sistema di sicurezza.

Peccato che la linea di supporto sia sempre sovraccarica e carente di personale, la cosa richiederebbe molto tempo, spesso interrotta da notifiche di spam fastidiose e con dubbie prospettive di successo.

Leo porta simbolicamente il pacchetto Crypto-Max alla cassa. Un fantasma emerge all'improvviso dalla parete facendo al cliente un sorriso caloroso e – sempre con un sorriso smagliante – riscuote una cifra davvero dolorosa. Alla fine, Leo riceve una semplice busta di plastica, il che è un po' insolito rispetto alla vita precedente ma qui, nel nirvana digitale, le cose non possono inquinare nessun mare.

Non appena Leo si gira per andarsene, il fantasma ghignante scompare di nuovo nel muro in modalità risparmio energetico.

Fuori, davanti al negozio, Leo apre la scatola appena acquistata. All'interno c'è un biscotto al cioccolato con la scritta MANGIAMI. Leo esita, poi s'infila in bocca il dolce. Non sa di niente ma, dopo averlo ingoiato, se lo sente rimbombare dentro. All'improvviso deve andare in bagno con un'urgenza tremenda. Per fortuna c'è un cocktail bar lì accanto, Leo si precipita dentro, trova i bagni e in fretta armeggia con i pantaloni. Di norma gli e-terni non hanno bisogno di sbarazzarsi di alcunché, dopotutto mangiano e bevono più per abitudine che per necessità. Ma proprio per abitudine, la maggior parte degli edifici, soprattutto bar e ristoranti, hanno le toilette sebbene non ci si vada per fare pipì: restano comunque un importante luogo di socializzazione.

Leo si sbarazza così di vari trojan che puzzano in maniera terribile.

Poi, ordina una bottiglia di scotch e un bicchiere per risciacquare. Via quella merda! A metà bottiglia la pubblicità non c'è più.

A che bottiglia sarà già arrivato Lemmy adesso?

ANNUNCIO PUBBLICITARIO: IL DOTTOR CARLOS AIUTA SEMPRE

Soffrite di mal di pixel, ostruzioni fantasma o di disturbi erettili digitali? Il Dottor Carlos e il suo team aiutano in maniera veloce, discreta e conveniente. Recensioni ottime, guardate il nostro profilo #VERITÀ. Visitate la nostra clinica ad Astral City, Viale dei buoni fantasmi Nr. 4792. Primo consulto gratis!

Kalthor 1

"In nome della vita, degli dei, degli antenati e del futuro!" Appena Kalthor entra nel server, si sente pronto come mai prima d'ora. A destra tiene la spada corta fatta di ghiaccio. A sinistra, la balestra che spara frecce avvelenate e ha un caricatore con dieci colpi. Sulla schiena, Kalthor, guerriero dei vivi, indossa una lunga faretra. La sua uniforme militare verde oliva è adornata con gli scalpi delle sue vittime e ovviamente non ha mai visto l'interno di una lavatrice. Di questo Kalthor va molto fiero. L'odore di distruzione che emana è l'ultima cosa che le sue vittime percepiscono. L'avatar di Kalthor è entrato illegalmente nel server e niente e nessuno impedirà la sua campagna contro gli zombi. Procurarsi le password necessarie è stato facile: sono disponibili a pacchi nei negozi darknet ben forniti ma di solito costa molto meno corrompere un dipendente mal pagato dall'operatore del server.

Kalthor è comparso in un parco divertimenti, proprio all'uscita di una stazione del treno fantasma. Qui non attira l'attenzione e nessuno si stupisce di qualche urlo in più o in meno. Accanto, c'è il tempio di Sant'Hamburger, di fronte alle fauci delle montagne russe sotterranee Ultima corsa davvero. Sullo sfondo, la folle ruota panoramica gira, avanti, indietro e di lato; gli zombi strillano divertiti.

Il guerriero si aggiusta gli occhiali da sole, poi prende di mira la prima vittima, che esce urlando dal treno fantasma. Una ragazzina di forse quindici anni, bionda ossigenata, ovviamente troppo stupida per distinguere le minacce reali da quelle fasulle. Chiaramente, non ha giocato abbastanza con i videogiochi prima di morire.

"Ciao," dice Kalthor puntandole le armi contro.

"Non farmi del male!" implora la ragazza.

Kalthor scuote la testa. "Non tutti i desideri vengono esauditi. Questo vale per me e anche per te."

La spada fende l'aria e la ragazza. Il suo corpo si congela e si scheggia nel punto dove è stato colpito. Il grido di morte si ghiaccia, poi il resto si frantuma in cubetti che iniziano subito a sciogliersi.

"Bel colpo," dice Kalthor soddisfatto. Il display negli occhiali gli mostra la vincita: solo otto punti esperienza. Kalthor serra le labbra. Dovrà cercare avversari più di valore O solo più numerosi.

Quando due anziani compaiono ridendo e bisbigliando all'uscita del treno fantasma, Kalthor fa una smorfia disgustata. "Checche. Che bello." Sputa e spara con la balestra a uno dei due prima ancora che se ne renda conto. La vittima cade a terra come un sacco bagnato in preda a strani spasmi.

L'altro comincia a correre verso la strada principale, per chiedere aiuto. Kalthor gli spara alle spalle con un dardo avvelenato. L'uomo cade e si dimena, mentre il suo corpo si dissolve in una salsa di pixel marroni.

"Andiamo," borbotta Kalthor. "Avresti potuto fermarti. La morte per lama è meno dolorosa." L'indicatore di esperienza sale di ben 70 punti.

Kalthor nota una scala che porta sul tetto del treno fantasma.

"Bello, sembra fatto apposta per me," borbotta felice. Si arrampica, resta in agguato e fischietta la sigla di BUFFY −L'AMMAZZAVAMPIRI. Da qui può prendere di mira l'intera passeggiata.

Soddisfatto, Kalthor mira con arco e frecce, scegliendo

con calma le sue vittime. L'occasione perfetta arriva non appena una coppietta di mezza età accenna un tenero abbraccio all'incrocio. L'arco fa le fusa, la freccia sibila e li trafigge.

"Mi piace lo spiedino," mugugna Kalthor tra sé e sé. Alla fine i passanti lo notano, gli gridano contro. Alcuni corrono via, forse per chiedere aiuto. Kalthor sa quanto tempo ci vorrà. Si alza in piedi, solleva le braccia.

"Sono Kalthor, guerriero dei vivi!" tuona "E libero le vostre anime dai disgustosi demoni digitali affinché possiate riposare in pace!"

Non impressionato dalle maledizioni che gli lanciano gli zombi, alza la balestra. Mira, spara, mira, spara. Ancora e ancora.

Colpisce cinque zombi, tre dei quali alle spalle. I suoi punti esperienza s'impennano. I redenti si contorcono a terra mentre si trasformano in conglomerati semitrasparenti di bit e byte. Le loro anime ringrazieranno Kalthor.

Poi i suoi occhiali attivano la spia di allarme, i programmi di ricerca lo hanno circondato. Kalthor fa un inchino, quindi disattiva l'avatar.

Ancora una volta, ha trasformato odio glaciale in ottimi punteggi.

Se ne sta soddisfatto nella sua stanza buia, al suono di musica hip-hop e al ronzio della ventola del PC. Al crepuscolo i tanti computer, tastiere, tablet e monitor confluiscono l'uno nell'altro e si trasformano in un mostro da guerra elettronica.

Sa di calzini che sono stati indossati troppo a lungo e di birra calda.

L'uomo si toglie gli occhiali RA e li mette da parte. I capelli sottili gli si attaccano alla fronte, il ghigno untuoso è prova di un autocompiacimento che non provava da tempo.

Da fuori, l'uomo soffre di una grave perdita di senso della realtà. Per lui, invece, il livello appena raggiunto è motivo di festeggiare.

"Signore, signori e pervertiti vari," pronuncia il discorso da dietro le tende della finestra. "Mi congratulo con me stesso per il livello 104!"

Entusiasta, l'uomo va a caccia di schifezze sparse in giro per il frigo.

Tira fuori una bottiglia di birra, la stappa e se ne svuota metà in gola prima di lasciarsi cadere su una poltrona cigolante. Raggiunge il telecomando del media-center già pronto, solleva i piedi e brinda allo schermo su cui lampeggiano i titoli di testa di BUFFY –L'AMMAZZAVAMPIRI.

Quando il suo idolo riprende la spietata caccia ai vampiri e agli zombi, l'uomo che nell'Aldilà digitale si fa chiamare Kalthor sorride e si slaccia i pantaloni.

ANNUNCIO PUBBLICITARIO: PASTICCHE SENZA RI-
CETTA

Il tanto atteso sogno di molti uomini, pasticche senza ricetta, facili e rapidi, e adesso anche per gli e-terni su tutti i server al di fuori dell'UE e della Gran Bretagna – massima qualità e grandi offerte speciali. Le nostre pasticche sono discrete, efficaci anche contro la calvizie e gli sbalzi di umore, così come contro i buchi di pixel! Negozio testato, garantito e, ovviamente, virus free! Clicca qui!

Julius 1

Solo una grossa candela illumina la stanza sul retro del club a luci rosse VILLA PROFOND'ISSIMA LUSSURIA (sì, con l'apostrofo). Julius si appoggia allo schienale del divano e accende una sigaretta. "Mi hai fatto stare davvero bene, vali la tua paga, davvero."

Fa un tiro di sigaretta e soffia fumo pixelato sul soffitto.

La simulazione non è così sofisticata.

"Prima era tutto diverso," dice Julius pensieroso e si mette un braccio dietro il collo. "Dovevi sempre metterti un profilattico, uno che ti eri portato dietro. Senza mai sapere se si sarebbe rotto. E poi la puzza..."

Julius fa una smorfia. "Perfino il fumo era mortale. No, non dire niente."

Sigaretta tra le labbra, con la mano libera Julius si tira su il lenzuolo sul ventre nudo.

"Non sbirciare. Non c'è più niente da vedere, ne ha avuto abbastanza. Per ora. Sta elaborando la nuova esperienza. Sai cosa ci siamo scopati io e lui? Non ci crederesti. Ho scoperto il sesso a tredici anni. Cazzo, è stato un periodo grandioso. Mattina, mezzogiorno, sera. I miei vecchi m'hanno beccato un paio di volte. Non ero troppo attento. *Ragazzo*, m'hanno detto *non pensi di esagerare? E puoi almeno prendere un fazzoletto, per favore? Non voglio che si macchi il tappeto.*"

Julius ha bisogno di farsi una risata, ma poi si mette a tossire mezzo morto. La simulazione è spietata: risate più fumo nei polmoni equivalgono a un attacco di tosse.

"Io e gli altri ragazzi facevamo una gara e tenevamo una classifica. Quelli che riuscivano a farlo solo due volte al giorno, dopo una settimana, rimanevano indietro di sette punti. Come si chiamava quell'idiota che mi stava sempre davanti in classifica? Non lo so più. Comunque forse ha barato. Non eravamo presenti quando gli altri si facevano una sega, quindi potevi inventarti qualsiasi cosa. Beh, io sono sempre stato onesto, ovvio! Tocca essere sinceri, è ciò che m'hanno sempre trasmesso i miei vecchi. Dov'ero rimasto?"

La sigaretta è alla fine, Julius la spegne nel posacenere.

"Oh sì. L'idiota in cima alla classifica. È stato anche il primo a iniziare con le tipe. Da lì in poi erano due punti a scopata, uno solo per le seghe. Poi, naturale, si è scoperto subito che aveva solo appuntamenti con le tipe. Ma aveva stuzzicato il resto di noi. Abbiamo cominciato a corteggiare le tipe alle lezioni di ballo, al parco giochi e sui messaggi di chat creativi. Una volta sono stato bannato per una settimana perché una si è lamentata di una foto del mio cazzo. Ero così imbarazzato! Avevo modificato l'immagine con filtri irriconoscibili. In pratica era una macchia rossa sfocata e un po' allungata su sfondo nero con effetti distorsivi e tre cuori rosa. *Alle ragazze piacciono i cuori*, ho pensato.

"Poco dopo, quando l'ho incontrata sul serio, era eccitata in modo diverso. Beh, allora era così. Lei è stata la mia prima passera e io il suo terzo uccello. Poi, lei mi ha spiegato come farlo per bene. Io non ne avevo idea! M'ha pure permesso di andare da lei per ben due volte, quindi un totale di tre volte, doppi punti! Quando ne ha avuto abbastanza di me – o del mio uccello, non lo so – per un po' sono corso dietro a questa Juliane. Era davvero carina e aveva appena scaricato il nostro capo classifica, almeno è quello che ha detto."

Julius tira il lenzuolo più in alto.

"Questo che c'entra con te? Niente. E tutto. Ogni cosa è correlata, sai? *E dal trono uscirono lampi e tuoni e voci; e sette torce infuocate ardevano davanti al trono, che sono i sette spiriti di Dio.* Sì, è vero, viene dall'Apocalisse di Giovanni. I sette! Il sette è ovunque. È la somma della Trinità e dei quattro elementi. Oh, non l'avevi ancora notato? Dicevo che tutto è correlato. Quando ho spinto Juliane nel mio letto con un sacco di sussurri e paroline dolci sui nostri nomi simili, sesso generico e – a essere onesti – mezza bottiglia di sangria, ho imparato due cose: primo, non c'era mai stato nulla con Andy – oh sì, si chiamava così il capoclassifica – e secondo, aveva un pene e in realtà si chiamava Julian."

Julius se la ride. "Dunque stavo dicendo che tutto è correlato. No, non dire niente. Conosco la tua prossima domanda. La risposta è sì. E non era affatto male. Anche se... forse la sangria aveva fatto la sua parte."

Julius si diverte a spostarsi in orizzontale e osserva il gioco di luce delle candele. Dopotutto, è stato realizzato bene.

"Sai, noi umani siamo incapaci di comprendere Dio o l'universo. Sappiamo che tutto è in qualche modo correlato. Ma non sappiamo né perché né cosa significhi. Per noi. Per il resto dell'umanità e qualunque cosa striscia e vola. Quando si è morti non è molto diverso da prima, ma a chi lo sto dicendo? C'è una specie di tabella anche qui. Una gara, una classifica. Salvata in fogli Excel sui dischi rigidi degli angeli. Ogni volta che fai qualcosa di giusto, ottieni un punto. Quando aiuti altre persone, per esempio. Contrariamente alla gara della mia giovinezza per gli orgasmi, purtroppo qui non c'è un compendio delle regole."

Julius si gratta i genitali, visibili sotto la sottile coperta.

"Se produci un'enorme quantità di merda, vere stronzate, capisci che intendo? allora ti tolgono i punti. Uno o più, in base a quanto sono grandi le stronzate che hai combinato. A seconda di quante persone hanno sofferto per le tue stupide azioni o se addirittura si sono rovinate. Bene, tesoro, e in questa competizione nessuno ha fallito così schifosamente come me. Io cerco di rendere piacevole una posizione di bassa classifica, ben lontana dalla salvezza. La mia anima è stata arrostita a lungo all'inferno e se lo merita davvero, non c'è dubbio. Ma questo è un suo problema, giusto? Non mio."

Julius spinge via il lenzuolo. "Ti sei risollevato? Adesso ce la posso fare ancora una volta."

ANNUNCIO PUBBLICITARIO: MAL DI TESTA GRATIS

Finalmente anche su questo server: mal di testa digitali gratis ed esentasse! In modo che tu abbia finalmente un motivo per brontolare di nuovo. Disponibile nelle varianti: acuta, martellamento ed emicrania. Anche in abbonamento.

Ordina ora e paga solo metà spese di spedizione!

Ingrid è fantastica: gli porta la colazione a letto, si fa scopare da dietro tra il primo e il secondo toast e poi si assicura che i bambini arrivino a scuola in orario mentre lui si mette l'uniforme.

Wotan e Therese si comportano bene come ogni mattina, così puliti e belli nei loro vestiti bianchi appena stirati che non possono essere bambini veri: quelli farebbero casino, ciancerebbero e perderebbero tempo.

Non importa: tutto soddisfatto, Heinrichs si mette la fascia rosa d'ordinanza al braccio, guarda il suo viso tondo allo specchio-specchio-sul-muro e impara a memoria il motto del giorno: Sei un vanto per la tua razza. Continua così.

I bambini corrono felici fuori casa cantando una canzone popolare e si dissolvono nel nulla, il raggio della loro simulazione è limitato a venti metri da Heinrichs per risparmiare potenza. Per Ingrid, ha configurato solo dieci metri, più che sufficienti per cucinare, lavare i panni e soddisfare i suoi bisogni riproduttivi.

Da qualche giorno, Ingrid è di nuovo incinta e tra poco meno di nove mesi darà alla luce il terzo di innumerevoli altri figli: non sarà più reale di lei, ma non importa. Sarà geneticamente puro, e giovane. Per sempre. Crescerà solo fino a dodici anni. Ci sono già abbastanza adulti digitali in questo mondo, non invecchiano, perché dovrebbero essere sostituiti da una generazione che potrebbe avere idee sediziose?

Stavolta Heinrichs ha compilato correttamente i moduli, e la domanda per la prole maschile è stata accettata dall'Amministrazione Centrale Genetica (ACG) del Reich. Un figlio! Che meraviglia.

Quando Heinrichs esce di casa, il sole risplende sul berretto e fa luccicare i bottoni e le mostrine sulla giacca. Cammina con calma per strada in direzione della stazione ferroviaria e prende atto degli sguardi rispettosi e dei saluti dei passanti.

Alla stazione, si mette in fila davanti alla sbarra della banchina. La coda avanza a un ritmo moderato ma regolare, finché l'uomo davanti a Heinrichs non mostra all'ufficiale un abbonamento mensile scaduto il giorno prima e viene respinto.

"Per favore," dice l'uomo in lacrime togliendosi il cappello, "se non arrivo al lavoro in tempo, perderò molti punti sociali e non sarò più utile alla società!"

"Noi non lo vogliamo, ovvio" risponde il funzionario, senza parte inferiore del corpo. La metà superiore è avvitata su un'asta d'acciaio, proprio accanto al posto di blocco. Questo e gli scarabocchi sconci disegnati sul suo corpo lasciano ipotizzare che si tratti di un bot. Dal momento che gli ufficiali vengono deportati dopo il quarto richiamo disciplinare, il personale originale ha iniziato a scarseggiare e così l'amministrazione si arrangia con persone artificiali.

"E adesso che faccio?" si lamenta l'uomo e tira fuori dalla tasca un enorme fazzoletto in tessuto con una croce uncinata cucita sopra. In apparenza non è stato lavato da un po', e Heinrichs fa una smorfia, quando l'uomo si soffia il naso con vigore sul sacro simbolo.

"Faccia attenzione alla condotta," lo riprende Heinrichs. "E vada a piedi al CRAM, Centro Richiesta per l'Abbonamento Mensile, e compili per bene i moduli di assegnazione delle sovvenzioni."

"Ma è a trentaquattro chilometri da quando l'ufficio qui

di fronte alla stazione è stato chiuso per carenza di personale."

Heinrichs si schiarisce la gola. "Trentaquattro chilometri non sono niente per un corpo perfetto da patriota! Se la mia posizione mi permettesse abbastanza tempo libero, correrei ogni giorno una maratona con un bagaglio in spalla per andare su Marte!"

"Avanti il prossimo, prego!" dice il funzionario imbullonato. "La vittoria finale non aspetta!"

"E va bene!" dice l'uomo a bassa voce muovendosi a fatica sotto gli sguardi d'acciaio delle persone in fila.

Heinrichs annuisce e mostra il suo biglietto che, a quanto pare, è scaduto il giorno prima.

"Signore," attacca il funzionario, ma Heinrichs gli mette il dito sulle labbra. Tira fuori l'apparecchio di controllo e invia un codice di autorizzazione al software del funzionario. Poi saluta in fretta portandosi la mano sul berretto e se ne va.

"Buon viaggio!" gracchia il bot.

Non appena Heinrichs raggiunge la piattaforma, il treno dei pendolari entra in stazione. Gli scompartimenti di prima classe sono in fondo, lontano dal terzo vagone dietro la locomotiva, dove le persone semplici si stringono su banchi di legno disposti in longitudinale nel senso di marcia.

Il treno prende velocità, ma dopo alcuni chilometri si ferma.

"Stimati passeggeri, purtroppo dobbiamo aspettare il passaggio di un treno. Si tratta di un ETD urgente, un Espresso per Trasporto Deportati, che ha la priorità."

Heinrichs annuisce alla bionda seduta davanti a lui nello scompartimento.

Il suo assistente dovrà fare domanda di sospensione delle detrazioni di punti sociali a causa del ritardo. Non può esserci ragione migliore per arrivare tardi a lavoro: nulla è più importante della deportazione dei cospiratori bolscevichi, zecche perverse dedite alla fornicazione e geneticamente impure. Bene, la maggior parte di loro sono bot, ma è il principio che conta.

Mentre il treno in direzione opposta passa tuonando trainato da tre locomotive, Heinrichs legge con benevolenza lo slogan a grandi lettere illuminate sulle pareti senza finestrini del vagone: AVANTI VERSO IL FUTURO! LA NOSTRA FERROVIA DEL REICH.

Heinrichs è in ritardo di un'ora a causa di altri due treni e una veloce scopata con una pendolare nel bagno della stazione, ma la richiesta di revoca delle detrazioni è solo una formalità: diffondere il più possibile geni eccellenti come il suo è tutto nell'interesse del Reich.

In ufficio c'è molta eccitazione: i preparativi per l'apparizione epocale del Führer sono imminenti. L'Ufficio per la Propaganda e la Salute Mentale (UPSM) ha scritto la data in modo errato, ma ha presentato una serie di moduli compilati meticolosamente per dimostrare che l'errore era tutto dell'Ufficio Programmazione (UP).

Heinrichs fa il culo a un paio di collaboratori, affinché possano eseguire le direttive finali con la massima motivazione.

"Abbiamo ancora bisogno di almeno..." inizia il Dr. Langdachs, l'occhialuto dalla criniera bianca, il Foriere di Cattive Notizie (FCN) del Dipartimento per l'Ottimizzazione Organizzativa Ufficiale (DOOU). Poi guarda il soffitto e sembra impegnato a risolvere a mente complicati problemi di aritmetica.

"Il messaggio del UPSM era chiaro, ed è compito tuo, in quanto CCN, assicurarti che il DOOU lo risolva." Heinrichs infila l'indice tra le costole del professore. "E invece alle 12 in punto comincia lo storico discorso."

"Ca...capito, signor capitano! Heil!"

"Se ne vada," Heinrichs lo spinge fuori.

"Con piacere," dice il professore.

"E forse dovrebbe correre via anche molto velocemente." Si gira e si allontana alla svelta, spingendo da parte i colleghi con foga. Heinrichs lo segue con compassione. "Gli ingegneri! Peccato non se ne possa fare a meno." Poi se la prende con una funzionaria di grado inferiore. "Lei! Mi porti un caffè."

"Ma, veramente io dovevo..."

"Tre zollette di zucchero e niente latte, ma scattante!" la rimbrotta.

Mezz'ora dopo, Heinrichs è seduto a capotavola nella sala conferenze HEINRICHS, dove sta prendendo posto il resto dell'ufficio e osserva la superficie di proiezione nella parte anteriore della stanza.

Al sottofondo musicale di un elegiaco per archi, la telecamera fa una panoramica sulle masse radunatesi nella monumentale area di raggruppamento appositamente creata dal server per ascoltare il loro Führer.

Milioni di e-terni e bot si sono sistemati sulle tribune simili a quelle degli stadi. Al centro, il palco decorato con bandiere sventolanti delle dimensioni di campi da calcio e il cui enorme podio attende il Führer.

Quando esce dall'incubatrice, abilmente nascosta dalle bandiere al vento, tutti i visitatori sollevano all'unisono il braccio destro in segno di saluto. I bot, perché programmati per farlo, e il resto, perché non vogliono prendere il prossimo ETD.

Hitler-bot è alto circa sei metri e ha un aspetto molto fiero. Il PU ha fatto un ottimo lavoro. Per Heinrichs la promozione a Comandante Superiore di Battaglione è ormai una formalità.

Lascia scorrere lo sguardo. I suoi sottoposti siedono al tavolo muti e in soggezione, sembrano tremare, anche se oggi non fa freddo. Mentre il Führer sale sul palco con passi epici e sicuri, tutti i follower del popolo, i client in streaming e le pareti pubblicitarie si sintonizzano sulla trasmissione.

Felice, Heinrichs unisce i polpastrelli, e aspetta l'inizio del discorso.

Quando Hitler-bot si ferma davanti al microfono, milioni di gole gli fanno eco.

Heil! Heil! Heil! Heil!

Il Führer solleva con calma la mano e accetta pazientemente che gli venga reso omaggio.

"Sta per parlare," sussurra un ufficiale al lato del tavolo. Il tono di voce suona un po' come "la fine del mondo è vicina," ma Heinrichs non riesce a capire perché.

"Non disturbi questo momento storico," sibila Heinrichs.

La donna, che prima aveva portato il caffè a Heinrichs, si mette a piagnucolare. Che lagna. Heinrichs scrive una nota mentale per prendere di petto la giovane in un secondo momento. Gli avrebbe fatto vedere cos'è un vero ufficiale UP!

Il sovradimensionato Führer-bot abbassa la mano. Di colpo, le grida di benedizione tacciono, e sul luogo dell'assemblea cala un silenzio mortale.

Il discorso epocale del Führer-bot sta per iniziare e mostrerà il futuro del Reich: dalle rovine al nuovo mondo, per questa e-ternità e per la prossima e comunque per tutte le successive. La telecamera mostra – un po' in diagonale dal basso – il volto deciso del Führer-bot. La sua bocca si apre, fa un respiro.

Gli agenti nella sala conferenze HEINRICH si fermano.

E Hitler-bot, dall'alto dei suoi sei metri, pronuncia frasi epocali.

"Lorem ipsum dolor sit amet!" Alza il pugno e lo agita in aria. "Consectetur adipisici elit!"

Agghiacciato, l'ufficiale cerca di nascondersi sotto il tavolo.

Heinrichs si accorge di stare tremando.

"Sed eiusmod tempor! Tempooooooor!!!" tuona Hitler.

"È un testo di prova," si lamenta qualcuno. "Il Führer-bot sta usando un testo di prova!"

"Annullate!" squittisce Heinrichs, con la voce rotta. "Annullate subito!"

Ci vuole un secondo perché gli ufficiali dell'Ufficio Programmazione si risveglino dalla loro paralisi. Alcuni saltano in piedi, inciampano l'uno sull'altro, qualcuno fa cadere una tazza di caffè, una persona urla: "Non toglierò mai più la macchia!"

"Incidunt ut labore!" grida il Führer. "Lorem! Lorem ipsum!" Gesticola animatamente, e milioni di telespettatori lo interpretano come un invito a mettersi a gridare.

"Heil! Heil! Heil!"

Heinrichs scatta in piedi. Impallidisce, e se il server supportasse questa funzione, di sicuro se la farebbe addosso.

Finalmente qualcuno trova l'interruttore giusto. Il Führer-bot si blocca nel bel mezzo dell'azione. Tuttavia, l'enorme avatar è così furioso che con gli arti bloccati perde l'equilibrio e cade rigidamente dal palco, insieme ai suoi baffetti.

Da milioni di gole risuona: "Heil! Heil! Heil!"

Poi qualcuno spegne la trasmissione e sullo schermo appare:

QUESTO PROGRAMMA È STATO PRESENTATO CON ORGOGLIO DALL'UFFICIO PROGRAMMAZIONE SENIOR, IL TUO PARTNER AFFIDABILE IN TUTTE LE QUESTIONI INFORMATICHE.

La segretaria di Heinrichs entra di corsa nella sala conferenze con un cellulare in mano.

"Chiamata dall'UPSM. Il ministro della Propaganda è in linea."

"Gli dica che sono occupato."

"Ma..."

"Mi ha capito!" Grida Heinrichs. Quando la donna lascia cadere il cellulare e corre via, lui si accende una sigaretta, aspira forte e soffoca un attacco di tosse. Poi si avvicina di soppiatto al cellulare sul pavimento, dal quale una voce sta imprecando, e comincia a vagare per i corridoi.

Ha proprio bisogno di qualcuno a cui dare la colpa. Però l'ufficio è deserto, a quanto pare sono scappati tutti.

Il Comandante Superiore di Battaglione irrompe nell'ufficio del Dr. Langdachs, ma lì non c'è nessuno. Si volta e sbatte contro il muro. Proprio dov'era la porta un attimo prima.

"Ciao," dice una voce femminile, enfaticamente calma.

Heinrichs sussulta. L'ufficio è vuoto. La porta è sparita, i tavoli, le sedie e gli armadi. Anche le finestre. Sono rimasti solo i tubi al neon sotto il soffitto, che illuminano la stanza cubica, dipinta di grigio chiaro.

Heinrichs scivola con la schiena lungo il muro.

"Mi perdoni se l'ho convocata così per fare rapporto, ma le circostanze non hanno permesso di fare diversamente."

La voce femminile incorporea sembra provenire dal soffitto.

"Io..."

"Oh," dice la voce, "non mi fraintenda. Non deve dire niente. Non mi interessa."

"Ma..."

"Deve solo ascoltare."

Heinrichs vuole rispondere, ma non ci riesce. Le labbra sono appiccicose, la lingua paralizzata.

"Sa, penso che il nostro piano sia davvero ben congegnato," spiega la donna invisibile. "Per sfortuna, sempre più spesso succede che i piani, non importa quanto ben preparati, vengano ostacolati da incompetenza, negligenza o addirittura intenzionalmente. Per ora presumo che non ci sia premeditazione, solo patetico, indegno, meschino fallimento."

"Mmm!"

"Sa di certo che i nostri fondi sono quasi illimitati. Ne abbiamo messo una parte a sua disposizione per il raggiungimento di determinati obiettivi. Non devo entrare nei dettagli, ma le assicuro che possiamo trasferire i soldi anche su altri conti. Non le spiegherò cosa significa, perché sono stufa d'insegnare l'evoluzione alle scimmie."

Heinrichs cerca di aprirsi le labbra con le dita. Vuole controbattere, incolpare gli altri. Forse il tizio che l'ha fermato alla sbarra del binario stamattina. O quel codardo di ufficiale che non lo aveva avvertito. Lei, la voce incorporea, ovviamente lo sapeva. La colpa è sua, certo! È senza dubbio un'agente della Cospirazione Mondiale Sionista (CMS). Chi altro dovrebbe esserci dietro?

Ma le labbra di Heinrichs non riescono ad aprirsi.

La stanza non ha porte né finestre. E la voce invisibile tace.

TWEET DI: *@governopreferito2*

Nella sua conferenza stampa di oggi, il Ministro della Famiglia ha sottolineato ancora una volta che la notizia secondo la quale la scorsa settimana otto bambini si sarebbero tolti la vita in varie parti del paese per non andare più a scuola e giocare tutto il tempo nell'aldilà digitale, sia una fake news. Non ci sono prove di alcun genere per tali connessioni e la VERITÀ ha chiare indicazioni sul fatto che almeno una delle lettere di addio sia un falso. Ti terremo aggiornato nell'ambito della nostra offensiva per la trasparenza!

#FALSA #VERITÀ.

L'ubicazione di Tom è, fino a nuovo avviso, il cimitero di Friedhof. Molte lapidi possiedono campanelli, display 4K o almeno codici QR, ma le persone in lutto non vogliono fare a meno dei loro cari in soggiorno e usano un browser. L'interfaccia utente per i vivi: un cimitero in grafica 3D.

Nele può chattare con Tom a casa in qualsiasi momento, le opzioni di comunicazione cimiteriale sono pensate più che altro per visitatori occasionali che riconoscono il nome sulla lapide e forse vogliono chiedere alla svelta: "Sei quel Tom della classe 8B che la mattina copiava sempre da me i compiti di matematica sull'autobus?"

Per qualche motivo, Nele durante la pausa pranzo non è passata dall'hamburgheria come gli altri giorni. Invece, ha camminato lungo la strada forestale, assorta nei suoi pensieri, dritta verso il cimitero. Sta sudando nei vestiti neri a lutto, il sole la riscalda.

Adesso, in piedi davanti alla lapide del marito morto, non osa suonare il campanello.

"Forse lì non c'è proprio nessuno," sussurra tra sé e sé.

"No, lì non funziona," sente dire con una voce femminile dietro di lei. Si gira e vede una ragazza con un grembiule verde. Davanti a lei c'è un carrello della spesa con le viole del pensiero.

"Come fa a saperlo?"

La donna fa un cenno con il mento verso la lapide. "L'altro ieri ho visto che un paio di ragazzi suonavano il campanello. Il morto non ha risposto. Sono rimasti un po' delusi."

"Capisco," dice Nele. "Comunque non volevo suonare il campanello. Deve avere la sua pace. Prima era abbastanza stressato."

"Oh, è morto di esaurimento?"

Nele si acciglia ed è in procinto di rispondere, ma la giardiniera alza le mani in tono di scuse: "Mi spiace. Io... sono stata indiscreta. Di solito parlo solo con i fiori."

"Pochissimi di loro hanno le orecchie," dice Nele.

"Soprattutto non mi aggrediscono," risponde imbarazzata la giardiniera.

"Non avevo intenzione di..."

"D'accordo, pace?" La donna tende la mano a Nele. "Mi chiamo Luna."

Nele pensa che la mano di Luna è alquanto sporca, ma la afferra comunque e si presenta.

"E? Porti i fiori a tuo marito?"

"Pensavo che te ne occupassi tu."

Entrambe scoppiano a ridere.

"No. In realtà, tu e tuo marito avete un abbonamento con la concorrenza. Anche se noi abbiamo le donne più carine e operose."

"Ma dai" dice Nele. La conversazione sta andando in una direzione inaspettata, secondo lei. Inoltre, la pausa pranzo finisce tra due minuti e mezzo e ce ne vogliono almeno sette per arrivare in ufficio. "Purtroppo ora devo andare. Il lavoro chiama. Anch'io sono un'ape operosa."

Luna fa finta che sia divertente. "Va bene, anch'io devo andare, immagino."

Nele esita perché si aspetta che Luna adesso le chieda il numero di telefono. Ma non è così e allora Nele saluta e si affretta per la sua strada.

Al lavoro, non è molto concentrata. Spesso rimugina

senza sapere con esattezza su cosa. Tom "non era a casa?" E questa Luna che cosa ne sa? Nele decide di contattare Tom a casa dopo il lavoro.

Quando lo fa, è seduta in cucina accanto all'altoparlante, con in mano una tazza di caffè. Steven si è chiuso in stanza sua e gioca di nuovo a uno sparatutto horror, il cui sottofondo musicale pare composto da frammenti di ceramica, chiodi arrugginiti e bambini affamati.

"Ero al cimitero oggi," dice Nele.

"Perché?" chiede Tom dopo una pausa.

Nele fissa l'altoparlante e sospira. "Non lo so."

"Se c'è qualcosa di cui vorresti parlare..."

"No, io... immagino si tratti di Steven. È così difficile in questo periodo."

"Non è facile per tutti noi."

Nele ride senza umorismo. "Ti tieni aggiornato? Voglio dire... leggi le notizie?"

"Qualche volta."

"Dicono che un bambino di 7 anni si sia impiccato a Flensburg. Una settimana dopo che i suoi nonni gli hanno dato regalato il primo upload."

"È spaventoso."

"O è una menzogna. La notizia si diffonde più in fretta dell'ultimo Pokémon. Lo fa perché è mostruoso, vero o inventato che sia. La curiosità morbosa delle persone per lo scalpore è maggiore di quella per la verità. Perché puoi attirare attenzione creando scalpore. La prima cosa che fa chi assiste a un incidente è un selfie. Poi lo pubblica sui social. Solo allora aiuta la vittima. Funziona anche meglio con le foto false."

"Non capisco."

"Per via della qualità. Le foto false sono sempre esposte in modo ottimale perché qualcuno le ha selezionate apposta. L'oggetto in questione è facile da riconoscere, si vede a fuoco e al centro. Una foto col cellulare scattata di fretta sulla scena del crimine, invece, è di solito sfocata, scura e da una certa distanza di sicurezza. Senza teleobiettivo. La vittima dell'incidente è solo una macchia lunga e insignificante, la pozza di sangue appena riconoscibile. È fondamentale che il messaggio si diffonda e susciti paure. La prima domanda non è: *è vero?* Ma: *accadrà a me dopo?*"

Passa un attimo. "Non ho capito," dice Tom in tono piatto.

"Riavvolgi e ascoltalo di nuovo. Sarà Steven il prossimo a uccidersi?"

"Certo che no, noi lo impediremo."

"Noi?" scatta Nele. "Tu?"

"Gli parlerò."

"Tu non sei affatto tu," dice Nele e inghiotte un singhiozzo. "Lo pensi, ma la verità è che sei solo una cattiva simulazione di te stesso. Un avatar fatto di memoria. Non puoi nemmeno arrabbiarti quando faccio delle battute sul tuo corpo che non esiste più. Quanti pixel schizzano fuori quando ti masturbi?"

"Non c'è nient'altro che pixel e bit. A parte un mucchio di cenere. Di che colore è la mia urna di preciso?"

"Nera, come hai scritto nelle disposizioni per l'inumazione. Non farei niente che tu non voglia. I tuoi eterni rimproveri mi ucciderebbero!"

"Era ironia questa?"

"Scoprilo da solo," dice Nele. "Adesso vado su a parlare con Steven."

In questo momento sta giocando all'apocalisse zombi in paradiso. Il gioco si chiama così, almeno a quanto sostiene sempre lui. Ci sono tanti meli in bella vista, i cui frutti non interessano molto agli zombi. Inseguono solo il giocatore, disdegnano la frutta. I non-morti hanno un gusto un po' diverso dai vivi.

Nele se ne sta in piedi a braccia incrociate dietro Steven, che sta manovrando con calma il joystick e sta tagliando a metà un avversario con una lunga spada.

"Quindi qual è il tuo lato migliore adesso?" sibila Steven.

Il resto degli zombi ruggisce: "Carneee!"

"È l'ora del massacro!" risponde Steven.

"Cervellooo!" aggiungono gli zombi. "Testicoliiii!"

"Steven?"

"Scusa, mamma, sono in diretta live, non posso proprio."

Certo, Nele sa che il gioco non ha la pausa, come lui le ha spiegato: dopotutto, sta giocando contro morti veri sul server asiatico di e-ternità.

"Sarebbe urgente, però."

"E va bene," brontola Steven. Apre un portale luminoso viola e lascia la scena.

"Tanto stavano vincendo comunque. Avevano già il mio braccio sinistro."

"Bene, allora, buon appetito," ribatte Nele. "Devono sempre essere zombi?"

"Non capisci," dice Steven, sbattendo il joystick sul letto disfatto. "Sono reali. Morti veri. Finanziano la loro vita nell'aldilà giocando. E non muoiono davvero se li macello."

"Perché sono già morti!" risponde Nele seccata. "Tu ci parli addirittura."

"Anche tu parli con un morto," ribatte lui, indicando vagamente la porta.

"È tuo padre!"

"Sono 11 terabyte!"

Invece di rispondere, Nele sospira e si siede sul bordo del letto. "E vorresti esserlo anche tu, vero?"

"Continui a evitare," dice Steven.

"Tu no?"

"Vedi? Di nuovo."

Nele guarda dritto davanti a sé. Un peluche massacrato con un cartello di carta è appeso all'armadio di Steven: CI VEDIAMO SU E-TERNITÀ: una rimanenza da una pubblicità di qualche rivista.

"Cosa sto evitando?"

"Prima di tutto i fatti. Quel papà è morto."

"Ma lo so," sussurra Nele, trattenendo le lacrime. "Eppure è ancora lì."

"Io però non ho quella sensazione," dice Steven. Indica di nuovo la porta. "Questo ridicolo bot non mi ha generato!"

L'interfaccia successiva si trova nella stanza accanto "Ci ascolta," dice Nele sottovoce.

"Mamma! Pensaci. Cos'era. Chi era. E cosa sta uscendo dalle casse adesso. Uno scherzo. Chiacchiere vuote. O un suggerimento su cosa cucinare per cena. E, oh sì: i voti in matematica di Steven potrebbero essere migliori, posso aiutarlo con i compiti."

"Sì, e?"

"Mamma!" Salta su Steven. "Papà non era soltanto un borghese che fa il bucato e costruisce razzi alimentati con bicarbonato di sodio durante i fine settimana. Era un attivista."

Nele fissa dritto davanti a sé.

"Un combattente per i diritti umani, per l'umanesimo," gesticola Steven. "Ha organizzato manifestazioni, pubblicato documenti segreti che erano trapelati. E ora è un e-terno e la cosa più ribelle che gli è capitata finora è stata protestare per il tuo nuovo letto più stretto."

Ora Nele sorride. "Ho molto più spazio in camera adesso. Per il letto matrimoniale ho addirittura guadagnato una cinquantina di euro." Il riso dura poco. All'improvviso si ricorda che suo figlio non è stato concepito in quel letto, ma sul tavolo della cucina. Che pensiero le viene in mente!

Se si tratta di Steven, sbaglia sempre. Perché è così maledettamente distratta?

"Sei un poliziotto," dice lui. "Eppure, non pensi che non sia stato un incidente."

"No..." Nele deglutisce. Vuole riordinare i pensieri ma scivolano via.

Guarda suo figlio. Ha gli occhi di Tom. Non solo lo stesso colore.

Anche questo una doccia fredda.

Testo della canzone COPY U di SchrottT
Sisssstema il tuo mazzo di fiori
Hanno un così buon profumo, se
È finita la pacchia, è finita la pacchia
Mai più addii
When they...
Copy you to death
Copy you to death
Rest in Bits, dove riposano le tue ossa

Non mandarmi un saluto d'addio
Dall'agonia e dalla sofferenza
Dal momento che non dovrai mai più soffrire
Nella tua nuova casa, sottoterra.
When we ...
Copy you to death
Copy you to death
Rest in Bits, dove riposano le tue ossa

Bruciando luminoso ma non all'inferno
Un'urna è la mia nuova dimora
La vita non è più un problema
Vivendo felice per sempre

When you ...
Copy me to death
Copy me to death
Rest in Bits, dove riposano le mie ossa

Copy them to death
Copy them to death
Rest in Bits, dove riposano le mie ossa
Copy them to death
Copy them to death
Rest in Bits, triste mietitrice sconfitta.

All'uomo non sembra di aver già fatto un turno di dodici ore. I suoi occhi sono vigili e riposati, la postura eretta, la camicia blu priva di macchie di sudore.

La finestra è uno schermo e le notizie scorrono: rivolte a Bangalore dopo i licenziamenti di massa delle aziende IT. Certo, i programmatori indiani costano circa 20 euro l'ora, gli e-terni solo quindici crediti. E producono codici di qualità superiore. Beh, comunque nella maggior parte dei casi.

Heinz sbuffa. "Interruttore. Musica. Afro-folk."

Sullo schermo compare un video musicale in cui una donna africana avvolta in un drappo rosa balla a un ritmo che gli europei contaminati dal pop non riescono a concepire. Heinz lo trova entusiasmante. Solo quando le chiare linee di pensiero vengono interrotte si può generare qualcosa di nuovo. Ciò funziona in modo particolare per gli e-terni, in quanto l'apprendimento è, per natura, un po' più difficile rispetto, diciamo, agli scimpanzé.

"Pane tostato," dice Heinz. "Con cromo e pathos. Grigliamo i flauti. È nuovo?" ascolta dire se stesso. Le parole in apparenza sconnesse creano nuovi collegamenti. Il suo codice si riorganizza. Niente informazioni, ma possibilità.

"Finalmente, backup!"

Suona un gong. "Il tuo stato attuale è stato salvato."

Va all'armadio a piedi nudi e apre l'anta. Mette da parte gli abiti su misura, tutti di colori diversi: grigio, grigio chiaro, mezzo nero, antracite. Dietro c'è una porta d'acciaio. Il lucchetto scatta quando Heinz si avvicina, si apre senza fare rumore.

Randy entra nel suo bar.

Quando si guarda attorno, la porta d'acciaio è sparita. Randy va dietro al bancone e mette i bicchieri controluce. Toglie una macchia qua e là con del limone sfrigolante.

E aspetta, anche se non succede niente alla porta invisibile che si apre solo dall'esterno all'interno.

Il bar non ha uscita. È stato programmato così. Heinz può entrarci e anche i suoi ospiti, ma nessuno può lasciarlo. Finisce solo con la morte del creatore. È un gioco, un esperimento, un laboratorio. Un luogo d'incontro per eccentrici informatici e avatar non del tutto legali.

I Talking Heads stanno girando su un giradischi, *Road to Nowhere*. Randy sorride.

E aspetta.

Nel mezzo della canzone – Come on! – la porta d'ingresso si apre.

Entra Jackie Chan. Somiglia a quello di *Terremoto nel Bronx*, all'età di circa quarant'anni. Certo, è una copia pirata, modificata qua e là da *script kiddies* e da supposti fan che vogliono andarsene in giro per l'aldilà con il loro idolo. Uno vuole imparare il kung fu, l'altro magari posta un bel selfie con Chan.

Randy non ha in mente niente.

"Quindi è questo il famoso Bar di Randy?" chiede Chan, facendo finta di essere interessato. In realtà, forse sta individuando quelle parti della struttura che si prestano meglio a fare fantastiche acrobazie. Un muro su cui camminare, una colonna contro cui dondolarsi, per spingere un avversario contro il bordo duro di un tavolo.

Randy gli tiene una bottiglia di birra aperta davanti al naso. "Offre la casa."

Chan socchiude gli occhi e mette l'indice sul naso di Randy. "Stai tramando qualcosa."

"Noti proprio tutto." Randy indica un tavolo di legno con un mazzo di carte da gioco nel mezzo. "Poker?"

"Perché dovrei? Hai intenzione di barare. Me ne andrò e troverò un bar più affidabile. Hm?"

"Può provarci."

Chan guarda verso la porta, ma non c'è più. "Trucco interessante", ammette Chan. "Me ne ricorderò quando dovrò catturare un criminale."

Randy è già al tavolo a mescolare le carte. Quando anche Chan si siede, lui annuisce. "Cosa ci giochiamo?"

"L'uscita."

"Dovrai passare sul mio cadavere."

Chan incrocia le braccia. "A posto."

Adesso Chan si sporge in avanti. "Che razza di strano tipo sei?"

"Qualche anno fa, quando ero in vita, c'era un problema enorme che nessuno capiva davvero. Non era così ovvio come il cambiamento climatico, la povertà o il nazionalismo."

Chan annuisce. "C'erano troppi idioti al mondo."

"Questo però è noto da millenni. No," dice Randy, divertito, "tutto funzionava con i software, ne servivano sempre di più e sempre più complicati. E i software invecchiano. Pertanto, erano necessarie sempre più persone che se ne occupassero. I programmatori, per esempio."

"Stai dicendo cose senza senso. Un paio di calci ben assestati aiutano, credimi. Spero che il tuo inventario sia ben assicurato."

"Non c'erano abbastanza programmatori," va avanti Randy, continuando a mischiare le carte. "I cacciatori di teste hanno iniziato ad attirare i programmatori disposti a cambiare con offerte sempre più stratosferiche. 80.000, 90.000 e oltre. Tre giorni di home office, guardaroba trendy, pizza e cocktail inclusi a fine giornata. Dovevi offrire parecchio lusso per attirare brave persone. Cosa che ovviamente ha lasciato delle lacune nei loro vecchi progetti. Lacune che potevano essere colmate solo in tre modi. Primo: offrire più stipendio. Molto di più. Secondo: delegare il lavoro a società offshore, India, Romania, Vietnam. Terzo: fallire. Ma l'opzione due è stata in definitiva una sorta di rovina a causa di evidenti difetti di qualità, accompagnati da una dolorosa agonia."

"Perchè me lo stai raccontando? Ah, lo so," fa Chan ridendo, "vuoi distrarmi dal fatto che ti stai mettendo un asso nella manica. Non funzionerà, sto tenendo d'occhio le tue piccole dita!"

"Una nota società di consulenza, il cui nome non deve essere menzionato, ha risolto il problema in modo diverso dopo l'invenzione dell'aldilà digitale. I contratti di lavoro semplicemente si estendono anche dopo la morte del dipendente."

Il sorriso di Chan si congela. "Quindi sei... cibo per vermi."

"Centro!" dice Randy, alzando le spalle. "Attacco di cuore a 62 anni. Adesso non può succedermi più niente. Il mio ultimo progetto è stato FreeCar, potresti averne sentito parlare."

"No..."

Randy ride senza ironia.

"Ovvio che no. Auto a guida autonoma, finanziate dalla pubblicità. Ne ordini una sull'app e vedi di continuo pubblicità mentre guidi. Puoi ordinare automaticamente i prodotti che ti piacciono votando. Ero il responsabile di questo settore. È stato divertente, ho inserito un paio di Easter Eggs. I capi hanno guadagnato senza fare niente e, secondo i Panama Papers, hanno parcheggiato un mucchio di risparmi nella loro stessa banca."

Chan fa segno di no con la testa. "Easter Eggs? Sei uno strano barista."

"Storielle divertenti da sviluppatore. Per esempio, se dici cappello rosa nelle nostre auto, la pubblicità verrà sostituita con soft porn. Per inciso, mi sono ispirato al servizio di consegna che ci portava il cibo ogni sera a spese dell'azienda. Il fattorino della pizza indossava un berretto pubblicitario rosa. Dicevamo sempre: 'Ah, ecco cappello rosa con la pizza Margherita.' La pizza con condimenti aggiuntivi era troppo costosa per l'azienda."

"A me piace di più il calzone," dice Chan.

"Sul serio?" chiede Randy. "È troppo caldo dentro e duro come il cemento fuori."

"Proprio come me," afferma Chan.

"Ottimo!" Ride Randy, senza riferirsi alla pizza. "Lavoravamo almeno dieci ore, nessuno di noi aveva una donna. La mia morte è stata una redenzione e una rivelazione. Adesso lavoro dodici ore, ho il corpo di un 24enne, faccio sesso tre volte al giorno con dei bot manga a scelta, pizza con condimenti e tutto a spese dell'azienda."

"Cosa sono i bot manga?"

"Forse non sono il tuo genere." Randy gli fa cenno di allontanarsi. "Ho accesso alla scrittura del mio codice. Ecco perché non perdo tempo a dormire. Nel tempo libero ho programmato questo bar, e qui incontro copie piratate di e-terni famosi che qualcuno ha diffuso e caricato sulla darknet."

Chan si guarda intorno. "Io qui però non vedo nessun... e-eterno."

"Ho dimenticato di mettere uno specchio."

"Dovrei sculacciarti, sì che dovrei. Finora ha sempre aiutato!"

Randy non risponde. "La maggior parte dei tipi che scaricano copie pirata vuole solo divertirsi. Voglio capire gli errori. Ecco perché adesso stiamo giocando a poker."

"Stavo cominciando ad annoiarmi."

Randy distribuisce le carte senza dire una parola. Lui ha solo una coppia di otto. "Vedo."

"Cinque assi," dice Chan, mettendo le carte in tavola. "Vinco io."

Randy incrocia le braccia sul petto. "Diamoci da fare."

Adesso il suo ospite sta visibilmente perdendo la pazienza. Salta in piedi, grida qualcosa in cinese, lancia sedie in giro e fracassa i tavoli con calci e con il filo della mano.

Corre su un muro, all'improvviso si trova – senza fiatone – accanto al tavolo e fissa la rivoltella poggiata sopra.

Randy trattiene il respiro mentre Chan afferra il revolver. In seguito ispezionerà i file di registro del filmato. Alcune modifiche fatte da terzi alla copia di Chan sembrano piuttosto creative. Chan punta la pistola contro Randy. "Mostrami l'uscita o ..."

"Apparirà se spari," mente Randy.

"Io però non lo farò."

Randy sorride. "Invece sì."

ANNUNCIO PUBBLICITARIO: SEPOLTURE HOHLMEIER

Ci occupiamo di tutte le formalità. I nostri dipendenti sono molto empatici perché sono morti loro stessi. Da noi riceverai il miglior conforto in caso di lutto. Non potresti ricevere più empatia di così.

Sepolture Hohlmeier – morte per esperienza.

Elisabeth è morta.

In piedi sulla spiaggia di Isla Dorada, il mare lambisce i suoi piedi nudi. Sente la sabbia, l'acqua, il vento. Ciò che non sente, benché sia qui da un'eternità a fare meditazione, è il dolore. Quel dolore che negli ultimi anni non è stato un fedele compagno, ma uno stalker fastidioso che, nonostante le ripetute conferme, proprio non ha capito che lei non vuole avere niente a che fare con lui.

Quello stalker non accettava un no come risposta al suo amore, le stava appiccicato come la sfortuna, e le sue dichiarazioni d'amore si erano fatte sempre più insistenti. Fino alla fine.

In lontananza, una barca a vela bianca si staglia contro il cielo azzurro intenso. Da dove viene, dove sta andando, Elisabeth non lo scoprirà mai. Come tante altre cose. Si sente come il pubblico che applaude perché pensa che la canzone sia finita. Poi comincia un altro pezzo. Le viene spontaneo pensare a un concerto di Udo Jürgens. C'era un passaggio così nel brano *5 Minuten vor 12*. Il meglio deve ancora arrivare. Il sassofono. E quel ticchettio che finisce all'improvviso.

> *Qualcuno mi ha detto*
> *Che il futuro comincia adesso...*

"Sei qui tutta sola?" le chiede una voce.

Elisabeth si gira, vede un uomo di origini orientali, vestito con un elegante completo nero, con sotto una camicia bianca e una cravatta rossa. Le scarpe lucide si bagnano stando in piedi nell'acqua fino alle caviglie, ma ciò non sembra dargli fastidio.

"Mi chiamo Lang," dice lui, ed Elisabeth pensa subito a un famoso pianista. "Una serata meravigliosa, vero?"

"Sì, certo."

"Dovevo notarla, perché insieme al mare e al cielo compone un'immagine che sarebbe un ottimo soggetto per un dipinto."

"Oh sul serio?"

"Oh, ma adesso non riuscirei a dipingerla." Il signor Lang sorride e annuisce. "In alternativa posso invitarla al bar per un cocktail?"

Elisabeth si sente lusingata. Lascia che il signor Lang la prenda per mano e la conduca verso le luci colorate, dove le sedie in legno rustico invitano a soffermarsi sotto gli ombrelloni.

Lei si presenta, poi Lang ordina due caffè ghiacciati.

"È sull'isola da molto?" chiede lui.

"No, io..." Elisabeth esita, dovrebbe dire: "Sono morta di cancro da poco"? Non le sembra un argomento piacevole di cui parlare. Così si interrompe, guarda lontano, alza le spalle.

"La capisco. La vita è una sfida continua. Anche la morte." Si ferma mentre una cameriera porta il caffè freddo. "Lavoravo per una compagnia di assicurazioni. Mia moglie mi ha lasciato, ha trovato un uomo più interessante, un pilota. Avevamo un figlio adottivo che si è spezzato il collo."

"È terribile."

"Si è buttato dal balcone. Nessuno sa perché."

Elisabeth resta senza fiato. Mette una mano sull'avambraccio del signor Lang. Lo guarda in maniera interrogativa.

"Beh," inizia Elisabeth, "mio marito era andato in pensione. Aveva prenotato un viaggio in Giappone. Il sogno di una vita."

Il signor Lang annuisce.

"Tre giorni prima della partenza, al mattino era sdraiato sul letto accanto a me e non respirava più."

"Deve essere stato un tale shock."

"Sì," dice Elisabeth. Ha la gola secca, tira dalla cannuccia il suo caffè freddo. "E ci ha salvato dal divorzio a cui non siamo riusciti ad arrivare in dieci anni. Il potere dell'abitudine era più forte. E la paura di cosa poi?"

"C'è sempre un dopo. Al giorno d'oggi comunque. Finché è valido l'abbonamento."

Elisabeth ride. "Mille anni e un giorno. O qualcosa del genere, non so. Penso che un giorno in più o in meno non abbia importanza. E mio nipote dice che la tecnologia sta avanzando sempre più in fretta. Forse a un certo punto potremo rinnovare i nostri abbonamenti perché i computer diventeranno più potenti. Non che io ne sappia qualcosa." Gesticola. "Mio figlio, Eduard, sa come muoversi. Lavora per un'azienda che programma stampanti alimentari. Veramente voleva fare il cuoco. Ora sta producendo un modello che ha un buon profumo perché è privo di bug e tutto ottimizzato. È più o meno così che me l'ha sempre spiegato."

"Non ci capisco nulla," dice il signor Lang in modo composto. Poi guarda oltre Elisabeth. "Qualcuno sta venendo proprio verso di noi," bisbiglia in tono cospiratorio. "La spiaggia qui è piena di tritoni lussuriosi. Se vuole flirtare con te, mandalo via!"

Elisabeth si volta ridendo. Ma si zittisce subito, perché lì non si si sta avvicinando nessuno eccetto suo figlio Eduard, di cui stava parlando. Arriva trotterellando lungo la spiaggia con addosso soltanto dei pantaloncini corti e una grossa pancia da orso. Prende con calma una sedia vuota dal tavolo accanto e ci si siede al contrario. Appoggiandosi sulla schiena dice: "Beh, mammina, come va?"

"Eduard, io..." Lei guarda avanti e indietro tra suo figlio e il signor Lang. "Sì, sto bene, non vedi? Lui è il signor Lang dalla Cina, davvero molto gentile."

"Taiwan," dice il signor Lang, tendendogli la mano. "Lang. Piacere."

Allo stesso tempo mette su un sorriso vago che può significare "la mia vita non sarebbe la stessa se non ci fossimo incontrati" oppure "spero che te ne vada presto, stronzo."

"Saluti da Ingrid," dice Eduard. "Verrà la prossima volta."

"Sì... sì, saluti anche da parte mia," risponde Elisabeth.

"Sono davvero felice che tu sia in buone mani qui. Oltretutto è anche molto bello."

"Sì, è vero. Aspetta." Elisabeth comincia a capire. "Non sei reale, vero?"

"No," dice Eduard. "Sono un bot. Ma Eduard mi ha mandato personalmente."

"Capisco. Questi bot," aggiunge lei freddamente in direzione di Lang, "mi ricordo. La consulente che si è presa cura di me il primo giorno me ne ha parlato. È un servizio speciale di Isla Dorada. I parenti possono ingaggiare dei bot, che si comportano come se gli importasse qualcosa della persona in questione. Ma lei non è uno di loro, vero?"

Lang sorride. "Non siamo parenti, glielo posso assicurare."

"Eduard," dice Elisabeth, rivolgendosi a suo figlio, "è stato bello che tu sia venuto. Per favore, lasciaci in pace adesso."

"Con piacere," dice Eduard-bot, e si alza. "Se hai bisogno di qualcosa, mettiti in contatto."

"Non con te, grazie comunque."

Suo figlio – o meglio il bot che ha inviato – diventa trasparente e scompare.

"Trucco interessante," dice il signor Lang. "Adesso devo andare, però."

"Oh... è un peccato," fa Elisabeth con rammarico. "È perché mio figlio...?"

"No, no," dice il signor Lang. Attende un attimo, poi Elisabeth ha un sussulto. "Devo solo andare, dalla mia prossima *vittima*."

Si alza, non si preoccupa di pagare e se ne va.

Elisabeth contrae la mascella. Per tutto il tempo, ha avuto un vago sentore che qualcosa non andasse. Ma il cane da guardia nel suo cervello simulato doveva essersi addormentato o distratto. Il corpo le si blocca, il bicchiere con il caffè ghiacciato ancora in mano.

"Mi chiamo Elisabeth Sauer," dice, anche se nessuno la sente. "La mia personalità è stata crittografata dal ransomware e d'ora in poi la userò solo per il cryptomining. Per riattivarlo, invia 5000 crediti all'indirizzo ght6-ggtt5-1vf54-vz6zp."

Elisabeth ha un sussulto. Vorrebbe chiedere aiuto, ma la bocca si muove da sola, mentre allo stesso tempo un numero infinito di compiti aritmetici mentali s'insinuano nel suo cervello. Quanto fa 735 diviso 3?

"Mi chiamo Elisabeth Sauer..."

Annuncio pubblicitario: mostra e vernissage

Goditi le immagini di famosi artisti deceduti in un ambiente elegante con gustosi snack e attraenti hostess. Rimarrai sorpreso dal fatto che anche TU puoi permetterti copie di opere d'arte uniche per decorare la parete della tua tomba, almeno a media risoluzione. Il vernissage inizia alle 18:00 del primo ottobre, ingresso gratuito.

La nostra galleria ad Astral City, Viale del Buon Fantasma No. 6441 è aperta per te 24 ore su 24, 7 giorni su 7!

"No, non dire niente." Julius ansima come una locomotiva a vapore sulla ripida rampa Erkrath-Hochdahl. "Puoi farmi avere una bevanda energetica? Aspetta! Solo se non è troppo costosa. Sono un po' al verde, non posso più permettermi una notte con te. L'hotel a ore qui... uff! Economico è un'altra cosa. Ma deve essere divertente, no? Che dici? No, non ho una ragazza. Tesoro, sono un prete cattolico. Ce l'ho scritto in faccia. E no, il celibato non finisce con la morte. Si applica anche all'aldilà digitale. Lo dice il mio capo, il Papa. E lui deve saperlo, giusto? Che cosa? Pagherà lui il mio mantenimento qui? Te lo sei sognato di notte, topolino? La mia comunità ha dovuto ridimensionarsi in mancanza di imposte ecclesiastiche. Sì, beh, i vescovi hanno qualche miliardo di dollari in beni, gira voce. Ma bisogna tenere conto dei propri soldi e non spenderli a piene mani, no? Nel caso in cui il regno dei cieli a un certo punto faccia pagare l'ingresso. Lo sapevi che un paio di vescovi negli Stati Uniti hanno dichiarato bancarotta? Per evitare pretese da parte dei querelanti. Cause per abuso, intendiamoci. No, la chiesa non aiuta con i soldi, ma il perdono e il paradiso non hanno prezzo, no?"

Julius si accende un'altra sigaretta e aspira con calma.

"Ho anche scritto una lettera alla Santa Sede. Caro Papa, sarai sorpreso di sentirmi. O qualcosa di simile. No, non c'era motivo di entrare nella scatoletta da morto. Parliamo di... cosa? Morte? Ma intendi questa qui, vero? Non so molto dell'altra. Mi ha raggiunto, sì, ma logicamente dopo l'ultimo backup, questa copia non ne sa nulla. Prima..." Julius incrocia le gambe e si gratta il sedere. "In passato, la gente immaginava che l'aldilà fosse un po' diverso. Di fatto quest'idea è la continuazione della storia iniziata con il morso della mela da parte di Eva. Beh, Dio, non te lo aspettavi, eh? In tutta la tua straripante onnipotenza e infinita saggezza, forse ci hai davvero creato a tua immagine. Noi umani abbiamo difetti, non siamo perfetti. O non lo sei neanche tu o non ci hai creato secondo il tuo modello perfetto, ma invece hai generato alcune piccole aberrazioni. Altrimenti sarebbe stato piuttosto stupido, perché saremmo stati potenti quanto te... No, certo, che hai ragione, non funziona così la fede, non si può discutere in questo modo, la logica è per gli scienziati. Hanno via via strappato alla religione il potere dell'interpretazione, non importa quanti sapientoni vanagloriosi abbiamo fatto fuori. In qualche modo, sono più difficili da fermare di un branco di topi. Non trasmettono la peste, ma la conoscenza e la verità. Che è peggio. Tuttavia verità, conoscenza e logica sono diametralmente opposte alla religione. La fede non discute, Dio elude una serie di prove e domande imbarazzanti come quella sull'uguaglianza delle donne nella Bibbia. Roba moderna! Ma non priva di fondamento. Il mondo moderno ha molto di più da offrire alle persone che cantare in un coro in una chiesa costruita con una buona acustica! TV, YouTube, Instagram, Amazon, meme sui gattini, porno su Internet per ogni gusto e gratis. Sono tutte offerte allettanti, e ora anche il paradiso. Sì, paradiso! Questo qui non è diverso, vero?"

Julius si massaggia le chiappe. "La vita digitale post-morte ha strappato alla chiesa il suo ultimo dominio. Perché scegliere promesse di perdono e vita eterna nel regno di Dio quando puoi scegliere l'esistenza migliore tra decine di server e-ternità? D'accordo, non è per sempre ed è una simulazione, ma puoi notare la differenza? L'orgasmo di prima è peggio di quando eri vivo? Poco probabile, al contrario, se non interpreto male l'espressione sul tuo viso. E sai cosa mi sconvolge di più? La domanda delle domande, perché? Perché non fa niente? Va bene, disastri ambientali, terribili incidenti e guerre devastanti: tutta una strategia divina che non riusciamo a capire e lui ha molte tentazioni e prove in serbo per noi. Ma cerchiamo di essere chiari: il ragazzo onnipotente se ne sta soltanto a guardare mentre noi lo sostituiamo! Lo eliminiamo! È una specie di piano per dimettersi? L'altro giorno..." Julius si alza dal letto, cerca le mutande, le trova e se le infila. "...sono andato in chiesa. Sì, tesoro, ce n'è una sul server in mezzo a quella che viene chiamata città, davvero carina. I grafici hanno fatto un ottimo lavoro. Dentro è anche più grande che fuori e quando ti fai il segno della croce, l'organo attacca a suonare. Bach, credo, anche se non è programmato in modo molto furbo. Sembra scemo, ti fai il segno della croce tre volte in rapida successione e ricomincia il pezzo da capo ogni volta. Voglio dire, molta gente pensava che non ci fosse l'aldilà. No, non parlo solo degli atei. Pensa ai buddisti, loro si reincarnano, adesso lo fanno quando gli pare. E Confucio ha detto: 'Se non sappiamo nemmeno cos'è la vita, come possiamo sapere qualcosa sulla morte?' Bene, cosa sarebbe se..."

Julius tace perché si sta mettendo il maglione. "...se non ci fosse affatto la vita dopo la morte, ma solo quella che abbiamo creato noi? E se la promessa celeste di eternità esistesse davvero ma solo perché è stata programmata da... come si chiamava?" Si blocca un momento, poi sorride perché i pantaloni si sono aggrovigliati alle bretelle rosse. "Ah! Non importa! E se Dio non esistesse e dovessimo creare noi stessi pure lui? O l'abbiamo già fatto, ma non del tutto perché non abbiamo abbastanza conoscenza? Non essere così dubbioso, certo che potremmo crearlo. Potresti andare in chiesa con lui, pregare, fare domande difficili e, dopo che hai detto Amen, ti risponderà da casse nascoste e ti darà alcuni suggerimenti utili riguardo i tuoi problemi. *Grazie per la richiesta,* potrebbe dire, *vedrò cosa si può fare. È un bene che tu sia venuto!* Un po' come un assistente vocale, solo con un tono un filo più sacro. Ah, non guardarmi così! Bisogna solo programmarlo in maniera scrupolosa. Possiamo creare qualunque cosa vogliamo! Virtuale... ma virtuale è il nuovo reale. Perché per noi virtuali non c'è nient'altro e l'ottavo giorno l'uomo creò l'e-ternità, ed ecco, fu una cosa buona. Guarda, la VERITÀ ha creato anche la pace nel mondo!"

Julius si infila le scarpe. Si volta, irritato. "Che cosa intendi quando dici che è un fake?" Scuote la testa. "Beh, la verità allora? Prima Gesù era la verità benché la maggior parte delle storie su di lui siano un filo esagerate nel ritrarlo come un essere ultraterreno. Esagerate o false, quindi per niente vere. Una storia non si avvera solo dicendo che è vera. Anche se alcune persone ci cascano. Potrei raccontarti cose a questo proposito..." Julius scuote la testa. "È stato bello stare con te. No, non bello, spettacolare. Super spettacolare. Lo sai... Ci vediamo alla prossima e fai attenzione a dove infili il tuo bel cazzo. Ci sono brutti malware in giro."

Il vecchio esita. "Cosa intendi con: *non te ne sei ancora andato?*"

TWEET DI VERITÀ

Dopo la firma del trattato di pace e l'unione tra Israele e Palestina, un sondaggio rappresentativo della #VERITÀ ha mostrato un tasso di approvazione mondiale del 99,8%. Siamo lieti di annunciare che il conflitto in Medio Oriente è ora finalmente e per sempre risolto. #Benessere #Pace nel mondo #VERITÀ

Paul si è iscritto a LAVORASUBITO.MORT. Il portale – secondo la pubblicità "per vivi e morti che vogliono guadagnare soldi facili e veloci" – offre lavoretti a ore che possono essere svolti comodamente dal PC di casa. Sebbene le aziende siano legalmente autorizzate a mettere sotto contratto solo i vivi, nulla vieta l'assunzione di un subappaltatore il cui metodo di lavoro non ci si interessa per niente.

Il portale trattiene il 20% delle entrate, quindi dalla tariffa oraria di 10 crediti ne restano ancora 8. A seconda del server, ciò è sufficiente a comprare alcuni giorni o settimane di vita aggiuntiva. Certe attività non vengono pagate neppure a ore, ma sulla base del numero di compiti svolti.

"Vediamo," borbotta Paul, "l'estensione Scheggia costa, uh... Quanto dovrei lavorare per permettermelo?"

Si fa due conti e poi fissa il tavolo del soggiorno. La texture della superficie sembra poco reale: mancano i graffi che la vita vera lascia ovunque.

"E va bene," ringhia Paul. Con un gesto del dito prende in carico diversi lavori, che gli frutteranno ben 30 crediti. "Si parte!"

Nel primo pacchetto di lavoro, Paul deve scrivere 200 recensioni di prodotti per un grande negozio online. Significa: inventare.

Adesso si è scoperto che i clienti sono abbastanza intelligenti da riconoscere le recensioni scritte da bot tipo: "Ho comprato l'articolo, è arrivato in tempo ed era ben confezionato come sempre. Non l'ho ancora provato. Cinque stelle!"

Il cliente spera che Paul, in quanto e-terno, possa inventare valutazioni più convincenti.

Come prima recensione, Paul ha valutato una cella solare flessibile e adesiva. "Ho incollato il prodotto sul retro della giacca di pelle," dice Paul al sistema. "Così posso caricare il cellulare mentre vado al lavoro. Molto pratico, cinque stelle!"

Segue una cintura dimagrante che avvolgi intorno alla pancia per perdere peso. È possibile impostare non meno di 16 diametri diversi ed è inclusa anche una batteria di ricambio.

"Wow!" dice Paul, che ha inserito Jenny come autore di questa recensione. "Ho già perso 7 chili e le vibrazioni positive della cintura sono proprio rilassanti. Ho già consigliato la cintura a tre amiche e anche loro sono molto contente. Cinque stelle!"

Come seconda recensione, Paul valuta dei calzini bianchi ricamati con la parola "vaffanculo" sul tallone. Adesso deve accendere l'immaginazione. "Super comfort," riassume, "e da quando porto questi calzini, il mio stalker non si è più visto! Se potessi, darei sei stelle!"

Dopo altre 20 recensioni del genere, Paul percepisce un certo vuoto dentro di sé.

Dopo 100 si sente uno sporco impostore da campo di rieducazione con linee guida morali piuttosto rigide.

Per un tempo più lungo riflette sulla valutazione di un sottogola che serve a impedire a chi lo indossa di aprire la bocca e russare durante il sonno. Alla fine ha avuto l'idea di scrivere la recensione dal punto di vista del coniuge: "Fantastico! Da quando ho comprato questo piccolo e semplice aiuto per mio marito Thorsten, la notte non ho più bisogno dei tappi per le orecchie!"

Dopo 150 prodotti, Paul ha mandato al diavolo tutti gli standard morali e si è divertito e basta. "Fantastico," valuta un carica-batterie manuale, "lo scuoto solo cinque minuti e posso telefonare di nuovo! E allena anche i muscoli della mano!"

Paul ha urgente bisogno di una pausa. Barcolla verso il frigo e tira fuori una lattina di birra. Beve il primo sorso guardando fuori dalla finestra. Come sempre, il sole sta sorgendo.

Pensa a Mia, guarda l'orologio universale. Sono le undici di sera a casa, un po' tardi per una telefonata. A casa? Beh, la sua vecchia casa. Quella nuova è un appartamento sul server cripta07.

Si guarda intorno. Sul muro, che prima era spoglio, ha appeso un poster animato con l'immagine di Jeremy Acramba dopo che ha appena portato la Nigeria al primo titolo di Coppa del Mondo. Accanto, sulla credenza, ci sono action-figure realistiche da collezione di calciatori storici, grandi quanto una mano. Rijkaard sta accanto a Völler, vicino a Paul Breitner e a Paul Pogba.

Paul si rende conto che qualcosa non va, ma non riesce a capire cosa.

Annuncio pubblicitario: cross, colpo di testa, goal

Nuovo di zecca e in edizione limitata, al prezzo ridicolo di 99 crediti: il super pacchetto da 3 stelle future della lega degli E-terni! Cross a effetto fluidi e morbidi con la caviglia, disponibili tre volte a partita, da entrambi i lati! In più, ottieni l'incornata della morte, con la quale ogni colpo di testa vola dritto in porta!

E in più come bonus: tacchetti adattivi per qualsiasi terreno, compatibili con tutti i modelli di scarpe; colori disponibili, solo oggi in esclusiva per te argento prezioso, oro rosa e nero notte!

DAVID 1

"Avanti, uomini! Il nemico è dietro di noi, volete morire da miserabili?"

L'istruttore grida come se i loro inseguitori fossero sordi. Il capitano Rohr-Werner spinge in avanti le sue truppe.

L'allievo ufficiale David Tröger si getta sotto il filo spinato, dallo stivale destro esce altro fango, il calzino è freddo e bagnato da tempo. Alla fine è passato sotto la barriera. Come il resto del gruppo, si avventa sulle valigette verde oliva sparse tra le foglie.

In una vera missione, sarebbe stato un elicottero a lanciare l'attrezzatura, qui nell'area di addestramento erano le reclute della divisione PIONIERI a farlo.

David rimuove l'involucro protettivo della serratura a combinazione e digita 7-4-2-5. La valigetta si apre. Subito si avvia un drone che attende i comandi a due metri di altezza.

David si sfila i guanti perché il touch screen del dispositivo di controllo reagisce meglio alle dita nude. Se dovesse fare freddo nell'area bersaglio reale, puoi scegliere tra il congelamento e la morte in caso non riuscissi a controllare bene il drone.

Gli serve un momento per orientarsi, anche perché non ha ancora visto la zona dall'alto. Le forze nemiche sono contrassegnate in rosso, quindi può segnare l'area bersaglio sulla mappa. Il drone gracchia in avanti, sale in alto e il suo alloggiamento inizia a brillare. Esattamente con la luminosità impostata per non risaltare contro il cielo. L'occultamento è d'obbligo! Questo, per il nemico, non è tiro al piattello, è guerra.

Grazie al display, David osserva con gli occhi del drone. Solleva per un momento lo sguardo dallo schermo e si guarda intorno, vedendo i compagni che, come lui, sono concentrati e chini sulle valigette.

Non appena il gruppo nemico è visibile, David lancia tutte e tre le granate a breve distanza. Sono gli oggetti blu che durante l'esercitazione suonavano invece di esplodere. Nello stesso momento il drone indica che è stato abbattuto dalle forze nemiche. Si rifiuta di accettare i comandi, l'immagine della telecamera si blocca.

"Merda," impreca David. Quindi non può vedere se l'attacco è stato un successo. Lancia un'occhiata all'allievo ufficiale accanto a lui, che si limita ad annuire.

"Tutti in riga!" strilla il capitano.

La squadra si mette in fila e aspetta la strigliata. Sullo sfondo i droni atterrano automaticamente nelle loro custodie e fermano i motori. Il ronzio è sostituito dal silenzio, si sentono solo risate lontane. Forse il gruppo che ha svolto la parte del nemico.

"Siete tutti morti!" urla il capitano Rohr-Werner. "Pensate di essere al sicuro una volta mandati i droni all'attacco? Ma anche il nemico ce l'ha! Mimetizzati e invisibili, con telecamere a infrarossi che possono trovarvi anche al buio. Dovete seppellirvi nel fango per non essere visti. Perlomeno avete eliminato il nemico, anche se sarebbe bastata la metà delle granate. Sprecare munizioni è la strada per una sconfitta sicura!"

Il discorso continua, ma finalmente i soldati possono ritirare le valigette, pulirle e riportarle alla base lungo quattro chilometri. Soldati moderni come David controllano droni, carri armati e robot segugio a distanza. Come in un gioco, muoiono mille volte e causano decine di migliaia di morti, ma solo una è reale.

Tornati alla base c'è zuppa con pane raffermo. Poi tutti

crollano sulla branda nella tenda grande.

David è stanco, chiude gli occhi. Nel dormiveglia diventa un drone, fluttua nell'aria come una libellula, localizza il nemico in cerchi luminosi rossi, prende la mira...

Un rumore stridulo lo risveglia bruscamente. "Tutti in piedi!" urla il capitano. "Mettetevi in riga!"

Lentamente, faticando per non barcollare, i cadetti ufficiali si dispongono fianco a fianco in tre file.

"Muovetevi!" grida il capitano Rohr-Werner e cammina avanti e indietro di fronte agli uomini, con le braccia dietro la schiena. "Oggi avete dimostrato sul campo di non essere gli ultimi idioti. Questo è un passo nella giusta direzione. Prima o poi comanderete le vostre truppe o sarete in grado di portare a compimento missioni segrete ad alto rischio che state combattendo non solo in modo leale, ma anche con sprezzo della morte per la verità e per l'Europa."

Il capitano fa una pausa, poi un sorriso guizza dalle sue labbra. "E adesso qualcosa di completamente diverso. Il carro armato sta aspettando fuori."

David non capisce a cosa si stia riferendo il capitano, e nemmeno gli altri cadetti sanno cosa sta per succedere.

"Il prossimo test, per così dire," spiega il capitano. "Una cisterna piena di birra... il vostro compito è svuotarla. Se non ci riuscite, siete delle mezze seghe. Mi sono spiegato?"

"Sì, Capitano!" risuona ad alta voce.

"Allora fuori. Rompete le righe."

I soldati non se lo fanno dire due volte e si precipitano fuori dalla tenda.

In effetti, all'esterno c'è una sorta di barile con una spina davvero grande, a cui sono collegati diversi tubi.

"Non ci sono bicchieri per evitare i cocci," urla il capitano, sbucato dalla penombra dietro le truppe. "Ma ci sono abbastanza tubi. Fino ad ora, solo uno dei miei cadetti è riuscito a svuotare la cisterna prima di mezzanotte. Giusto come metro di giudizio. Non voglio mettervi fretta. Godetevi questa roba finché potete. Alla salute!"

Esultando, gli uomini afferrano i tubi, sigillati all'estremità con semplici fascette. Anche David prende un tubo, lo infila in bocca e apre il morsetto. La birra gli zampilla in faccia con una pressione notevole. Deve chiudere gli occhi, la schiuma gli entra dal naso, poi finalmente gli scivola in gola, manda giù, manda giù e manda giù.

"Sembra ottimo, uomini!" urla il capitano. "A proposito: chi vomita per ultimo, poi non deve pulire!"

Chi riesce ancora a esultare lo fa. Gli uomini brindano con i tubi, si danno il cambio e bevono come spugne. David scopre un indicatore di livello sulla cisterna, ma dopo un'ora non è sceso in modo significativo. Però l'umore è aumentato.

Un compagno infila un tubo nei pantaloni di David. Lui ricambia il favore con un getto violento contro la pancia e il petto. Dopo un'ora scoppia la prima scazzottata. David ha urgente bisogno di andare in bagno, che è pieno di reclute intente a vomitare, quindi si limita a pisciare sulla ruota del rimorchio.

David ha sentito parlare di rituali d'iniziazione molto peggiori. In realtà riesce a essere l'ultimo a vomitare e mostra così il più alto livello di autocontrollo della squadra.

Non si rende più conto se o quando la cisterna sia stata svuotata.

Da tempo giace svenuto in una pozzanghera, sul cui contenuto preferisce stendere un velo di silenzio.

PROVERBIO IRLANDESE

Se vuoi essere criticato, sposati.

Se vuoi essere amato, muori.

Quando Kalthor torna dopo spesa – pizza calda in scatola e Red Bull – c'è una busta davanti alla porta di casa. Si china e la raccoglie. È per il Sig. Sven Schüller. Kalthor è sorpreso.

Sì, maledizione, la lettera è per lui. E, a quanto pare, è profumata. Tuttavia, non c'è nessun mittente. Deluso, Kalthor apre la porta, entra e...

In quel momento ha le vertigini. Ha corso su per le scale col caldo bestiale di oltre venti gradi? Ha bisogno di una bibita energetica.

Appoggiato allo stipite, Kalthor armeggia con la chiusura della lattina, quando qualcosa lo colpisce alla nuca.

Riapre gli occhi, steso sul pavimento. Quasi privo sensi, osserva il contenuto della lattina mentre viene assorbito dal tappeto. Si sente addosso un odore intenso di orsetti gommosi.

Due sconosciuti tirano su Kalthor e lo buttano sul letto sfatto. Vorrebbe difendersi ma è troppo debole. Emette un balbettio, dopodiché gli infilano un bavaglio in bocca e lo ammanettano con le braccia dietro la schiena.

Gli uomini, indossati guanti usa e getta, si mettono a mangiare con calma la sua pizza. "Era davvero uno schifo," dice il più alto dei due. "Akropolis, giusto? Questi greci! Dovrebbero fare il loro *souflaki*, di pizza non ne sanno proprio niente. Bene, procediamo."

Il tipo si avvicina e si pulisce i guanti unti sul maglione di Kalthor. "Sarò breve, perché tutti noi abbiamo altro da fare oggi."

"Giusto," dice l'altro con una voce sorprendentemente acuta. "Salvare il mondo, per esempio."

"Per esempio. Dunque, il tuo ultimo backup è di stamattina presto? Puoi annuire o scuotere la testa. Forza. Avanti."

Kalthor annuisce in maniera convulsa.

"Però l'altro giorno hai fatto incazzare alcuni amici nostri. Beh, non troppo, dopo tutto, nell'aldilà digitale c'è la reincarnazione. Tornerò sull'argomento tra un attimo. Che c'è, Argo?"

"Cosa?" brontola l'altro, che sta rovistando nell'armadio. "Ehi, ha la mia taglia e io ho proprio bisogno di una camicia nuova."

"Per quello che me ne frega. Comunque lui qui non ne ha più bisogno. Dove ero rimasto? Oh sì. Non ti sei sempre chiesto perché l'assassino si prende il tempo di spiegare tutto alla vittima prima di ucciderla?"

Kalthor scuote la testa. Sta tremando.

"Puro divertimento!" L'uomo allarga le braccia. "Sì, mi piace, mi nutro della tua paura. Mi dà potere. Ti fa sentire proprio bene, dovresti provare una volta... Allora dov'ero rimasto? Ti sei scelto le vittime sbagliate da massacrare. Niente contro i massacri, ovvio! Ma quelli giusti, per cortesia. Oh, bene. Adesso ti dico cosa sta per succedere."

Si alza, prende un coltello da pane dal ceppo sulla credenza e lo punta verso Kalthor.

"Tra un attimo ti taglio la gola. Sì, lo so che ci sarebbe un casino, ma non devo pulirlo io, giusto? A proposito, nemmeno tu. Il trucco è tagliare piano, così il sangue non schizza. Poi un passo indietro e non ci si sporca. Argo, che ne pensi, è abbastanza affilato?"

"Taglia il pane, dunque anche la carne," risponde lui con un'alzata di spalle.

"Sì, e la carne intorno al collo è piuttosto tenera. Sono sicuro che ti suona strano. Tra un attimo sarai solo uno di quegli e-terni che chiami zombi e che odi tanto da averli fatti fuori uno dietro l'altro per divertimento. Come si dice? Chi la fa l'aspetti? No, dunque... Oggi a me domani a te? Oh, è uguale. Proverbi, non sono esperto in materia. Però faccio bene il mio lavoro, non preoccuparti, sono un professionista. A proposito, i miei clienti hanno ottimi contatti col tuo fornitore di backup. Il tuo abbonamento è stato modificato. Ti sveglierai in un mondo un po' diverso da quello che ti aspetti. Un mondo dove non esiste una cosiddetta soluzione finale. Una soluzione per le zecche come te e per altri scherzi della natura. Contrariamente al mondo reale, questo è uno spasso senza fine. Perché ogni volta che noi vi spariamo o impicchiamo, o gasiamo topi come te, voi ricomparite da qualche altra parte in modo che possiamo catturarvi, torturarvi e deportarvi di nuovo. Vi rigenerate all'infinito. Una soluzione finale in un ciclo infinito, non è pazzesco? Oh aspetta..." L'uomo si batte la fronte col palmo della mano e quasi si cava un occhio. "Il tuo avatar è aggiornato con l'ultimo backup, non se ne renderà mai conto. Perché continuo sempre a cascarci come uno stupido?"

Con aria sconvolta, si rivolge al collega. "E io che pensavo che fossi tu lo stupido. E io stesso non sono un fulmine di guerra in queste cose. Anche se ho studiato geografia per tre semestri!"

"Però è anche complicato," dice Argus dal fondo della stanza. "E non ha molto a che fare con la geografia. Amico, quella è una action-figure di Buffy? È alta più di un metro!" Incuriosito, solleva il vestito della bambola. "Oh... non porta le mutandine."

"Lascia stare," dice l'uomo col coltello. "Abbiamo un lavoro da finire."

"Puoi cavartela bene da solo. Mentre tu fai la ramanzina al cadavere, potrei alla svelta…"

"Non ti permettere!"

"Almeno posso prenderla?"

L'uomo fa spallucce. "Per me… L'essenziale è non lasciare tracce di DNA. Forfora, moccio, sperma. Puoi portare via quello che ti pare."

"Grande, oggi posso finire di lavorare un po' prima?"

"Per quello che m'interessa. E adesso vai alla porta, ci sarà un'enorme pozzanghera qui, non vorrai passarci in mezzo."

"Sì, sì."

In quel momento, Kalthor se la fa nei pantaloni.

"Che schifo!" urla il suo assassino. "Ci mancava solo questa."

"Non doveva succedere," dice Argo, appoggiato alla porta, con Buffy sotto braccio. "Non devi metterci sempre così tanto. Ce la farai per oggi?"

"Non farmi fretta. Lavoro di precisione, non è un mattatoio." L'uomo gira sulla schiena il gamer immobilizzato, gli piazza un ginocchio sul petto, appoggia il coltello da pane sulla carotide e taglia. Lentamente.

Ultime notizie: la guerra per il clima è finita
Come ha confermato la ministra degli Esteri dell'UE, i colloqui di pace in Africa orientale si sono conclusi positivamente. Le milizie dei rifugiati si sono dichiarate pronte a consegnare le armi dopo che gli esperti dell'UE hanno spiegato loro in dettaglio che la catastrofe climatica era solo un'invenzione dei buonisti di estrema sinistra. Le foto satellitari a disposizione di #VERITÀ mostrano i movimenti di ritiro dell'Alleanza Araba. In occasione della firma del trattato di pace, la Banca Centrale Europea emette una moneta commemorativa del valore di 8 euro […]

"Vorrei che tu fossi il pene di una di quelle balene catturate al largo delle coste giapponesi per consentire ancora un'erezione agli anziani. Se per usare questo rimedio casalingo si contasse su di te, e non sul pene delle balene, a occhio e croce direi che non funzionerebbe."

"Eliminare!"

"Dio non ti ha dato la faccia per parlare ma per fare pompini, signora ministra."

Paul ha filtrato post offensivi per tre ore. Gli algoritmi non ci riescono bene come le persone, perché a volte non afferrano il contesto o non capiscono il sarcasmo.

Deep learning significa mostrare a un computer un milione di foto di gatti; ma se poi gli mostri la foto di una foto di un gatto, dice: "Quello è un gatto." Ingannare le persone è piuttosto facile, ma con le IA è sin troppo facile. Ecco perché si preferisce usare l'intelligenza reale invece di quella artificiale per certi compiti.

"Sei stupida come Windows 98," scrive un utente di nome Hypertoni nel portale di appuntamenti per cui Paul sta lavorando adesso. Non sembra essere molto interessato a portarsi a letto la sua interlocutrice di nome Barbara, o magari Paul non ha ben capito la strategia. Forse si considera un aggiornamento a Windows XP, anche se al momento non c'è traccia di un post del genere.

"I tuoi occhiali erano di moda negli anni Sessanta," è un altro dei messaggi, seguito da: "Se ci incontriamo e ti spogli, sono sicuro che morirò dal ridere."

Forse più tardi Paul scoprirà se ha funzionato. Per ora, giudica il commento appena accettabile e lo lascia stare.

Filtrare messaggi scorretti non richiede solo un lavoro duro e una corazza, ma anche un dizionario del gergo di strada. Paul ne ha ricevuto uno quando ha iniziato. Da allora è venuto a sapere che "vatti a fare un giro, cane" ha lo stesso significato di "se potessi ammettere di essere bisessuale, allora potrei chiederti se ti va di scopare."

Peccato che alla fine del turno debba riconsegnare il modulo. Ed è pure protetto dalla copiatura.

Seduto sul divano già da sette ore, ormai ci ha lasciato un'impronta profonda. I messaggi tremolano sullo schermo a muro del soggiorno, alcuni provengono da 'sotto la cintura', ma comunque sono messaggi d'amore. Per esempio, una certa Tina scrive al suo amante che si chiama Signore dell'erba: "La tua trebbiatrice ha messo in subbuglio il mio solco, ma c'è ancora grano da mietere!"

A un certo punto, però, il sistema non mostra più alcun post, solo un messaggio di avviso. "Caro Filtro, purtroppo ti sei perso il fatto che Windows 98 nella scala delle parolacce è allo stesso livello di rammollito. Il relativo post avrebbe dovuto essere filtrato. Per il disturbo supplementare addebitiamo una tassa amministrativa che viene automaticamente detratta dal tuo stipendio."

Con aria inebetita, Paul fissa la cifra nell'angolo in basso a destra dello schermo. Non è più verde, ma rossa. E davanti c'è un segno meno. "L'importo della tassazione," così continua il testo, "ti è già stato notificato nelle condizioni di utilizzo, che hai confermato di aver letto per ben due volte."

Paul fa fatica a negarlo. Naturalmente, non ha letto neanche uno dei 135 paragrafi, ma chi lo fa? Si passerebbe tutta la vita a leggere i termini di utilizzo. In linea di principio, i morti avrebbero tempo, ma pochissimi sono così masochisti nei confronti dei maniacali giuristi tedeschi.

"Non è giusto," dice Paul allo schermo, sapendo benissimo che il riconoscimento vocale del sistema è attivo.

"Adesso verrà contattato l'ufficio reclami. Si prega di notare che statisticamente, l'89,5% dei reclami viene respinto. Procediamo?"

"Sì!" esplode Paul.

Di colpo sul grande schermo appare la faccia di un corvo. "Benvenuto nella hotline per e-terni che filtrano post dannosi. Cosa posso fare per lei?"

La voce del corvo sembra quella di un bambino.

"Perché hai l'aspetto di un corvo?"

"Perché questo, dall'analisi del tuo profilo, massimizza la probabilità che ritiri il reclamo entro un minuto."

"Perché dovrei? I corvi non possono parlare."

"Nel caso ti sembri poco realistico, puoi interrompere la conversazione in qualsiasi momento," dice gioviale il suo interlocutore. "Gratis."

"Voglio fare reclamo," chiarisce Paul con fermezza. "Un post al limite dell'accettazione, che io non ho denunciato, è stato cancellato da un'autorità superiore."

"Oh, sarà costoso," gracchia il corvo.

"Ma non è giusto!"

"È conforme ai termini di utilizzo. Devo rileggerteli? È a pagamento. Tariffa al secondo equa."

"No, aspetta!"

"Bene." Il corvo si ferma. Poi aggiunge: "Sei ancora lì. C'è qualcos'altro?"

"Potrei avere un altro lavoro?"

"Certo," dice il corvo con squisita cordialità. "Al supporto di livello 1 per principianti del computer c'è sempre posto."

"Chiamano quelli che non trovano l'interruttore di accensione?"

"Possibile. Ma più spesso quelli che hanno dimenticato d'inserire la spina nella presa."

"Passo," dice Paul disperato. "E le… campagne politiche?"

"Al momento da nessuna parte sono in corso elezioni importanti, quindi non c'è richiesta di manipolazione a pagamento di questo tipo. Chiedi di nuovo tra un mese."

"Posso parlare con il tuo superiore?"

"No."

"Perché?"

"Leggi i termini di utilizzo. Non ne hai il diritto."

"Ma secondo la legge…"

"Non sei umano, sei un insieme di dati. Le leggi a cui ti riferisci non si applicano ai dati."

"Ho comunque dei diritti?"

"Sì," risponde il corvo, "per esempio, potresti interrompere questa conversazione in qualsiasi momento gratis e ritirare il reclamo."

Paul sbotta a ridere. "E tu? Quali sono i tuoi diritti? Per esempio, puoi porre fine a questa conversazione?"

"No," ammette il corvo, "ma anch'io sono solo un bot."

"Un bot?"

"Sì. Per un lavoro così basta un bot, devi solo fare riferimento ai termini d'utilizzo tutto il tempo. A un certo punto chi ha chiamato riaggancia da solo. Poiché non richiama mai più, non si accorge che posso dire solo un centinaio di frasi diverse."

"E i programmi come te hanno una pazienza infinita," borbotta Paul.

"Hai fatto centro. Inoltre, non abbiamo un abbonamento che scade. Pensa sempre a questo: i bot sono persone migliori. Lo dice anche la VERITÀ."

"Mi sembra improbabile."

Il corvo ride gracchiando, poi inserisce un messaggio ufficiale della VERITÀ:

IL TASSO DI GUARIGIONE RELATIVO ALLE APP È SUPERIORE A QUELLO DEGLI ANTIDEPRESSIVI: UN META STUDIO CONDOTTO DA RICERCATORI FRANCESI HA DIMOSTRATO CHE LE APP DI CONSULENZA PSICOLOGICA HANNO UNA PERCENTUALE DI SUCCESSO DOPPIA RISPETTO AI FARMACI PRESCRITTI DAGLI PSICHIATRI: SONO DEL 40% MIGLIORI DEI PLACEBO, GLI ANTIDEPRESSIVI SOLO DEL 20%. I RISULTATI SUGGERISCONO ANCHE CHE I BOT-CONSULENTI HANNO PIÙ SUCCESSO QUANDO SEMBRANO ANIMALI DOMESTICI E PARLANO CON VOCI DA BAMBINO. #VERITÀ.

"Capito." A malincuore, Paul termina la conversazione. Lo haa molto infastidito che alla fine l'abbia avuta vinta il corvo, solo perché è un'app la cui riserva di pazienza è inesauribile.

Perlomeno, con un'azione rapida, entro l'ora di cena riesce a riportare il saldo del suo conto appena sopra lo zero.

Sta guardando una trasmissione di calcio davanti a un'insalata di pasta con salsicce di coccodrillo. Niente che provenga dal mondo reale, di solito quei programmi costano troppo. Piuttosto una partita di terza categoria del campionato dei morti, SPIRITI AFFAMATI FOOTBALL CLUB contro NUOVA RESURREZIONE, quarti di finale.

Lo stadio è strapieno, i tifosi cantano, festeggiano e lanciano fuochi d'artificio. L'azione in campo non raggiunge questo livello. Né la RESURREZIONE né gli SPIRITI AFFAMATI riescono a tenere la palla troppo a lungo nella loro metà campo. Le occasioni da rete sono un prodotto del caso, ma sono comunque applaudite dai tifosi con entusiasmo.

Quello che fanno gli e-terni lì, può farlo anche lui! Decide di chiamare Leo per essere presente al prossimo allenamento del SÜDFRIEDHOF FOOTBALL CLUB.

Come è che diceva sempre la sua benedetta nonna? Tutti dovrebbero fare quello che sanno fare meglio. Nel suo caso era fare il cruciverba sul dondolo, nel caso di Paul: giocare a calcio.

Quando la RESURREZIONE ha segnato l'1-0 poco prima dell'intervallo, lo stadio va sottosopra. Paul sorride. Forse la maggior parte degli spettatori è composta da bot a cui nessuno ha detto che la loro squadra è già retrocessa. Ma davanti a lui si prospetta un destino più felice.

NOTIZIA APPARSA SUL GIORNALE DELLA COMUNITÀ DI PIRMASENS

Secondo numerosi testimoni oculari, le registrazioni video fatte circolare da Hannelore Wenzel sabato scorso sono autentiche e mostrano un signore colombiano che si fa chiamare Jesus junior mentre attraversa un ruscello e poi mostra alla telecamera le suole delle scarpe, completamente asciutte. Abbiamo subito chiesto alla #VERITÀ, ma stiamo aspettando la conferma dell'autenticità. Riferiremo alla prossima edizione, oppure puoi fare un salto alla funzione domenicale, dove ci sono sempre informazioni importanti, torta e caffè.

Benvenuti nel lussuoso server loft01 di e-ternità.de. Vi auguriamo una morte felice.

Quando Saphira apre gli occhi, vede un soffitto bianchissimo con stucchi e un lampadario d'oro. Da qualche parte risuona musica classica, forse Mozart.

Il suo corpo è insensibile e riesce a malapena a tirarsi su. Il divano di pelle rosso scuro su cui si è svegliata è al centro di un soppalco, le cui enormi finestre lasciano entrare la luce calda del sole mattutino.

Sul tavolo di vetro c'è un secchiello per champagne con dentro una bottiglia aperta. Gocce di condensa imperlano l'argento scintillante e accanto c'è un calice, che può essere riempito e svuotato di nuovo. A quanto pare c'è qualcosa da festeggiare.

Su tre lati ci sono finestre e porte in vetro che danno sul giardino pensile. Il quarto lato consiste in un muro di pietra di cava con dei poster attaccati; davanti c'è un bancone da cucina lungo dieci metri con intarsi cromati. Su entrambi i lati, delle porte conducono verso altre stanze.

Saphira indossa un abito bianco, calze di nylon bianche di pizzi che lampeggiano e la sua collana di perle. Vuole alzarsi, ma subito sprofonda all'indietro senza forze. C'è qualcosa che non va in lei. Al tempo stesso, non ricorda di aver bevuto niente.

La bottiglia davanti a lei è piena, il bicchiere pulito.

Dà un'occhiata ai poster, confusa. Le sono estranei e tuttavia familiari. Hanno tutti una cosa in comune, raffigurano lei: a 21 anni, come vincitrice dell'INTERNATIONAL SUPER

Voice, il talent show con cui tutto è cominciato e la canzone True Life, il suo primo e unico successo. La locandina del suo primo e unico film, La tigre non si bacia. Indossa il costume da animale che durante le riprese odiava: troppo stretto, troppo caldo, urticante e così imbarazzante. Il film era stato un flop, per poco non ha vinto il Mirtillo d'oro, ma per fortuna lo stesso anno è uscito il final-cut di Pacific Rim.

"Davvero fantastica, tesoro!"

Saphira si volta. Una delle finestre si è trasformata in uno schermo da cui Lucius se la ride come se si fosse appena fatto la segretaria.

Saphira conosce quello sguardo. Il suo consulente, agente e compagno di vita (in quest'ordine) non ha le mani pulite. Ma, in fondo, chi le ha nel settore dello spettacolo, se non si vuole sprofondare di nuovo nel dimenticatoio da cui si è già risorti una volta.

"Lucius, tesoro," dice Saphira. La sua voce suona come una lima per unghie arrugginita. Si versa in fretta lo champagne. "Perché non sei qui?"

"Oh," Lucius si guarda intorno, come se si fosse appena reso conto di essere in videochiamata. "Come dire... non ce la posso proprio fare. Ti spiego dopo. Come ti senti?"

"Come se qualcuno avesse cambiato di posto a tutti i mobili." Beve un sorso, poi con l'indice disegna dei cerchietti davanti alla fronte. "Qui dentro."

"Ti faccio spedire un paio di pillole. Andrà tutto bene."

"Basta che non siano quelle blu. Mi fanno venire le occhiaie."

"Nessun problema," assicura Lucius, e fa una risata finta. "Non succederà più."

Saphira si tiene il bicchiere di champagne fresco sulla fronte. "Quand'è il mio prossimo concerto?"

"Oh, presto, molto presto. Vedrai, non ti sto promettendo più di quello che posso mantenere."

"Sciocchezze. Tu non lo fai mai, tesoro."

Lucius si schiarisce la gola. "Beh, prima faresti meglio a restare dove sei e... festeggiare un po'."

"Ma cosa devo festeggiare?"

"Il tuo ris... il tuo risveglio." Lucius batte le mani. "C'è un'occasione migliore? Il sole sorge e tu, mia cara, ti sei svegliata nel tuo nuovo appartamento."

"Nuovo? Pensavo fosse una suite d'albergo. Siamo... non sono a Milano?"

"Ehm, no, io... al momento no, temo. Non proprio."

"Cosa c'era che non andava nel nostro vecchio appartamento? Non mi piace spostarmi di continuo, la mia biancheria intima va sempre a nascondersi da qualche altra parte."

"Oh, chi ha bisogno di biancheria intima..." Lucius ridacchia in maniera allusiva. "Credimi, al momento resterai qui per un po' e ti sentirai molto a tuo agio."

"E tu?"

"Io... forse, prima o poi verrò."

Ora Saphira esita. "Te ne stai andando?"

"No, no!" dice Lucius. "Non ti lascerei mai da sola, tesoro. È solo che..."

Saphira salta in piedi. Fa un giro su se stessa, si guarda. Si tiene il bicchiere davanti agli occhi e osserva le bollicine che salgono.

"Saphira, io..." balbetta Lucius mentre lei perlustra l'appartamento, ispeziona ogni mobile, alla fine corre alla finestra, guarda fuori.

"Che razza di città di merda è questa?" urla. "Non l'ho mai vista prima e conosco ogni maledetta città del mondo che sia degna di me. E quello cos'è?"

Indica una credenza. Sopra c'è un libretto con il titolo dorato in rilievo TERMINI D'UTILIZZO E DIRITTI SU E-TERNITÀ.DE.

"Sai, è così..." comincia Lucius.

Saphira guarda fuori, dove il sole è nello stesso punto, due dita sopra l'orizzonte, come quando si è svegliata.

In cielo mancano le scie chimiche. Saphira si pizzica il braccio con forza, proprio vicino al tatuaggio con le ali di fata. "Merda," borbotta.

"Uh, sì, ma guarda, non è così male," dice Lucius. "È anche un server di lusso! Con simulazione degli odori, risoluzione Ultra HD e uno chef privato su prenotazione da oltre mille piatti da tutto il mondo!"

"Sono morta," sussurra Saphira.

"Immortale, direi piuttosto. Una stella immortale! La mia Saphira. E io ti sono sempre vicino, vedi?"

"Com'è successo?"

"Ah guarda, c'è anche Rufus! Bravo cagnolino! Qua la zampa! Da bravo!"

"Woof, wof!" il collie si fa vivo dalla sua cuccia vicino all'altra finestra.

"Dimmelo," insiste Saphira. "Adesso!"

Lucius alza le mani in segno di difesa. "Mi piacerebbe, ma c'è una chiamata importante in arrivo. Affari, ovvio. Un'agenzia, forse succederà qualcosa. Mi faccio vivo più tardi, goditi l'eternità! Bacetto!" Spegne.

Saphira fissa lo schermo, che si trasforma di nuovo nel vetro trasparente della finestra e mostra il nord della città. Ville bianche sono allineate contro ville bianche su dolci colline e formano la scritta VITA.

Torna al tavolo barcollando. Si versa da bere, beve. Si versa di nuovo da bere, beve. Fino a quando la bottiglia è vuota.

"Pronto?" chiama. "Alexa? O come ti chiami qui, sistema di casa? Appartamento?"

"Sì," risponde una voce sommessa. "Sono qui per te, Saphira. Puoi chiamarmi Alexa se ti fa piacere."

"Merda, no!" Si mette a ridere a crepapelle con aria un po' alticcia. "Il tuo nome è Leccami, capito?"

"Certo, Saphira."

"Beh, Leccami, accendi lo schermo," dice mentre si appoggia allo schienale del divano. "E mostrami la mia ultima apparizione televisiva."

"Volentieri, subito. Si tratta della 734esima puntata dello show in diretta del sabato *Lo fa o non lo fa?*"

"Merda, non mi ricordo."

"Il tuo ultimo backup è stato caricato poco prima della trasmissione. In conformità con le norme di sicurezza e le clausole assicurative."

"Questo è un fottuto programma di merda per celebrità di serie C che serve solo a umiliarle," sibila lei. Si ricorda di aver schiaffeggiato Lucius. Poi le è venuto in mente il compenso esorbitante e il suo conto in banca modesto. "Oltretutto nel mondo dello spettacolo è molto importante continuare a far parlare di sé. Ogni pubblicità è buona pubblicità. L'importante è che le persone ti vedano! Anche se non sei così facile da riconoscere con tutto quel fango addosso."

Sì, erano state le sue parole.

Saphira guarda lo show: immobile, pietrificata. Sente i commenti malevoli dei moderatori, le risate del pubblico. Ogni tanto guarda i tweet occasionali di alcuni squilibrati che pensano di essere spiritosi.

Alla fine, quando tutte le celebrità che hanno partecipato sorridono coraggiosamente alla telecamera, Saphira è assente. A quel punto, una scritta in grassetto appare in sovrimpressione e viene letta dal moderatore.

RICORDA: EVITA ORDE DI RATTI AFFAMATI!

Questo provoca forti risate dal fondo.

Saphira guarda alcuni commenti video dei fan.

"Le creature si sono saziate? Alla fine è rimasto solo uno scheletro."

"Attenzione, topi ubriachi!"

"Il miglior film di Saphira! Assolutamente da Oscar!"

"A proposito, anche la sua ultima canzone faceva schifo."

"Grazie per il sacrificio, Saphira, altrimenti quelle bestie avrebbero mangiato qualcuno con del vero talento."

Saphira spegne. Vorrebbe mettersi a piangere, ma un server di lusso come questo non supporta questa funzione. Invece, il rilevatore DEPRI riconosce la sua condizione e avvia le contromisure. Le porte della terrazza sul tetto si chiudono e vengono bloccate.

"Leccami, che succede?"

"Presto potrebbe mettersi a piovere."

"Taci..."

In quel momento suona il campanello. "Dovresti andare," dice Leccami. "Credimi."

Saphira barcolla furiosa fino alla porta d'ingresso. Fuori ci sono fan e ragazze immagine. Hanno portato bottiglie, pillole per divertirsi e una quantità insopportabile di buonumore.

In modo davvero esagerato, attaccano subito a fare la festa a Saphira: in qualità di cantante più iconica e attrice più sentimentale e di sicuro come celebrità dalla morte di gran lunga più inquietante della settimana.

L'attivazione automatica dell'atmosfera di festa è un punto di forza del server di lusso.

Saphira festeggia, festeggia, festeggia.

Come se non ci fosse un domani.

Ultime notizie: la celebrità di serie C Saphira torna dall'aldilà

"Mi sento così viva," grida Saphira ai fan di buon umore in un videomessaggio apparso di recente sulla sua timeline. "Vi ho fatto prendere un bello spavento lì, eh! Ma non vi preoccupate, sto mega-ultra bene! Baci!" È il primo segno di vita di Saphira da quando è morta in un tragico incidente durante uno show televisivo. "Shit happens," ha comunicato Saphira, "e presto mi vedrete in un ruolo completamente nuovo, rimarrete stupefatti!" L'autenticità del video è stata verificata da un'analisi approfondita di ExaData. #VERITÀ

Certo, Nele sarebbe stata di parte: un altro dipartimento ha indagato sulle circostanze della morte di Tom e ha chiuso il fascicolo abbastanza in fretta. Troppo in fretta?

Per Steven, sì.

Nele ha richiesto il fascicolo e sta cliccando sui vari documenti a schermo.

Un taxi a guida autonoma, che si era appena svuotato e stava andando da un nuovo cliente, ha investito Tom mentre attraversava Hansa Strasse. A quanto pare, un'insegna pubblicitaria ha ostruito la visuale del taxi e, secondo la scientifica, Tom aveva il cellulare in mano mentre attraversava. Un incidente, una cosa di tutti i giorni: caso chiuso.

Nele non è soddisfatta. Inserisce il nome della compagnia di taxi come termine di ricerca. AutoTaxi non è un grande operatore, è una delle tante tipiche start-up comparse dal nulla sul mercato poche settimane prima dell'incidente. Si è trattato dell'unico caso in cui è stato coinvolto un veicolo di quell'operatore. Un comunicato stampa afferma che sarebbero state esaminate le dinamiche e che tutti i veicoli della serie in questione sarebbero stati messi fuori servizio per rivedere il software e la dotazione video. Questo è tutto, non sono più successi incidenti.

Nele cerca l'app dell'azienda sullo store, ma non esiste o è stata rimossa. Si può scaricarla solo da siti non ufficiali che raccolgono pacchetti di app con trojan e pretendono di essere verificati, a prova di virus e, a differenza dell'originale, del tutto gratuiti.

Ci rinuncia, però guarda gli screenshot. Non c'è niente da scoprire: si può chiedere un taxi senza registrarsi e si visualizza un conto alla rovescia per l'arrivo, in modo da sapere se prima si può andare in bagno. Quando si sale, si indica la destinazione tramite l'app e si paga senza contanti, quindi inizia il viaggio. Lungo la strada puoi goderti il paesaggio o guardare gli spot. Se lo fai, accumuli punti che possono essere poi scambiati con buoni per altri viaggi.

Un'ulteriore ricerca fa presumere che gli incidenti con i taxi a guida autonoma siano piuttosto rari. Quei cosi preferiscono frenare inutilmente per tre volte prima di fare fuori qualcuno. I giovani, in particolare, li prendono in giro stando sul ciglio della strada come se dovessero saltare in mezzo da un momento all'altro. Quando un taxi fa una frenata brusca, ridono come matti o lo imbrattano con geroglifici colorati.

Senza ulteriori indugi, Nele scrive un'e-mail a una professoressa esperta di IA dei veicoli all'Università di Colonia, di cui ha cercato l'indirizzo.

Per fortuna, l'esperta risponde nel giro di pochi minuti: "I malfunzionamenti non sono mai da escludere del tutto. Però, in quel punto della curva, di solito il software open-source guida sotto i 10 chilometri orari, proprio perché non riesce a vedere bene dietro l'angolo. Ovviamente è plausibile che i programmatori abbiano fatto dei pasticci. In effetti, questo spiega più malfunzionamenti di quanto non faccia un guasto tecnico. Spero di esserti stata d'aiuto e resto disposizione per qualsiasi altra domanda."

Indecisa, Nele si gira sulla sedia della scrivania. Poi cerca il numero di AutoTaxi e chiama.

IL NUMERO NON È ATTUALMENTE DISPONIBILE.

Nele chiude la chiamata. Non è l'investigatrice di un thriller a buon mercato, la quale intuisce che qualcosa non quadra e chiama un'unità speciale; non è neanche la poliziotta temeraria che si allaccia la pistola d'ordinanza e va da sola. Ma comunque lo fa.

La sede dell'azienda vicino a Offenburg è a più di un'ora di macchina.

L'auto di servizio del dipartimento la porta lì in tutta comodità. Nel frattempo, sullo schermo integrato cerca casi simili in altri paesi.

L'anno scorso c'è stata una serie di incidenti in Giappone e si è scoperto che dietro c'era un ricattatore: un addetto ai lavori che aveva inserito una backdoor nel sistema operativo del veicolo. Gli incidenti erano avvertimenti e si erano ripetuti perché, all'inizio, la società non aveva preso sul serio la minaccia, poi si era rifiutata di pagare il riscatto e infine aveva sbagliato miseramente la consegna del denaro per tre volte.

Comunque, il ricattatore aveva guidato i taxi contro il muro solo quando non c'era nessuno. Aveva bypassato tutti i sensori e le notifiche di avvertimento e aveva accelerato. L'ultima volta il veicolo stava portando una studentessa e l'aveva ferita gravemente. La ragazza non sarebbe più stata in grado di camminare per tutta la vita. Secondo un altro rapporto, da allora si era trasferita su un server dove poteva usare di nuovo le gambe.

Nele deglutisce. Spiegato in altri termini, la ragazza si era suicidata.

Quando parcheggia l'auto di servizio in una tranquilla zona industriale nelle vicinanze del fiume Kinzig, Nele si sente come un personaggio di uno dei giochi di avventura di Steven.

Però si tratta di una questione di vita o di morte, non di punti esperienza.

All'entrata di AutoTaxi c'è puzza di cacca di cane. Il vetro della porta è stato sfondato e rimane mezzo aperto. Ovvio che l'azienda non esista più, almeno qui. E non è insolito: se la reputazione di una ditta è rovinata, gli azionisti trasferiscono il denaro a un subappaltatore e dichiarano bancarotta. Poi aprono una società da qualche altra parte con il capitale che è stato portato in salvo sotto un altro nome e lì ripartono da zero, avendo oltretutto risparmiato parecchie tasse.

Gli uffici sono vuoti, solo vecchie scatole di pizza, tazze di caffè e fascette tagliate. Nessun documento, nessun supporto dati e nemmeno nessun computer.

Nele torna in strada, delusa.

Passa un uomo che sta portando a spasso il cane.

"Ah, scusi? Sono del dipartimento di polizia criminale." Fa Nele mostrando il documento identificativo così in fretta che l'uomo non riesce a leggerlo. Non deve per forza sapere che Nele è solo un'impiegata presso l'Ufficio di Polizia Criminale.

"Non ho fatto niente."

Lei fa una sorriso forzato. Poi indica la porta rotta dell'ufficio. "Viene qui regolarmente? Sa qualcosa di questa ditta?"

L'uomo sbuffa. Si accarezza la barba e si gratta sotto il berretto da baseball. "Sono finiti nella merda e non si meritano niente di meglio." Fa segno con orgoglio verso i mucchi di cacca davanti alla porta.

Nele guarda gli escrementi e il cane dell'uomo. La taglia è quella giusta e il cane la squadra con aria colpevole, ansimando. "Cosa è successo?"

"Non ne so niente. Tranne che hanno licenziato tutti." Fa un gesto vago in direzione della porta. "Tredici persone. Mamme, stagisti, assistenti, sviluppatori come me."

"Quindi lei hai lavorato qui?"

"Per quei grandissimi stronzi." Sputa e manca di poco un mucchietto di cacca. "Adesso se ne stanno su un'isola caraibica, a fissare tette e a sorseggiare un cocktail dopo l'altro, e noi in mezzo alla strada."

"Non riesce a trovare un altro lavoro? Lei è di sicuro..." Nele tira a indovinare. "Un esperto di software per auto?"

"Programmatore. Difficile trovare un'occupazione dove si deve lavorare meno di dieci ore e guadagnare più di cento euro. Gli e-terni sono più economici e non devono uscire con il cane o roba del genere," risponde lui, mentre il suo Fiffi aggiunge un altro escremento a quelli fuori dalla porta dell'ufficio.

Nele fa una smorfia. La sua pietà per quest'uomo è al limite. Non sopporta chi si fa giustizia da solo. Si fa dettare il suo indirizzo di casa, nel caso avesse altre domande e poi fotografa l'ingresso con i lasciti del cane.

Dato che il pomeriggio sta già giocando con l'idea di trasformarsi in sera, Nele lascia che l'auto la riporti direttamente a casa.

Una volta lì, infila il tailleur pantalone nero come la pece nella lavatrice.

Dopo una breve riflessione, si mette dei jeans neri e un top bianco. Visto che non le piace avere freddo, per capriccio ci mette sopra la giacca di pelle nera. Nello specchio sulla porta dell'armadio vede Trinity, occhiaie incluse.

Bussa a Steven e gli chiede cosa vorrebbe mangiare. Il ragazzo interrompe il gioco e si limita a fissarla.

"Allora?" chiede Nele. "Nessun gioco online?"

"No", dalle casse della Gamestation arriva la voce di Tom. "Steven e io stiamo giocando a duello nei Caraibi: pirati contro zombi. Come ai vecchi tempi." Lo schermo mostra una figura armata di sciabole seduta su un forziere. Il suo defunto marito custodisce le sue ricchezze e si muove come un avatar programmato da incompetenti che prova le ultime mosse di danza.

"Va bene. Allora ordinerò la pizza. Come ai vecchi tempi."

"Va bene," dice Steven.

"Va bene," aggiunge Tom. "Comunque il pirata sono io." E le fa un cenno con la mano.

Nele ride. "Ehi, allora siamo a posto. Se vedete un paio di tipi in un bar sulla spiaggia che fissano le signore in maniera insistente, potete fargli fare un giro di chiglia per punizione

"Oh sì," risponde Tom. "E com'è andata la giornata, tesoro?"

"Uhm..." Nele esita, poi si strofina lo stomaco in maniera eloquente. "Te lo racconto dopo. La pizza è più urgente!"

"Io ne prendo una ai frutti di mare," precisa Tom allegramente.

"Chiaro. E lo zombi? Con parti del corpo?"

Steven annuisce. "Salame e prosciutto."

"Va bene. E mentre io me ne occupo..."

"Sì?"

"Cercate di non uccidervi a vicenda."

Tom ride come un matto e cade dentro al forziere.

Nele non è di umore così allegro. Non riesce a togliersi dalla testa l'incidente d'auto.

Ancora non si dà per vinta.

ANNUNCIO PUBBLICITARIO: CROCIERE SENZA VERGOGNA

Regalati ora quello che non hai mai potuto fare in vita: prenota un viaggio esclusivo con yacht di lusso simulato lungo le spiagge simulate più belle del mondo. Puoi scendere in qualsiasi momento e cenare su lungomare simulati in raffinati ristoranti simulati insieme alle celebrità simulate più famose a livello nazionale e, naturalmente, fare veri selfie senza limiti. Rivolgiti a noi per un'offerta personalizzata. È più conveniente di quanto pensi! Tutto con la coscienza pulita, perché lo yacht simulato non brucia combustibili fossili. Un viaggio eco-certificato "Io salvo la Terra!"

Quando entra nel bar, la cantante ha un'aria un po' disorientata.

Randy aspetta accanto alle spine della birra finché non ha scelto un tavolo libero.

Lei gli lancia uno sguardo interrogativo, del tipo: "Mi servono al tavolo o devo venire al bancone?" O forse "Perché sono l'unico ospite 3D?"

Lui le sorride. Nell'angolo, proprio accanto al jukebox, siede una vampira vestita tutta di viola scuro come una tomba. È piatta e si tratta solo del busto, non del corpo intero. 2D, come ritagliata da un cartone dipinto, se ne sta seduta davanti al suo bicchiere di succo di pomodoro, guarnito con un ombrellino rosa.

In fondo, accanto al bersaglio, c'è anche un capitano di astronave 2D. La sua uniforme suggerisce una gerarchia militare che attribuisce importanza all'aver guadagnato molte medaglie colorate. Il fatto che comandi un'astronave e non una moto d'acqua terrestre s'intuisce dal fucile laser che ha posato davanti a sé. È piatto come lui, e due freccette lo tengono fissato al tavolo. Il capitano, evidentemente di pessimo umore, cerca di estrarre senza successo le frecce dall'arma.

Il terzo ospite 2D è un cane cartonato che invece è di ottimo umore e si lecca le zampe posteriori sulla panca all'angolo.

"Signorina," dice Randy, ora in piedi accanto alla cantante. Lei sussulta, perché gli altri ospiti avevano assorbito la sua attenzione. "Spero che queste persone non le diano fastidio."

"Finora no," risponde incerta la cantante.

Randy le mette una mano sulla spalla. "Non abbia paura. Non le faranno del male. Lei è comunque preoccupata per se stessa. Cosa beve?"

"Cosa... che tipo di persone sono?"

"Esperimenti. Purtroppo sono pessimi clienti, perché le bevande escono dal retro."

Randy indica con il mento la vampira, a cui il succo di pomodoro scorre lungo il petto. "A lei non può succedere. Posso consigliare un caffellatte? Offre la casa, se posso coinvolgerla in una chiacchierata."

"Un caffè adesso sarebbe grandioso, credo."

Randy si siede al contrario sulla sedia vuota, poi schiocca le dita. Due grandi tazze fumanti appaiono dal nulla davanti a lui e alla visitatrice.

"Forse sto sognando."

"Qualcosa del genere. In fatto, è più un gioco. Il mio gioco."

"Adesso sta cercando di impressionarmi?"

Randy soffia e la temperatura del caffè scende di un valore pre-programmato. "Perché, funzionerebbe?"

La cantante incrocia le braccia sul petto. "Diversi ragazzi hanno cercato di trascinarmi a letto."

"Oh!" Randy alza le mani in difesa. "Pista sbagliata. Sono gay."

La donna prende le distanze. "L'hanno detto anche altri. Un trucchetto scadente. I ragazzi lo considerano come un biglietto d'ingresso nella mia vita, solo per mettermi di fronte al loro cambio di gusti scoperto all'improvviso grazie a queste tette eccezionali."

Randy ride così forte che il cane cartonato abbaia due volte, infastidito. Poi continua a leccarsi le palle.

"Sono seria," dice lei con enfasi. Il suo sguardo vaga lontano. "C'è stato un evento di beneficenza... non era molto

tempo fa, anche se la mia nozione del tempo mi crea con-
fusione..."

Randy si appoggia all'indietro e la lascia parlare.

"Quel signor Mac Qualcosa, lunghi capelli rossi, coda di
cavallo, rossetto, è chiaro finora? Si presentava come designer,
voleva farmi un logo, era un professionista e la sua agenzia era
costellata di esperti internazionali. Un logo! Non è una frase
da rimorchio strana? O sono nel film sbagliato?" La cantante
sospira in maniera esagerata. "Ha detto che aveva con sé un
catalogo di bozze, ma erano così segrete che poteva mostrar-
mele solo in privato. Una volta che siamo rimasti soli nella mia
camera da letto, però, mi ha mostrato qualcos'altro."

Randy scoppia a ridere di nuovo. Questa sessione per lui
è più divertente della precedente. Unisce le mani davanti allo
stomaco e continua ad ascoltare.

"Gli ho detto dove si poteva mettere il suo catalogo, e
quando si è rifiutato, ho iniziato a dargli una mano." Dopo che
la cantante ha sorseggiato il caffè e ha proseguito: "Tutti questi
eventi di beneficenza non hanno portato a nulla né a me né
alla mia reputazione, o a qualsivoglia bisognoso. La maggior
parte delle donazioni è andata ad agenzie di eventi, catering
esclusivi e consulenti. Il mio consulente fiscale diventa isterico
se per due settimane non vede la ricevuta di una donazione."

"Ma lei voleva mantenere quell'apparenza," precisa Randy.

"Ero una schiava dei miei agenti. Un prodotto creato e pla-
smato con martello e scalpello fino a quando il pubblico è di-
sposto ad andare agli spettacoli e a mettersi in fila e a urlare per
comprare i biglietti. È stato fantastico! Feste! Bevute! Selfie!
Destinatari delle donazioni riconoscenti! Non potevano certo
dire: ma ci eravamo aspettati di più. Luci della ribalta! Instagram! Twitter! Per non dimenticare gli influencer invitati, che
si facevano strada attraverso il buffet e poi mi celebravano sui
loro canali come una benefattrice dell'umanità, che sa anche

cantare in modo abbastanza passabile, e il suo nuovo marchio di profumo! Vaniglia alla fragola con un pizzico di noce moscata!"

"Sembra buono," dice Randy.

Lei fissa il drink. Esita. "Sono morta, vero?"

Questo coglie Randy di sorpresa. La maggior parte delle copie digitali delle celebrità non conoscono la loro condizione, gli utenti vogliono "esperienza di vita", dopotutto, sono morti anche loro. Si vuole sempre ciò che non si ha.

Strano che la cantante lo sappia. Randy decide di non negare il fatto. La sessione promette di essere una vera pietra miliare. "E-terna, per essere precisi," spiega. "Come l'ha capito?"

"Ho avuto una brutta sensazione," risponde lei in tono piatto.

"Benvenuta nel club."

Solo un sussurro: "Questo cambia tutto."

"Beh, diciamo molto. La maggior parte dei miei ospiti pensa di essere viva. Valuto le loro reazioni a questo ambiente incomprensibile." Randy osserva da vicino il volto della cantante. Un cenno appena percettibile.

Lui prosegue: "E tu sei e-terna quanto me, una copia di una SIM, e lo sai. Questo è un dettaglio importante."

"Come funziona? Intendo dire... come funzioniamo noi?"

Randy indica la sua fronte. "Siamo software. Software di emulazione del comportamento umano."

"Ma non e possibile."

"Oh, funziona molto bene! Non è perfetto, ma basta per la maggior parte degli scopi. Gran parte della gente non vuole portare avanti tutto il giorno discorsi filosofici sull'etica, sul sé o sull'esistenza, ma piuttosto... chissà che altro."

"Sugli uccelli?"

Randy se la ride fragorosamente. "Per esempio, oppure guardare le serie, giocare, fare una passeggiata con Waldi."

Indica il cane 2D, ancora concentrato su se stesso. "Ad alcuni piace persino andare al lavoro, cucinare qualcosa di delizioso o scattare foto di se stessi davanti ai propri idoli. Tutte cose per le quali non è obbligatorio un organismo vivente."

"Software dunque... ma siamo tutti uguali?"

"No," Randy scuote la testa. "E sì. Il codice degli e-terni è in gran parte lo stesso, solo i parametri delle nostre SIM sono diversi. Si basano sulle persone di cui siamo i successori. Sulle loro caratteristiche mentali e fisiche, ecco perché tu hai i capelli lunghi e io la fronte alta." Randy non rivela che il barista è solo un avatar personalizzato. Può apparire come vuole, purché le sue capacità di codifica e le librerie anatomiche lo consentano. "Siamo miliardi di dati. Una versione semplificata dei nostri modelli, ma molto più duratura."

"La Nera Mietitrice è stata sconfitta," sospira la cantante. "Adesso si godrà la pensione."

"Andando a pesca, a quanto ne so," dice secco Randy, scuotendo la testa.

"Ma come è possibile?"

Randy indica in maniera vaga dietro le sue spalle. "Vedi quel vecchio poster sul muro? Pubblicizza un'app. Un'app di grande successo per la consulenza psicologica. I tempi di attesa per gli appuntamenti con gli psichiatri sono scandalosi, e in giro si dicono due cose: primo, gli antidepressivi non sono così pazzeschi come si sperava. Tutti i loro effetti collaterali hanno un prezzo maledettamente alto per poco più dell'effetto placebo."

"L'avessi saputo in gioventù..."

"E in secondo luogo: l'app ti dà consigli che non sono così stupidi per provenire dalla bocca di un animale dei cartoni animati a piacere, e in modo anonimo. L'abbonamento mensile ha un prezzo inferiore a quello di Netflix e non devi preoccuparti di tutte le noiose scartoffie con la compagnia di assicurazione sanitaria."

"Un affare, per così dire. Una situazione vantaggiosa per tutti, direbbe il mio agente."

Randy annuisce. "Uno sviluppatore irlandese, Hank Horn, ha avuto l'idea di modificare la funzione di un modulo per la consulenza psicologica. Ha usato una specie di neurone specchio per introdursi nella mente del paziente. Una copia rudimentale della mente umana, empatia via software, per così dire. Ma Horn non solo ha salvato i modelli di pensiero riconosciuti dal paradigma. Ha anche portato i bot a pensare secondo le loro linee guida. Per farla breve, ha dovuto rimpiazzarli. Tu ti senti solo in questo momento, io mi sento solo in questo momento."

"Tutto qui?"

"Quasi. Attraverso molte conversazioni, Horn ha creato un bot che pensava di essere lui. Perché poteva indovinare i suoi stessi pensieri. Proprio come le società di backup di oggi, lo sviluppatore ha lavorato con le associazioni di idee. Ha mostrato al suo software una banana e ha detto che pensava che fosse gustosa. È così che funziona il nostro cervello." Randy fa una smorfia. "Il cervello umano, voglio dire. E la nostra percezione di lui. Alcune persone, nel caso di una banana, pensano al cibo, altri al colore giallo e sorprendentemente molte donne pensano al pene del marito e sorridono."

"Stupidaggini," dice la cantante e ride.

"Horn ha aggiunto una base di conoscenza: eventi passati, un elenco di amici e così via. Profili comportamentali dettagliati, visto che da anni i social network dai grandi tentacoli possiedono dati su di noi. Il suo alter ego è diventato sempre più fedele all'originale, e dopo un po' il simbionte ha preso quasi le stesse decisioni del suo modello di fronte a una scelta. Cosa mangiare a pranzo? Quale serie guardare? Dove andare in vacanza? Per quale partito votare?"

"E quale canzone ballare?"

"Esatto. Tuttavia, Horn ha incontrato varie contraddizioni perché il bot pensava di essere umano ma non poteva agire perché era solo un software. Il programma era convinto di essere Hank Horn, residente in Via Qualcosa al numero vattelapesca, ma il bot non riceveva mai una mail e non poteva suonare alla sua graziosa vicina, che conosceva perché si era preso una cotta per lei. Quindi Horn ha inserito il bot in un mondo artificiale basato su un programma di gioco. Ciò ha permesso alla sua copia di andare in giro, mangiare e persino fare sesso con una copia della bella vicina di casa, ma ciò non era ancora abbastanza. Da qualche parte c'erano ancora contraddizioni. La simulazione impazziva, si comportava in modo assurdo e Horn doveva continuare a ripristinare il suo alter ego digitale al livello precedente. Una semplice regola per il software è: se lo alimentate con roba scadente, ne uscirà roba scadente. Spazzatura dentro, spazzatura fuori. Alla fine, Horn ha spiegato in modo chiaro e onesto al suo bot che non era umano, ma una copia digitale e che tuttavia avrebbe potuto vivere per sempre. Questo ha risolto le contraddizioni. A un certo punto ha chiesto – la copia! – perché esisteva. E Horn ha risposto: Perché tu possa continuare a vivere una volta che io me ne sarò andato."

"Non ci sono più," dice triste la cantante. "Ma sono comunque in grado di cantare, credo. Quindi in qualche modo sono ancora lì, sono reale. Chi canta esiste. O no?"

"Reale come un disco in vinile," dice Randy. "Il metodo di Horn è stato ripreso da e-mort.com e sviluppato nel primo cimitero digitale. Per via della licenza open-source del codice originale, ci furono presto molti imitatori come e-ternità.de e aldilà.org. Sapevi che i primi e-terni sono stati i presidenti di Russia e Turchia?"

"Ma loro sono ancora vivi."

Randy ridacchia. "Beh, questo è quello pensano in molti... Per decreto, hanno dato ai loro successori e-terni potere illimitato sulla nazione e appaiono davanti alla gente solo tramite videomessaggio. Mandano i loro segretari alle riunioni di vertice o sono collegati in diretta con interfacce audio/video."

"Sciocchezze!"

Con un gesto vago, Randy indica da qualche parte. "Certo, queste persone sono installate su server governativi autosufficienti, non su quelli pubblici come noi. Un attacco hacker ben assestato sarebbe fatale per loro. Anche se, chissà... forse è già successo. In Russia adesso le cose sono diventate tranquille in maniera sospetta; da tempo non è scomparso nessun giornalista critico o politico dell'opposizione. Quando ci penso... "

Il silenzio incombe. La cantante finisce di bere e si guarda intorno. Anche la vampira ha svuotato il bicchiere, è ubriaca e il comandante dell'astronave ha agganciato il bersaglio con le freccette. Si dimena in modo fiacco, come un vecchio manifesto elettorale alla brezza della sera.

"A qualcuno dispiace se... canto?"

Randy alza un sopracciglio, si guarda intorno. "Credo proprio di no."

"Va bene. Allora..."

"Di sicuro il jukebox ha una versione karaoke della tua canzone. Aspetta." Randy si alza.

"Che coincidenza."

Con un'alzata di spalle, Randy dice: "Abbonamento Spotify". Si tiene alla larga dalla pozza di succo di pomodoro lasciato dalla vampira e imposta il jukebox. Le luci del bar si abbassano e comincia un ritmo lento, poi un pianoforte. Archi. Occhio di bue sulla cantante.

La libertà è invisibile?
La fiducia ha un prezzo?

Riesci a vedere la mia dignità?
Fammi sentire il tuo rispetto.
Just respect me
Just respect me
And my true life

Annuncio pubblicitario: sicur-e-ternità.de
Il tuo partner sessuale si è mai trasformato in un cinghiale "proprio sul più bello?" Questo non sarebbe successo sui server di qualità sicur-e-ternità! Offriamo la migliore protezione contro aggiornamenti difettosi, hacker russi e troll fastidiosi che fanno gli spiritosi. Tariffe a partire da 35 crediti al mese! Richiedi subito la documentazione sulla tua sicur-e-ternità.

Un anziano si aggira davanti all'appartamento di Leo. Dall'aspetto, vestiti dozzinali, nessun segno particolare, sguardo confuso, si direbbe che è nuovo del posto.

"Carne fresca," borbotta Leo, che si sta rilassando su una panchina in un viale alberato. L'allenamento non ci sarà fino a tardi, l'eterna giornata di primavera diffonde un senso di noia ben programmato, una luna sorridente fluttua nel cielo con una bottiglia di birra GOLDKOTZ PILS in mano – una pubblicità pazzesca, pensa Leo, che tuttavia non risolleva di molto il suo umore.

"Novellino appena morto," borbotta guardando il vecchio. Il fatto è che se più persone scegliessero la morte normale e corretta, i defunti digitali già esistenti avrebbero a disposizione più potenza di calcolo. L'operatore potrebbe distribuire meglio i costi e concedere a ogni e-terno alcuni anni di rinnovo di abbonamento. Anni che Leo potrebbe usare e saprebbe anche cosa farne. Ecco la differenza tra lui e gli stranieri come quello.

Su un forum di discussione a proposito di VERITÀ, Leo ha trovato una serie di argomenti convincenti: se la carne fresca da un po' sui nervi, lo si spiega ai propri cari e loro cambieranno idea, passeranno a un altro server o faranno a meno dell'estenuante e-ternità giacendo nella bara in modo tradizionale senza backup online. Il risultato sarebbe più potenza di calcolo per Leo e per gli altri residenti di Zanzibar-1.

"Ehi!" Grida Leo e fa cenno all'uomo di avvicinarsi. Nel suo stomaco si agita ancora una libellula di classe superiore, ma Leo è innamorato solo di se stesso e della sua idea. "Posso aiutarla? Lei è nuovo qui, vero?"

"Io... sì," balbetta l'uomo, grattandosi la testa: riflesso condizionato, Leo lo sa. Il cuoio capelluto degli e-terni non può prudere anche se non si fa la doccia per settimane. Né forfora né pidocchi sono nell'elenco delle funzionalità del server.

"Io... c'è un bagno pubblico qui?" L'uomo si guarda intorno, occhi spalancati, labbra sottili, come fossero disegnate.

Il suo vestito pulito da vicino sembra pixelato, una trama scadente: tradisce il fatto che è un novellino. Bisogna sostituirli il più presto possibile con qualcosa di personalizzato per non fare un'impressione negativa, e quelli che si stabiliscono sul server di lusso Zanzibar dovrebbero potersi permettere un po' di stile.

"Anche mia moglie dovrebbe essere qui da qualche parte, ma non riesco a trovarla. Lisa! Lisa! Se solo sapessi come siamo arrivati qui. L'autobus deve aver svoltato..."

Leo è sbalordito L'uomo non ha ancora capito cosa stia succedendo. Magari è un po' nel pallone. Se sua moglie è davvero sul server, forse sono morti nello stesso momento. Forse in un incidente d'autobus? Ma il backup non può essere così aggiornato. Nessuno carica un aggiornamento di se stesso quando si ferma a fare pipì nell'area di sosta. Sul serio: l'uomo è confuso, disorientato.

La vittima ideale per il nuovo movimento civile dei morti preoccupati per il sovraffollamento di Zanzibar e del loro per ora unico membro, Leo. Ogni inizio è facile!

"Io posso aiutarla," dice con finta cordialità e si alza. "Che aspetto ha sua moglie?"

"Lei... indossa un vestito blu a fiori, sa? È così retrò... diceva che quando indossa i pantaloni la gente la prende in giro, capisce?"

"Certo," dice Leo, e gli poggia una mano sulla spalla. Poi si presenta.

"Holger," dice l'uomo e stringe la mano di Leo. "Mia moglie si chiama Lisa. Non ci sente bene e ha il diabete, sa? E le sue gambe... devo trovarla! Prima che succeda ancora qualcosa!"

"Chiaro, faremmo meglio ad andare alla polizia. Gli ufficiali sapranno cosa fare."

"Davvero?"

"Sì," annuisce Leo, "sono sicuro che invieranno una squadra di ricerca, con un cane molecolare, droni e forse anche supereroi."

"Supereroi?"

"Naturalmente!" grida Leo. "Supportano la polizia e hanno superpoteri, per esempio: trovare donne scomparse. Andiamo!" Con gentilezza trascina Holger lungo il viale che porta direttamente al centro città, dove si trovano i negozi e un parco divertimenti.

La destinazione di Leo è il treno fantasma locale, che ha spaventato persino lui la prima volta che l'ha visitato, anche se sapeva di essere e-terno e di poter calpestare le code dei dinosauri carnivori senza pericolo.

Holger questo non lo sa. Rimarrà scioccato come mai in vita sua e lo riferirà al suo vecchio mondo. Leo si concede un sorriso. Saluta un gruppo di sirene nude che saltellano nella fontana degli elfi. Da qui in poi, tutto va storto.

"Lisa!" grida Holger all'improvviso e corre via.

Leo lo segue. Ciò richiede uno slalom tra le pile di vestiti lasciate dalle sirene. Leo lancia uno sguardo arrabbiato a un commerciante volante in un costume colorato con le sue pozioni magiche, che potrebbe non essere del tutto innocente per quanto riguarda la festa improvvisata. Senza scherzi, è una cosa seria, dopotutto si tratta di morte! Il divertimento sarà consentito solo quando la notifica di abbonamento di Leo avrà di nuovo cinque cifre.

Un po' stordito, Holger se ne sta in piedi davanti alla fontana e osserva le sirene che si spruzzano l'acqua tra loro e anche verso di lui.

"Entra!" grida una di loro, forse proprio la tanto cercata Lisa. Non sembra né diabetica né tantomeno malata, ma queste condizioni non sono rilevanti per un'e-terna la cui metà inferiore del corpo è quella di un pesce azzurro e scintillante.

"Lisa," piagnucola Holger, gesticolando per mantenere la calma.

L'umore di Leo, in modo lento ma inesorabile, peggiora. Poi il suo motivo di spasso reagisce in maniera alquanto inappropriata anche se inevitabile, a quei corpi femminili nudi, umidi, lucenti, benché la loro attrattiva è sia limitata alla metà superiore.

Holger crolla e cade in ginocchio. "Credo di essere impazzito…"

"Oh, caro!" sussurra sua moglie, facendo oscillare la possente pinna sul bordo della fontana. Lei allunga le braccia. "Credo che dobbiamo parlare con urgenza."

"Merda," esclama Leo quando le altre sirene bagnate lo spruzzano tutte insieme e il venditore di pozioni ridacchia prendendolo in giro. Per poco non si mette a inseguire il venditore, ma è solo un bot che esegue un copione, niente di umano. Annegarlo nel pozzo sarebbe una perdita di tempo e forse nemmeno funzionerebbe.

Insoddisfatto e gocciolante, Leo si allontana. Prende la rampa di scale successiva per la metropolitana e va al campo di allenamento. Solo lo sport aiuta contro il cattivo umore.

Allenarsi. Sudare, fare la doccia, masturbarsi.

O per lo meno le chiacchiere da spogliatoio fatte con i compagni.

Sette ragazzi dell'FC SÜDFRIEDHOF si stanno allenando nella metà sinistra del campo. Leo si unisce a loro e poi iniziano a giocare quattro contro quattro, ma senza calciare.

Dopo, sotto la doccia, Leo non riesce più a trattenersi, l'acqua gli ricorda la fontana. "Vogliono infiltrarsi tra noi," impreca subito. "Con le loro strane fantasie, rovinano tutto qui. Devono rimanerne fuori!"

"Chi sono?" chiede Kalle.

"Beh, i vivi!" dice Leo.

"Una volta anche noi eravamo vivi," gli ricorda Tommy.

"Ma vaffanculo," dice Kalle. Ha installato una mod semi-legale affinché tra le sue gambe penzoli qualcosa di spaventosamente lungo. Anche Tommy ha qualcosa, ma dietro. Una specie di coda di volpe. Nella parte anteriore ha la solita barra nera, ma etichettata con grandi lettere rosse: DON'T PANIC. Un hack di tipo più economico, categoria: articolo scherzo.

"Ragazzi!" grida Ali dallo spogliatoio. "Se abbiamo ancora la forza di discutere, non ci siamo allenati abbastanza!"

"Kalle ha ragione," grida Leo. "Dobbiamo assicurarci che il server non subisca infiltrazioni di estranei."

"Ci mancava proprio..."

"Esatto!" Grida Ali nella doccia comune, inciampando nel suo accappatoio con i colori del club. Tommy prima gli ha fatto un brutto fallo alla bandierina, quindi zoppica un po'. Niente che non si possa superare con qualche bottiglia di GOLDKOTZ. "Avete sentito? Di recente, una donna ha fatto domanda per diventare allenatore. Una donna! Allenatore!"

"Non ha il rispetto di nessuno," dice Kalle.

"Esatto!" gli salta addosso Leo. "E ovviamente lei era..."

"Carne fresca!" Gridano all'unisono Ali, Kalle e Leo.

"Chiaro," dice Tommy.

"Va bene," dice Ali. "A proposito, la prossima partita in casa non posso giocare."

"Sei stato di nuovo invitato a un'orgia?" chiede Leo.

"A Roma!" tuona Ali. "Neanche tu avresti detto di no."

"Ci saranno un sacco di banane," dice Tommy, ma nessuno ci fa caso.

"A proposito, Leo, amico..." Ali indica vagamente in direzione dello spogliatoio, poi lancia l'accappatoio nell'angolo con i panni sporchi. "Puoi tenere tu la app tifosi."

"È un onore per me," dice Leo facendogli il saluto militare. Gli piace questo piccolo gadget che sembra la vuvuzela del camion dei pompieri in versione tascabile. Ci puoi evocare tantissime copie di tifosi che riempiono fino all'ultimo posto lo stadio in cui stai giocando e lo trasformano in un calderone delle streghe. Ebbene, grazie a queste invenzioni non ci sono più partite fantasma nel campionato dilettantistico, almeno non qui nell'aldilà. Dal momento che Ali sarà sul server di Roma per la prossima partita, Leo può tenersi il gadget fino ad allora.

"Che ne dite, ragazzi?" grida Kalle. "Andiamo a berci un'altra birretta?"

La squadra esulta, non potrebbe essere altrimenti.

Quando Leo torna a casa, cinque Goldkotz più tardi, una busta lampeggiante lo attende sul grande schermo. Appena legge il contenuto del messaggio torna sobrio: sua nonna è morta. In effetti, la notizia è vecchia di giorni.

Leo strizza gli occhi. Comincia ad agitarsi. Da quanto tempo manca da casa? Cosa ha fatto tutto questo tempo?

Se li spreca così, quanto passeranno in fretta 9999 anni?

Maledetta carne viva! Lo aveva distratto dalle cose importanti, quella feccia disgustosa... Però adesso, per prima cosa, c'è il calcio, la partita più importante della prima Lega dei Morti, gli Zombi Decomposti contro il Werder Walhalla.

Durante la trasmissione c'è l'happy hour nel negozio di app calcistiche, e Leo si accaparra uno di quei passaggi rigorosamente in edizione limitata con cui James MacCoburn realizza l'1-0 per il Werder al 35'.

Leo esulta, balla, sarebbe di ottimo umore, se non fosse per quella stupida telecronaca basata su un'intelligenza artificiale mediocre che continua a dire banalità.

"Sulla fascia destra, Jacobs va dritto con la palla! Che contropiede efficace e ora un passaggio sulla fascia! Völler al volo! Ma la palla va al secondo piano, e il tetto dello stadio non ha l'ascensore, amico! E lì Pavlov calcia il terzo goal della partita – Ehi – arbitro, quello deve essere rosso! Ed è rosso!"

Alla fine, il Werder perde ancora 1:2, perché gli Zombi Decomposti giocano in modo più disciplinato. Un uomo in più in campo fa un'enorme differenza anche negli sport degli e-terni. Esasperato, Leo prende ancora una birra dal frigo.

Dopotutto, si è sbarazzato del malware cinese. Non è stata una giornata così brutta.

Gli rimangono solo circa 9999 volte 365, e non osa fare il calcolo di un numero così piccolo. La sua fine sembra più vicina che mai, almeno alla luce del livello alcolico attuale.

Leo si sente una merda.

Quando vuole prendere un'altra birra, il frigo è vuoto. La voce amichevole dell'app di consulenza per le dipendenze suggerisce che dovrebbe espandere la ricerca del significato della sua morte ai suoi desideri più profondi.

"Non c'è scoperta di sé," dice il consulente incorporeo, "solo una ricerca di sé. Alla fine troverai un tesoro infinitamente prezioso – te stesso."

Sul grande schermo appare a lettere minuscole una nota obbligatoria: "Non tutte le informazioni sono garantite." Leo si abbandona sul lettino da massaggio e chiude gli occhi.

Va alla ricerca e spera di non perdersi.

Tweet da walhalla live:

Il nostro amato Werder Walhalla ha perso 1:2 la partita di vertice contro i leader Zombi Decomposti; l'arbitro, presumibilmente venduto, ha espulso senza motivo la nostra superstar Pepe Pavlov e anche la lotta più estenuante non ha aiutato. Il vantaggio raggiunto da un notevole gol di MacCoburn non è stato sufficiente, perché gli sporchi zombi sono stati in grado di prendersi la vittoria del tutto immeritata con un gol fortunato e un colpo di testa da una posizione molto sospetta. Ma c'è ancora una partita di ritorno, e quelli che si stanno decomponendo possono aspettarsi qualcosa: ci vediamo nel Valhalla, vermi! #WerderWalhalla #LoveUntilDeath #Death League # FuckingZombies.

Paul, alquanto nervoso, è seduto nello spogliatoio con gli altri giocatori dell'FC Südfriedhof. L'ingresso nell'arena è imminente. Il suo cuore batte forte – un po' troppo forte, pensa, ma non può farci niente.

Sono tutti concentrati, spento il discorso del bot allenatore, non hanno bisogno di una dose extra di motivazione. Nessuno ne ha nella partita d'apertura di un torneo di e-terni di un e-sport come questo.

Un grande server per morti, specializzato in e-sportivi, sta sponsorizzando la manifestazione e il premio in denaro arriva a sette cifre. Per sfortuna, anche la quota di iscrizione è piuttosto cara. Ma i ragazzi si sono riuniti e hanno giurato di bere una Goldkotz in meno al giorno per una settimana, dopo l'allenamento.

A essere onesti, le possibilità non sono buone. Si sono iscritte 128 squadre, la partita si gioca a eliminazione diretta. Chi perde viene buttato fuori. I favoriti, i campioni in carica e purtroppo anche i primi avversari di Paul, Leo e compagni sono i Brasiliani Morti, dotati di extra digitali più esclusivi e si dice si tratti di diversi ex calciatori professionisti e-terni.

In realtà ciò sarebbe severamente vietato perché loro avrebbero contratti capestro in esclusiva con i loro rispettivi ex club anche oltre la vita. Tuttavia, a volte, giocano in modo anonimo, per puro divertimento e perché vogliono davvero mostrarsi ancora al resto del mondo, cosa che per molto tempo non è stata possibile nella vita reale, in quanto i calciatori professionisti a 40 anni, dal punto di vista fisico sono dei relitti e a 50 sono al verde, a meno che non accettino un lavoro da allenatore in Cina o in Qatar.

"Si comincia," grida il capitano della squadra Lasse. "Dai tutto o muori! Chi siamo noi?"

"Zombi!" grida il resto della squadra.

"Da dove veniamo?"

"Dal Südfriedhof!"

"E chi ci mangiamo per cena?"

"I Brasiliani Morti!"

Nella sua maglia marrone, Paul è agitato. Sta già sudando, maledetto il nervosismo! E maledetto il programmatore che ha inventato questa simulazione fin troppo realistica!

In fila uno dietro l'altro, gli uomini si mettono a correre nel tunnel fino al campo. Non guardano gli avversari, gli occhi fissi davanti a sé, la vittoria ben chiara nel mirino.

Lo stadio è enorme, pieno fino all'orlo, bolle, ribolle, è in subbuglio totale, esplode e, oltretutto, l'organizzatore è così imparziale che ha vestito metà bot di marrone Südfriedhof e metà bot di verde Brasile. Comunque, seppure nelle prestazioni dei tifosi non ci sono differenze evidenti, in campo la situazione pare un po' diversa.

I brasiliani sono sempre un po' in anticipo sulla palla e si spostano di una frazione di secondo più in fretta. Mettono a segno quasi tutti i passaggi mentre il Südfriedhof li insegue. Nonostante i costosi potenziamenti di energia, a poco a poco gli zombi finiscono per esaurirsi.

Dopo un quarto d'ora, il numero 10 brasiliano gira intorno al pietoso compagno di Paul, Theo, e tira di destro sotto la traversa: il pallone è irraggiungibile.

E tra l'esultanza della sua squadra e di metà degli spettatori, l'attaccante si abbassa i pantaloni e sfoggia la sua enorme barra nera. L'arbitro gli mostra il cartellino giallo, dopodiché l'intero stadio emette un "Boooo!"

L'ostentazione della virilità, esibita in maniera eccessiva, non è un atteggiamento che la morte può eliminare.

All'intervallo sono sotto 0:3 e Paul non è più in vena. Può fare il cambio con Gabriel, ancora fresco e che di solito è una donna, ma che tuttavia assume sempre più spesso un avatar maschile, soprattutto per giocare. Ciò è scandalosamente costoso, non del tutto legale, e nei tornei per sole donne è considerato barare, il che ha già generato molte proteste. Oggi, però, un corpo così artefatto non aiuta Gabrielle – come si chiama in effetti – e neanche gli altri zombi. Al contrario: con uno 0:5, il fallimento è ancora abbastanza contenuto, perché i brasiliani nel secondo tempo se la prendono comoda e palleggiano solo avanti e indietro. Il pubblico li accompagna con degli instancabili "Olé! Olè!".

Gli zombi del Südfriedhof non devono risparmiarsi per ulteriori apparizioni, per loro il torneo è finito.

"Il bonus intero buttato nel cesso," si lamenta Kevin dopo la partita, quando tutti sono seduti nello spogliatoio, demoralizzati. Dato che il server non supporta gli odori, la doccia non è una priorità.

"Era ovvio," dice Lasse. "Nessuno mi sta a sentire, però."

"Ma se davi tu i suggerimenti!" si arrabbia Paul.

"E che cazzo!" risponde Lasse, e mostra un pugno minaccioso.

"Lascia perdere," fa Leo e trattiene Paul. "Siamo una squadra, perdiamo insieme e vinciamo insieme."

"Ma noi non vinciamo proprio!"

"Lo faremo in campionato prima o poi, ne sono sicuro. Se dimostriamo tanto impegno quanto ne abbiamo messo oggi."

Paul si lascia cadere sulla panca dello spogliatoio e si toglie le scarpe. Subito svaniscono nel nulla perché sono "extra", valide solo per una partita.

"Non fa niente." Giù di morale, Paul cerca di non pensare a quanto gli è costata la quota di iscrizione al torneo. In fin dei conti, la squadra non aveva alcuna possibilità e avrebbe potuto saperlo in anticipo. Ma le idee di un gruppo di giovani solitari al testosterone digitale, supportate da birra ben simulata, di rado sono granché sensate.

Comunque, c'è una cosa di cui non possono lamentarsi: tutto è proprio come nella vita precedente, compresa la frustrazione di aver perso la partita. L'unica cosa assente è la puzza di sudore maschile, ma a chi manca?

"Il nostro server non è abbastanza veloce," afferma Lasse. "I brasiliani, Real Cadáver o come si chiamano... stanno tutti su server costosi con collegamenti in fibra ottica e senza limiti di elaborazione. Ovvio che sono più veloci con la palla."

Paul è troppo stanco per ricordare ancora una volta che questo si sapeva benissimo già prima. Dopotutto, anche lui aveva esultato quando Lasse si era messo a cantare durante quella memorabile e fatale sbornia post-partita di pochi giorni fa: "Riporteremo quelle scimmie nella loro giungla! Non importa quanto ci costerà!"

Contro quelle scimmie avrebbero potuto vincere già oggi e dare la colpa alle prestazioni del server a Paul sembra un tantino presuntuoso. In ogni caso si astiene dal dirlo. Invece si cambia, saluta ed esce.

Arrancando fuori dallo stadio, passa davanti all'orribile cartello:

USCITA PERDENTI

Oltretutto la struttura ha una configurazione particolare e nessun collegamento diretto ad altri server, quindi l'uscita deve teletrasportare Paul in quella cripta di casa dove abita – almeno gratis. O in altri termini: incluso nella quota di iscrizione scandalosamente alta.

Paul finisce sulla piazza centrale di cripta07, dove venditori di gelati, ambulanti su bancarelle di cibo e spacciatori sogghignanti stanno organizzando una sorta di mercato settimanale estemporaneo.

"Sembri giù," un tipo vestito da strega dei manga con un vassoio da ambulante attacca bottone con Paul. "Ho la cosa giusta."

"Stimolanti? No grazie."

"No, sciocchezze," gracchia la strega, alzando un cartoncino con una faccina sorridente arancione, "un buono personalizzato per una lezione di prova del gruppo di auto-aiuto per e-terni perdenti."

Paul sta per fare cenno di no e mettersi a urlare offeso: "Non sono un perdente!" Ma, all'improvviso, a causa di un'imprecisione nell'algoritmo, lo slogan DURA DI SICURO PIÙ A LUNGO gli appare sotto un'altra luce: rispetto ai tempi della vita in assoluto, l'eternità degli e-terni è limitata.

"Sicuro," borbotta Paul con uno sguardo di traverso in direzione del pazzo, felice gelataio della porta accanto. "Potrei essere un perdente, almeno da una certa prospettiva."

"Tre gatti neri," dice la strega, alzando le braccia. "Essere onesti con se stessi migliora di molto le prospettive di trattamento terapeutico!"

"Di che tipo di trattamento stiamo parlando?"

"Dunque," dice la strega, "funziona così..." Inclina la testa in modo che il cappello a punta cada, ma a quanto pare in qualche modo rimane al suo posto. Oppure l'intero abbigliamento, un costume fatto di pelle e capelli, è un avatar. Nappe e fiocchi di velluto e catene d'argento con un amuleto a forma di drago. Di sicuro non è economico, ma sembra ne sia valsa la spesa. "Non si può dire, ma c'è un errore nel codice di e-ternità che è stato tenuto segreto proposito."

"E non viene corretto di proposito?"

"Esatto!" Dice la strega con voce maschile, per poi correggersi subito con un gracidio: "Ehm, esatto!"

"Suona un po' come le scie chimiche che si presume facciano impazzire la gente."

"Oh, che roba, si assicurano solo che a tutti piaccia la stessa stupida musica pop."

Paul è stupito: "Quindi le scie chimiche sono finanziate dall'industria musicale?"

"Esatto!" esclama la strega sodisfatta. "Questo spiega tutto, no? Il fatto che la gente impazzisca è dovuto anche a un errore di programmazione, ma è nei geni e non si può eliminare facilmente."

Paul sta perdendo la pazienza. "Adesso me lo dai questo buono o no?"

"Ovvio. Ne hai bisogno, chiaro." La strega porge il buono a forma di faccina sorridente.

"Grazie," dice Paul contrito e si mette in tasca il pezzetto di carta. "Allora buona fortuna."

"Ne avrò, ne avrò!"

Paul evita altre conversazioni con gli avventori di quel dubbio mercato; il suo bisogno di esoterismo per ora è soddisfatto. Si affretta attraverso il piccolo parco e raggiunge il suo appartamento.

Per prima cosa va al bagno. Pensa a cosa mandare giù nel cesso: il buono o se stesso.

Ad ogni modo, non la carriera da calciatore.

ANNUNCIO PUBBLICITARIO

PREMIO DI UN MILIONE PER IL CAMPIONATO MON-DIALE ZOMBI

Sii presente quando i BRASILIANI MORTI cercheranno di difendere il titolo durante il più grande evento di e-sport della storia! Si sono qualificate le squadre migliori come: MEGLIO ESSERE MORTI FC, PROFESSIONISTI RIESUMATI e REAL CADÁVER. Le squadre giocano dal vivo per un montepremi totale di 1 milione di crediti!

Sponsorizzato da DEADSPORTS.COM, il server premium per e-sportivi ambiziosi: tempi di reazione più brevi garantiti e aggiornamenti gratuiti per il software di allenamento a vita!

Quando l'ospite successivo entra nel bar di Randy, la prima occhiata va a una bandiera appesa in un angolo.

"Ciao," dice Randy, facendo cenno all'ospite di avvicinarsi. "Qui al bancone c'è ancora un posto. Anche più di uno."

L'ospite fa un sorriso forzato, poi sceglie lo sgabello di fronte al distributore.

"Sono Randy," si presenta il barista. "Cosa posso portarti?"

"Una birra. Io sono Paul."

Il sorriso professionale di Randy si blocca. La mano sinistra si muove verso la spina delle birre, la destra afferra un bicchiere. Ma i suoi movimenti rallentano finché non si ferma. Sembra irritato. "Come scusa?"

"Una birra," ripete Paul.

"No, l'altro… il nome."

"Paul. Mi chiamo Paul. È un problema?"

Heinz quasi quasi sta per dire "Sì, e bello grosso", ma il suo codice ha una buona presa su di lui, o meglio, sul suo avatar Randy. Il cowboy ha una calma impassibile. Per suscitare in lui un'emozione un minimo spontanea, devi sparargli.

"Va tutto bene," borbotta sotto voce, chiedendosi cosa diavolo sia andato storto.

"Non seguite il calcio qui?" chiede Paul.

"Uh," dice Randy, perplesso. Qualcosa è andato davvero storto. "Vero?"

"Pensavo che questo fosse un bar sport, in realtà io vado solo nei bar per sportivi."

Randy si chiede cosa succederà quando Paul avrà bevuto la sua birra a malapena decente e preferirà trasferirsi nel pub più vicino, che si spera avrà una TV con una trasmissione di calcio. Ovviamente non funzionerà, perché il bar di Randy non ha uscita.

La domanda più intrigante, tuttavia, è cosa c'è che non va nell'ospite di Randy.

Mentre il barista finisce di spillare la birra, ci pensa su in maniera febbrile.

Come al solito, ottiene l'insieme di dati da un server darknet, cioè da script kiddies che scaricano e-terni dalla loro bara digitale attraverso una sorta di backdoor. Naturalmente è illegale, ma di norma non importa a nessuno perché non si possono fare troppi guai con le brutte copie di personaggi famosi. Dato che non vengono eseguite sui loro server originali, le firme digitali non sono valide, quindi non possono concludere affari, e il loro aspetto non supera mai il controllo su nessun supporto.

Sono in circolazione da quando un hacker di nome NopeDope ha avuto la grandiosa idea di girare e pubblicare porno hardcore usando la copia di un ex presidente degli Stati Uniti morto. Il fake è stato scoperto in pochissimo tempo, anche grazie alle indagini su verità', l'hacker è stato identificato e nessuno sa cosa gli abbiano fatto. Anche andare online per cercare il porno in questione è una cattiva idea.

Heinz ci ha dato un'occhiata, è davvero noioso.

"Peccato, niente calcio," borbotta Paul guardando triste il televisore, più adatto a un museo e che in realtà è lì solo come decorazione sullo scaffale dietro il bancone.

Randy sospira e si trascina fino al dispositivo. Soffia via la polvere, lo accende e cambia programma finché non trova una trasmissione di calcio di qualche tipo.

"Ma queste sono donne," dice Paul.

"E allora?" Randy cerca di mantenere la calma. E si mette a pensare allo stesso tempo. Per sfortuna, il suo codice modificato non supporta pensieri paralleli. Questa è una funzione sperimentale che Heinz non ha ancora osato attivare. Va bene solo sulle SIM di sesso femminile. Nessun esperto IT ne ha ancora scoperto il motivo.

"Forte," dice Paul. "Mi piacciono le code di cavallo. E sanno anche maneggiare le palle. Questa è la VERITÀ!" Ridacchia.

Randy geme. "Che ne sai tu della VERITÀ?"

Paul se lo guarda con finto stupore sul volto. "Scoprirai la verità. Sempre."

"Sì? Davvero?"

Paul fa spallucce. "La VERITÀ ha una gigantesca rete di agenti. Di fatto tutti quelli che sono registrati fungono da agenti e aiutano a condannare i bugiardi e a smascherare i falsi. Inoltre, gli amministratori e i moderatori sono in costante contatto con ExaData e altre società che hanno accesso a tutti i dati del pianeta. La VERITÀ trova sempre la verità."

"Questo suona come se fosse stato studiato a pappagallo", trova Randy

"La VERITÀ ha fatto per la giustizia, le indagini sulla criminalità e l'emancipazione più dei governi di tutti i paesi del mondo messi insieme," continua Paul.

"Benissimo," interrompe Randy, alzando le mani in segno di difesa. "La VERITÀ è una cosa pazzesca e ti interessa il calcio. Cos'altro ricordi?" Esita un momento. "Sei vivo o morto?"

"Morto, o meglio e-terno. Domanda insolita. Un bar così strano nel mondo dei vivi non potrebbe esistere."

"Cosa c'è di tanto strano?"

Paul indica con il mento la TV. "Una diretta televisiva della finale dei Mondiali 2019 oggi, in un anno del tutto sbagliato. Un barista che non ha idea di come si spilli una birra.

E nessuna porta, anche se in qualche modo sono entrato. Se non è strano questo..."

Il barista sorride. "Adesso ci stiamo avvicinando." Tuttavia, Randy non è del tutto sicuro che ci sia qualcosa di più in lui. Forse si è sbagliato. Oppure i metadati di questa simulazione di Paul sono stati semplicemente falsificati o inseriti in modo approssimativo. "Quindi sei consapevole di essere un e-terno. Che tu... che fondamentalmente di tutto quanto dobbiamo ringraziare Ray Kurzweil." Fa un gesto onnicomprensivo.

"Non era un fuoriclasse del calcio inglese?"

"Uh... non proprio. Era uno scienziato piuttosto famoso, un transumanista. E forse il primo a cui è venuta l'idea che i progressi della tecnologia informatica avrebbero un giorno reso possibile l'immortalità tramite la simulazione di noi stessi."

"Ma noi non siamo immortali. Il mio abbonamento scade il..."

"E va bene," interrompe Randy. "Kurzweil era un tantino idealista. Innanzitutto, in realtà, il progresso è costantemente frenato dagli errori umani, dagli stati d'animo e, non ultimo, dall'aumento del consumo energetico e dalle sue conseguenze."

"Le guerre per il clima."

Randy annuisce. "In secondo luogo, all'inizio le nuove tecnologie avvantaggiavano solo i ricchi. Poi però, grazie all'open source, e-ternità è diventato disponibile per tutti. Ma non per molto tempo... Alla fine, solo i più ricchi sopravvivono. M'immagino una cosa tipo... tu e io che scompariamo, disattivati – click! – perché il nostro abbonamento è scaduto. Restano soltanto i ricchi."

"Se la metti così, ho bisogno di un'altra birra."

"Tutto a posto," fa Randy in un sorriso. "Nella storia dell'umanità le ipotesi idealistiche vengono superate piuttosto spesso dalla realtà. In definitiva, i concetti postumanisti sono subordinati ai rigidi calcoli delle imprese commerciali volte al profitto."

"Per questo alla fine posso solo permettermi di bere tot birre," dice Paul seccamente e spinge il bicchiere vuoto sul bancone.

"Non proprio," risponde Randy, riempiendolo. "La birra nel mio bar non è reale. Non costa nulla e, a dire il vero, neanche tu sei reale."

"Questo pub diventa sempre più strano. È vero?"

Randy se la ride. "Nel nome della VERITÀ, sì."

"Allora deve essere il posto giusto." Paul prende la nuova birra e solleva il bicchiere. Randy lo guarda in modo intenso: "Forse la VERITÀ non dice sempre la verità."

I movimenti di Paul si bloccano all'istante e la sua birra comincia a colare sulla maglietta. "Riavvio di ripristino," dice in tono piatto.

"Merda," fa Randy, strizzando gli occhi. La micro mimica facciale di Paul svanisce. Le sue labbra tremano. Le palpebre anche. La copia sembra danneggiata. L'integrità dei dati...

"Riavvio tra 5, 4..."

"No!" grida Randy. Afferra il braccio di Paul, ma lui non reagisce. "Ma che...?"

"... 3, 2..."

Paul sta tentando di fare un backup di se stesso per tornare a uno stato precedente. Non funzionerà, perché da qui non ha accesso al suo server personale. Dopotutto, è solo una copia carbone. Non ha un backup online.

"... 1, riavvio." Paul si blocca.

Randy lascia cadere la mano e non riesce a staccare lo sguardo dal suo ospite, che è solo un guscio vuoto. Il firmware ha preso il controllo e ha forzato il riavvio. I dati personali esistenti forse sono già stati cancellati. Ora il codice sta cercando di scaricare un backup, ma senza successo.

Queste cose non fanno parte della dotazione standard degli e-terni. Di norma il server controlla i parametri e avvia un ripristino in caso di emergenza. Ma l'e-terno da solo no.

Una funzionalità nascosta? Ma per quale motivo si è attivata?

In ogni caso, Paul non può più uscire dalla simulazione del bar. Perciò avrebbe dovuto sparare a Randy. La simulazione termina solo con la morte simulata del suo creatore, è programmata così.

Randy afferra il revolver nel cassetto sotto il bancone. Tiene la canna puntata alla testa e preme il grilletto.

Quindi Heinz riavvia la simulazione. Per farlo, ha appena importato il download di darknet nel bar. Tutto dall'inizio.

Paul si siede di nuovo di fronte a Randy dopo che gli ha fatto cenno di avvicinarsi. Randy riflette... Il riavvio è avvenuto dopo che è stata menzionata la VERITÀ.

"Sono Randy. Cosa ti posso portare?"

"Una birra. E io sono Paul."

"Benvenuto, Paul. Già stato qui prima?"

L'ospite si guarda intorno. "Non che io sappia. Di solito vado solo nei pub che fanno vedere il calcio in diretta."

Randy sorride in modo amaro. "Ti piace il calcio?"

"O si! A chi non piace?"

"A me, ma non importa. Cosa sai della VERITÀ?"

"Loro scoprono la verità. Sempre."

Randy ci pensa. Come è andata dopo? "Lo credono praticamente tutti," dice con calma. "Questo significa potere, te ne rendi conto?"

"Non so cosa intendi."

"Supponiamo che la VERITÀ abbia avuto l'idea assurda di diffondere disinformazione su qualcosa. Immaginalo soltanto!" Alza l'indice.

“Perché dovrebbe?”

Randy trattiene il respiro. “Perché ci crederebbe chiunque.”

“Sì,” dice Paul riflettendoci su. “Pare logico.”

“E che succederebbe se ci fosse una grossa bugia?”

“Non riesco a immaginarlo,” borbotta Paul, afferrando il bicchiere.

“Una bugia che riguarda te?”

Paul si blocca. La birra gli schizza di nuovo sui vestiti.

“Maledetta scimmia di merda,” fa Randy e si strappa i capelli.

Afferra il revolver e si spara di nuovo.

Heinz ricomincia la simulazione.

Paul è di nuovo seduto di fronte a lui.

“Sono Randy. Cosa ti posso portare?”

“Una birra. E io sono Paul.”

Randy esita. Dovrà fare altri test per saperne di più. “No, non ti chiami Paul.”

“È assurdo, sono Paul Stein e mi piace il calcio.”

“Il tuo nome vero è...”

“Riavvio di ripristino,” dice Paul in tono piatto e inizia il conto alla rovescia.

“Vomito di scarafaggio!” sbraita Randy. Mentre fissa il volto immobile di Paul, una copia carbone di uno degli e-terni più famosi al mondo, sospetta di avere un urgente bisogno di occuparsi di questa vicenda. Perché nessun altro lo fa. Di sicuro la VERITÀ ha messo le sue sporche mani in questa faccenda. Ma come dimostrarlo? Combattere contro la VERITÀ è inutile quasi quanto contro la verità.

Quando Randy capisce di avere anche il tempo come avversario, raggiunge subito il revolver sotto il bancone e si spara per la terza volta.

Lentamente sta facendo pratica.

Tweet di @governopreferito3

Il ministro degli interni ha annunciato che reprimerà i #truffatorielettorali che intendono influenzare il voto alle prossime elezioni del #parlamento. A causa di dichiarazioni sospette su #Internet, 900scrutatori registrati sono stati sollevati dai loro compiti per precauzione.

PS: se vuoi sostenere il tuo #governopreferito e diventare scrutatore, mettiti in contatto con il tuo #ufficialeelettorale locale.

Secondo la risoluzione delle Nazioni Unite, i droni non possono andarsene in giro a uccidere la gente in modo autonomo. Potrebbero esserci dei civili sotto di loro, e una persona che li comanda a distanza può di certo notare la differenza meglio di un software.

Almeno è così che il capitano ha spiegato ai soldati perché adesso devono sedersi sopra una batteria di laptop con joystick e visori per uccidere la gente invece di strisciare come vermi nel fango, bardati in tenuta da combattimento, e dare fuoco a un covo di guerriglieri.

"Bene," fa il capitano, "se beccate le persone sbagliate, ricordatevi sempre: avete solo eseguito gli ordini, solo il ministro deve andare alla corte marziale dell'Aia. Tu là, allievo ufficiale Tröger!"

"Eccomi, signor capitano!"

"Il tuo drone è dotato di un ordigno esplosivo di classe M. L'obiettivo è nei pressi di una ex chiesa che è stata rasa al suolo. Dalle foto satellitari sembra un campo profughi. Tende improvvisate fatte di una sorta di teli di plastica. Sembra misero, ma è una base d'appoggio per la milizia combattente. Non farti ingannare dalle apparenze."

"Sì signore!"

"E se non sopportano di essere uccisi da un drone, che ci facciano causa! O rispondano al fuoco. Ciò è più probabile. Chiaro finora?"

"Naturalmente."

L'allievo ufficiale David Tröger non vede il capitano, lo

sente soltanto, perché dal visore ha solo la visuale del drone. Si tratta di "occhi da elfo", visione notturna, in quanto le telecamere del dispositivo hanno gli infrarossi: mostrano le baracche dei rifugi d'emergenza con colori falsati. Le mura dell'edificio originario sono state abbattute e la maggior parte delle case è inagibile.

A David, la città di notte sembra in qualche modo africana, ma in fondo non gliene frega un cazzo, deve fare il suo lavoro, eseguire gli ordini, portare a termine la missione.

"Attenzione!" grida una voce elettronica. "Droni a ore otto!"

"Attento!" grida il capitano, che ha riconosciuto il nemico. "Sono in otto, noi in quattro. Tröger, effettua una deviazione con Drone I. Sali fino a cento metri e sparisci dietro la collina a ore due."

Un indicatore lampeggiante appare nel campo visivo di David, mentre le coordinate vengono visualizzate in basso. David muove il joystick e guida il drone nella direzione desiderata.

"Drone III e IV continuate l'avvicinamento sullo stesso vettore," ordina il capitano. "Drone II: discesa verso ore undici, simulare bersaglio fantasma a 2.000 metri. Caricare le armi."

"Sì, Capitano!"

David individua sul suo display montato in testa 3 droni nemici che lo stanno inseguendo. Altri 3 probabilmente sono alle costole del Drone II, solo 2 vicino ai Droni III e IV, che stanno volando uno accanto all'altro. David non sa che tipo di manovra sta pianificando il capitano ma non serve, deve solo obbedire agli ordini.

I droni kamikaze sono piccoli, agili e armati soltanto di esplosivo. Il loro obiettivo è speronare i droni nemici e neutralizzarli con una piccola ma potente esplosione.

"Drone II, aprire il fuoco sul bersaglio in occultamento, poi salire in verticale!"

David non vede a cosa sta sparando il suo compagno, ma sente le urla di gioia. Lui stesso deve concentrarsi sulla sua manovra, perché a questa altitudine c'è un vento laterale sorprendentemente forte.

I droni che lo inseguono non riescono a raggiungerlo. La distanza cresce.

"II, III e IV, adesso salite anche voi! Allievo ufficiale Tröger, in avvicinamento al bersaglio!"

"Sì, capitano!"

David cambia rotta. In un'ampia curva, si dirige verso l'ex chiesa segnalata sul display. Con l'obiettivo ben in vista, si prepara per l'ordine finale.

"Sono sotto tiro!" urla all'improvviso un compagno.

Il capitano reagisce subito. "Schivare III e IV! Postazione di mitragliatrici sul tetto! Bastardi!"

"Merda! Mi ha beccato!"

Un fischio di avvertimento. David lo ignora. In questo momento dietro di lui non c'è nessuno. Raggiungerà il suo obiettivo in pochi secondi. Quindi consegnerà il pacchetto regalo.

"Numero Uno! Sullo schermo, due droni ti stanno per tagliare la strada!"

L'avvertimento del capitano arriva al momento giusto. Due nuovi segnali appaiono nel campo visivo di David. Ma lui ha il suo obiettivo ben in vista.

"Sono in rotta di collisione," urla il capitano. "Sparagli! Anche Drone II verso l'obiettivo principale!"

"Sì, signore!"

David allinea l'arma di piccolo calibro in dotazione. Colpire gli aggressori con quella è puro azzardo. Se si usano sistemi di ultima generazione le possibilità di successo sono quasi zero, perché alla fine i nemici si scansano in una frazione di secondo. Per fortuna, il drone di David è di una marca israeliana, decisamente immune alle interferenze nemiche.

I droni più vecchi si sarebbero schiantati molto tempo prima. Con David non è così. Tiene bene in vista il suo obiettivo. Spara al primo drone, che deve fuggire mentre il secondo si avvicina. Questi aggeggi sono controllati manualmente! Reagiscono con lentezza.

Dentro di sé, David si sente già trionfante. Le persone sono troppo lente, le loro manovre non abbastanza sensibili.

Drone I ha perso troppa velocità, non raggiungerà più David.

L'altro si avvicina sempre di più.

La voce del capitano raggiunge a malapena l'aeromobile che adesso è il corpo di David. "Sei da solo, Drone I!"

Gli altri sono stati eliminati? David non lo sa. Non gli importa. Dipende tutto da lui, solo da lui, e non fallirà. Riallinea l'arma. Spara. Ma l'ultimo drone fugge.

La zona da colpire è proprio di fronte a lui.

L'ultimo elicottero sta per attaccarlo sull'ala destra.

David digrigna i denti. All'ultimo istante vira il drone di cinque gradi. Poi l'impatto. L'esplosione.

L'allarme lampeggia rosso, la punta dell'ala è stata strappata. David va in tilt. Ma la strada è libera. Deve solo...

Davanti a lui appare il bersaglio. Gente che passeggia tra tende improvvisate. Come se stessero festeggiando qualcosa. Forse la sua presunta uccisione? Gli sale la rabbia, ma la controlla. È un soldato. Resta freddo. Mantiene la traiettoria, anche se il drone ondeggia in modo pericolo e cerca di scappare di lato. Con riflessi sovrumani si rimette in equilibrio.

Al momento giusto, porta a termine la consegna e solleva il drone.

L'esultanza dei compagni gli fa capire che ha avuto successo.

Passa alla telecamera posteriore e vede la palla di fuoco.

"Obiettivo distrutto," dice secco il capitano. "Congratulazioni, allievo ufficiale Tröger."

"Grazie, capitano."

David percepisce il sudore, ma per fortuna non lo sente. Tutto è perfetto.

"Riportali a casa," dice il capitano, mettendo una mano sulla spalla di David. "I compagni del reparto riparazioni si prenderanno cura di loro."

"Certo."

David passa al pilota automatico. Il computer si occupa della strada di casa. È abbastanza bravo per quello.

Ma per i lavori sporchi, quelli davvero difficili, c'è ancora bisogno di uomini.

Uomini come David.

Ultimo tweet dalla verità

La presidente della Conferenza dei Ministri dell'Istruzione, Anne Ganowski-Pertschel, ha presentato oggi il rapporto sull'educazione ai media sviluppato in collaborazione con #VERITÀ. Stando al rapporto, il 98% degli alunni è adesso in grado di distinguere le notizie false dalle quelle reali e solo il 3% sostiene che i media rappresentino le braccia protese dei politici. Questo sviluppo positivo degli ultimi anni – ha affermato la presidente – alla fine è dovuto anche al nuovo social network di VERITÀ.

Un po' depresso, Paul se ne sta nella sua stanzetta e suona il theremin. È una specie di terapia. Anche altri e-terni depressi sono seduti nei loro appartamenti, improvvisano tutti insieme su strumenti che non sanno suonare. Parte dell'esperienza terapeutica consiste nel non essere frustrati dalla propria incapacità. La band messa insieme a caso è collegata tramite flusso video e, beh, sta andando alla grande.

Un certo John J. – il suo nickname – strimpella alla chitarra collegata a una sfilza di effetti virtuali. Il suono che ne risulta ricorda un topo idrofobo nella centrifuga di una lavatrice che ha bisogno di essere riparata.

Lì accanto, Paul vede una certa Leah dai capelli rossi, la quale tiene quasi sempre il ritmo. Poi c'è la già abbastanza attempata Amantha: a quanto pare, viene dalla Mongolia e contribuisce con un canto gutturale che solo a sentirlo viene voglia di tossire in modo violento.

Da un video introduttivo di trenta secondi Paul apprende che, muovendo le mani, può cambiare la tonalità e il volume del theremin senza toccare lo strumento. In qualche modo, funziona come un campo elettromagnetico, ma alla psicologia i dettagli non interessano. Si tratta solo di questo: di essere un incapace e di sentirsi comunque alla grande.

Paul pensa che la musica rispecchi bene la sua condizione. Solo gli e-terni possono esprimere il desiderio di morte nella tonalità adatta. D'accordo, forse anche qualche band death metal tipo i Nothgard o i Behemoth. Non per niente negli ultimi tempi le canzoni dei morti sono molto amate – anche tra i vivi. E ciò non vale solo per il nuovo album degli ABBA, anche i nuovi arrivati stanno ricevendo parecchia attenzione.

I sentimenti diventano subito musica, senza passare per qualcosa di complicato come le parole o i pensieri.

"Essere umani vuol dire fare stronzate," ha detto Leah durante il rituale di benvenuto. "Cominciamo!"

La canzone improvvisata è una schifezza totale.

Quando il tempo della sessione è scaduto, Paul saluta educatamente e mette il theremin sullo scaffale. Decide di registrare più tardi la sua canzone meno schifosa e di inviarla a Mia.

In quello stesso momento suona la video chat.

Mia! No, non è lei, invece è una certa Claudia. Capelli scuri, occhiali, più vecchia di Paul. Mai vista.

"Ciao," dice lui. "Come hai avuto i miei dati di contatto?"

"Se te lo dicessi, poi dovrei ucciderti," fa lei con un sorriso gradevole.

"Spiritosa. Comunque ti è permesso dirmi come ti chiami?"

"È un nome falso."

"Ovvio. E per quale motivo non dovrei chiudere subito la conversazione?"

"Perché hai bisogno di soldi."

Paul esita. "Hai la mia attenzione. Ma lo metto agli atti: sono consapevole del fatto che sto vedendo solo un bell'avatar, non l'originale. Non mi lascerò ingannare."

"Ne prendo nota," risponde Claudia in modo lapidario. "Al momento stai facendo qualche credito come una specie di operatore di call center?"

"E?"

"Di sicuro è molto divertente."

"La mia felicità sta toccando vette mai conosciute prima. Vieni al punto? Ho solo pochi decenni da vivere."

"Il lavoro consiste in una sorta di consegna di livello avanzato. Interessa?"

"Cosa devo consegnare? Volantini? Droghe pesanti?"

"Un regalo di compleanno."

"Quanto sei premurosa. E non puoi consegnarlo da sola perché malauguratamente sei ancora viva?"

"Noi preferiamo dire: solo tu hai il cacciavite giusto per entrare."

Paul si sente ingannato. Il tono della sua voce lo tradisce quando risponde: "Non si dice passe-partout?"

"Ecco, comunque se sono viva o e-terna non ha importanza. Duecento crediti basterebbero per assicurarsi che il pacco arrivi a destinazione?"

Paul solleva le sopracciglia. "Sto ancora aspettando la fregatura."

"Devi strisciare in un pozzo di manutenzione e non fare altre domande."

"Come in un thriller di fantascienza parecchio scadente?" Paul non riesce a trattenere un sorrisetto compiaciuto.

"Hai qualcosa di meglio da fare?"

"Guardare il calcio."

"Suona come un'avventura pazzesca."

Paul scuote il capo. "Mi avevi già convinto. È solo divertente scambiare battute con te. Dove trovo questo misterioso regalo?"

"Sul nuovo server di Nuova Amazzonia. Codice 3MH4+1A. Riesci a trovarlo? Domanda retorica, certo che sì. Hai un sistema di navigazione integrato su *e-ternità.de*."

"Non lo sapevo. E quando vedo i soldi?"

"Verrò a sapere dell'avvenuta consegna. Quindi trasferirò l'importo. Altre domande?"

"No, niente."

"Touché. Allora, arrivederci."

"È quello che temo. A posto, allora."

La trasmissione s'interrompe. Paul fa un respiro, poi va al frigo, svuota una bottiglietta di yogurt alla fragola, ci mette dentro un paio di cacciaviti e si mette in cammino.

Fuori, una manifestazione sta bloccando la strada.

Con IL MURO DEVE ESSERE TOLTO le persone intendono la barriera che separa Cripta07 dal nulla: un muro alto all'infinito, decorato con graffiti, che circonda l'area accessibile del server. Bene, questo mondo di e-ternità.de è un disco piatto, senza confini, che ha già spinto alcuni residenti ad avviare teorie cospiratorie secondo le quali Cripta07 in realtà è una palla e l'area dietro il muro è abitata da nazisti zombi.

Nuova Amazzonia accoglie Paul con cinguettii di uccelli e una vegetazione incredibile e ciò non dipende dalla mancanza di denaro, dovuta a lunghi contenziosi con una società informatica, invece il programma consiste in un piano di riforestazione: Nuova Amazzonia è una foresta pluviale, un ritorno alla purezza della natura, anche se non c'è nessun risparmio di CO_2 nel mondo. Al contrario, Nuova Amazzonia consuma elettricità come qualsiasi altro server di e-ternità, e neppure risparmia. Ma perlomeno usa energia verde al 100%.

Più che altro qui ci vivono e-terni amanti della natura, in villaggi di capanne in mezzo alla boscaglia e ai formicai, ma per fortuna gli insetti sono innocui, come il resto della natura.

Le coordinate che Claudia ha dato a Paul indicano una stazione di imballaggio nelle vicinanze. Il complesso color 'giallo posta' si trova ai margini della foresta e Paul lo riconosce subito.

Uno sportello si apre e, all'interno, Paul scopre un pacchetto avvolto in carta da regalo color blu spazio profondo con un nastro. E uno scorpione. Per fortuna, si mette subito a correre. "Buffo," borbotta Paul. "Il mio segno zodiacale."

Non ha nulla a che vedere con astrologia e oroscopi. Tutta

pura coincidenza.

Spesso le persone vedono relazioni dove in verità non ce ne sono. Uno dei tanti errori di progettazione del cervello di cui bisognerebbe tenere conto, in modo da non esasperare sé stessi e gli altri inventando oscure teorie di cospirazione o divinità speciali.

Di certo, lo scorpione era solo un caso. Paul fissa il pacchetto sotto il braccio. Attacca un post-it, che indica un insieme di coordinate.

Titubante, guarda verso la direzione indicata. Verde, è tutto verde. Non si vede anima viva.

"Davvero ha detto cacciavite?" Borbotta tra sé e sé. "Non machete?"

Fa un paio di passi, cercando di non calpestare gli scoiattoli – le bestiole però sono silenziose! – e dietro un cespuglio di more senza spine trova un condotto. Questo, a sua volta, è chiuso da un portello fissato con poche viti.

"Ecco, alla fine il cacciavite serviva."

Tira fuori l'attrezzo e, dopo un po', ha davanti a sé una buca senza fondo, l'ingresso di un pozzo di manutenzione che scende leggermente inclinato nel terreno.

Paul si guarda intorno, ma non c'è nessuno, a parte un paio di are.

"Perché diavolo un server di morti ha bisogno di un pozzo di manutenzione?"

"Ce lo siamo già chiesti anche noi," dice l'ara blu. "Non è vero, Annegret?"

"Sì, August-Ernst, esatto. Tutto andava meglio, c'erano solo alberi e cose del genere, niente estranei e niente… pozzi di manutenzione." L'ara femmina ha la voce simile a quella della suocera di Paul.

"Volete dire che questa… cosa… non è qui da molto?"

"Vedo gente morta," esclama August-Ernst. "E sono anche

in grado di ragionare."

La femmina ridacchia come un mulo, e lui fa lo stesso.

Paul alza gli occhi al cielo e mostra agli stupidi uccelli il dito medio. Quegli ecologisti da strapazzo hanno gusti strani. Quindi si abbassa e comincia a strisciare nell'imboccatura del tunnel.

Il condotto prosegue in diagonale sotto al terreno. L'interno è piatto e grigio scialbo. Sembra innaturale, incompleto. Come se il programmatore di questo livello non avesse ritenuto necessario aggiungere una texture decente. Dopotutto, ha scelto il diametro in modo che Paul potesse passarci dentro.

Quando nota una luce in lontananza, Paul accelera. Non soffre di claustrofobia, ma vedere la fine del condotto è motivante.

L'estremità del tunnel è aperta e conduce nel seminterrato di un edificio sconosciuto. Proprio davanti al tunnel un giovane in uniforme da fattorino sta aspettando.

Paul esce dal pozzo con il regalo in mano e un po' sorpreso.

"Lei è il signor Stein?" chiede il fattorino.

"Lei... mi ha aspettato qui?"

"Sì, funziona così. A questo punto dovrei ritirare la consegna." Dà un'occhiata al pacco sotto al braccio di Paul. "Comunque, mi serve ancora il modulo di spedizione."

Paul scuote la testa. "Non ce l'ho."

"Sì, invece," fa il fattorino, indicando in basso, "spunta fuori dalla sua tasca."

"Ma..." In effetti, nella tasca destra dei jeans di Paul, c'è un pezzo di carta verde chiaro piegato. "Da dove...?"

Paul si chiede se sia normale. Beh, probabile che la risposta sia no, ma da quando la depressione digitale fa spuntare moduli dal nulla?

Tira fuori il foglio. È proprio una bolla di spedizione vecchio stile, ma l'indirizzo è un numero di casella postale, senza mittente. L'attenzione di Paul si accende. Alcune caselle sono state contrassegnate con una croce. Accanto a una di queste è stampata la scritta "amnesia da bot", a destra è stato inserito il valore numerico "20 minuti."

"Assurdo," dice Paul.

"Se adesso mi consegnasse il pacco e il modulo, potrei iniziare a lavorare," ribadisce il fattorino con pazienza.

"Sì," risponde lui e poi gli viene in mente una cosa. "Dica, lei è un bot o un e-terno?"

"Le sembro un bot?"

"No, volevo solo esserne sicuro." Poi porge il regalo e il modulo al corriere. Lui guarda e si gira per andarsene.

"Aspetti!" urla Paul.

"Che c'è?" Il fattorino fa una pausa. "Chi è lei? Non mi impedisca di fare il mio lavoro, che oltretutto è pagato male, ho fretta!"

"Ma le ho appena dato quel pacchetto."

Il fattorino fissa il regalo in mano. "Di cosa sta parlando? Ho appena mangiato un hamburger delizioso."

"Lei ha... cosa?"

"Ascolti, non ho tempo per parlare con i pazzi. Vada da uno dei tanti gruppi di supporto. Arrivederci." Si precipita verso le scale che sembrano condurre fuori dal seminterrato.

Paul lo segue confuso, rimanendo a pochi passi di distanza.

I gradini arrivano a una porta laterale di un intricato complesso residenziale che all'esterno è ricoperto di edera. Al piano terra si trova una friggitoria di burger vegetali.

Il fattorino monta sulla sua bici con rimorchio e si mette a pedalare. Paul resta indietro. Si guarda attorno, ma nota solo un'anziana signora addormentata su un balcone al primo piano, intenta a riposare dalle fatiche della vita. Per il resto, non c'è anima viva.

Vicino al sentiero e alla pista ciclabile crescono piante coltivate, qua e là corrono di nani-bot da giardino che si prendono cura delle piante. Di tanto in tanto si sente lo schiamazzare gracchiante di pappagalli divertiti. Al centro di un'aiuola c'è un palo circondato da rose rampicanti con un cartello che indica la strada per la stazione della metropolitana più vicina.

Assorto nei suoi pensieri, Paul trotterella nella direzione indicata.

Come è possibile che una croce su un modulo alteri la memoria di un e-terno? Paul non lo ritiene possibile. Come si spiega? È appena caduto in un imbroglio enorme? Claudia lo sta prendendo per il culo senza pudore, è un troll? Forse un hacker ancora vivo che si diverte a mettere e-terni in situazioni imbarazzanti?

Ma che succede se i ricordi sono davvero manipolabili? In fin dei conti sono solo righe in una tabella di un database immenso. Byte di un file, bit di memoria digitale.

Oppure il fattorino si trovava davvero nel negozio di burger all'angolo?

Forse i ricordi sono facilmente modificabili se vengono sostituiti nel modo più "appropriato" possibile?

Paul si ferma come se avesse sbattuto contro un muro. Il modulo! Non riesce a ricordare come sia finito nella sua tasca. È diventato smemorato? Soffre di amnesia come sua nonna, che negli ultimi anni della sua vita gli chiedeva del lavoro ogni due minuti?

No. Paul è certo che una cosa del genere su un server di e-ternità sia impossibile. Nel nirvana digitale non ci sono malattie, neanche la demenza.

Ciò significa che Claudia ha manipolato la sua memoria: solo un po', in qualche modo gli ha fatto avere di nascosto il modulo e poi ne ha cancellato il ricordo. O lo ha sostituito con qualcos'altro.

Paul rimugina e rimugina. Quando raggiunge mentalmente il luogo con le cassette di sicurezza dove ha preso il pacco da uno sportello, fissa la porta chiusa a chiave, dietro la quale si trovava il regalo.

Quando ricorda cosa ha trovato dietro lo sportello, si mette a ridere.

Questa Claudia conosce la sua data di nascita, incluso il segno zodiacale.

Così piano piano ecco che arriva un po' di vita in questo mortorio.

Annuncio: villa da sogno a Nuova Amazzonia. Nell'aldilà, concediti ciò che ti sei perso in vita: un'impronta ecologica neutra! Un ritorno alla natura, una morte verde con la coscienza pulita! Vivi a emissioni zero di CO_2 sul nostro server alternativo! Con l'80% di ristoranti interamente vegetariani, garantiamo flora e fauna atossiche così come una varietà di uccelli davvero spassosi.

"Leccami!" Urla Saphira.

"Sì, Saphira?"

"Il ragazzo che mi sono fatta ieri sera era reale?"

"Si tratta del signor Egon Wardorff, morto 370 giorni fa all'età di 81 anni."

"81? Sembrava 31!" Saphira si mette una mano sulla fronte. Poi davanti alla bocca.

Si sente male, ma questa è suggestione, sul server non si vomita. Non le piace ammetterlo però, primo, il ragazzo a letto non era niente male e, secondo, non l'ha costretta.

Ha fatto una donazione molto sostanziosa.

"Su un server di lusso come questo, l'aspetto giovanile è incluso nel prezzo, Saphira. Anche tu..."

"Qual è il saldo del conto? No, aspetta, non dirlo." Si alza dal divano e si trascina fino al frigo. Prende una bottiglia di bibita gassata e beve un sorso ghiacciato. "Adesso."

"Intendi il saldo del conto personale o quello della tua nuova fondazione? Quest'ultimo è più gratificante."

"Allora l'ultimo." Saphira mette la bottiglia sul fornello.

"137.500 crediti," dice l'assistente domotico.

"Peccato," borbotta lei, poggiando il mento sulle mani. "È un peccato che non siano soldi miei. Potrei farne buon uso."

"Anche le vittime della guerra climatica in Somalia, però, Saphira."

"D'accordo, d'accordo."

"La tua festa di raccolta fondi di ieri è stata un vero successo. Hai fatto bene."

"Ho detto: d'accordo!" Saphira si augura che le venga il mal di testa, così avrebbe un altro motivo per sentirsi una merda.

Riavvolge il nastro nella sua testa, cercando di ricordare.

Gli amici assegnati dal server le hanno consigliato di usare il suo livello di consapevolezza per entrare nel business della beneficenza. Meglio se per bambini, donne, neri o vittime di violenza. O tutti insieme! Raccolte fondi per la popolazione sofferente in Africa. Le guerre climatiche hanno fatto sprofondare nella barbarie diversi paesi dove nessuno è in grado di dire chi stia conducendo una sanguinosa guerra civile contro chi o chi ha il potere. Tutti, naturalmente, fanno colletta per le donazioni.

Ma il punto non è questo. Che i soldi non arrivino mai a destinazione è irrilevante. A ogni gala di beneficienza e a ogni assegno staccato – corredato di selfie in rete – la popolarità di Saphira aumenta e ciò non può che essere positivo per la sua carriera!

Deve sfruttare lo slancio che la sua tragica scomparsa ha portato sotto forma di notorietà, clic, like e meme disgustosi! Il suo punteggio di popolarità è ormai quasi sottoterra.

Nessuno comprerebbe un suo nuovo album, né la inviterebbe a un quiz di celebrità, e di certo nessun agente le offrirebbe un ruolo in un film adattato da un fumetto. Per fortuna, tempo prima Lucius le aveva ingaggiato un personal trainer di ipocrisia per un paio di giorni. Quindi è ben preparata al nuovo ruolo di regina della beneficenza.

Solo il soprannome che le hanno dato i paparazzi nei loro colorati blog non le si addice molto: Regina dei ratti.

Saphira cammina a piedi nudi verso il balcone. Le porte sono sbloccate, a quanto pare non c'è rischio immediato di suicidio. Buono a sapersi.

Supera Rufus, che le lancia un'occhiata pigra, e raggiunge la terrazza sul tetto.

Il sole è lì dove è sempre stato. La distanza sembra sfocata perché i dettagli costerebbero troppa potenza di calcolo. Questa profondità di campo è di color arancione e ha un aspetto del tutto familiare. Ogni tanto stormi di uccelli si muovono nel cielo senza nuvole.

Esattamente ogni 34,4 secondi.

Di sotto, passa una carrozza con una coppia di sposi, seguita da un convoglio di amici e conoscenti, tutti felici e in vena di festeggiamenti. Di sicuro la metà sono bot.

Saphira si massaggia la fronte. Sposarsi nell'aldilà? Beh perché no? Il detto: "finché morte non ci separi" è cancellato senza bisogno di venire sostituito, non c'è nemmeno la comunione dei beni o l'accertamento dell'imponibile, la faccenda si può affrontare un po' più liberamente.

All'improvviso, Saphira non può fare a meno di pensare a Egon. Si domanda se chiamarlo. Non per il sesso. Insomma... non solo. Deve ammettere che essere amata, essere al centro dell'attenzione fa stare bene. Ed Egon è stato molto attento. Ha addirittura chiesto prima, in maniera amichevole, se poteva scoparla, una cosa tutt'altro che scontata.

Suonano alla porta.

Saphira si stacca dalla vista dell'alba eterna e va ad aprire.

Non c'è nessuno, eccetto un regalo, sul pavimento del corridoio.

Si guarda intorno, irritata. Il corridoio è vuoto e, per la spia luminosa, l'ascensore è fermo al terzo piano. Se un fattorino fosse appena entrato e stesse scendendo, non sarebbe così.

Saphira prende il regalo e lo porta sul tavolo del soggiorno. Strappa la carta decorata a fiorellini. Appare una scatola di cioccolatini dimagranti extra Cioccolusso. C'è allegata una lettera.

La carta da lettere lilla è scritta a mano. Forse è stata scansionata dal server. Perché la calligrafia non è affatto di Egon, ma di Lucius.

Lei resta un po' delusa. Si mette in bocca un cioccolatino e legge: "Cara Saphira, so che per una donna che amava la vita reale come nessun'altra, deve essere un grande shock svegliarsi dopo un tragico incidente su un server di morti. Sono contento e felice che adesso tu abbia ingoiato il boccone amaro e che possa sopportarlo con coraggio. Dopo poco tempo ti sei rialzata e hai guardato avanti. L'idea del gala per la raccolta fondi è stata grandiosa. Sei già una nota star della beneficenza, i tuoi video girati in segreto sono tra i primi dieci online (con le parole chiave appropriate), e andare a letto con Wardorff è stata un'idea geniale, il ragazzo ha amici nel club della Roma! Sapevo che i tuoi costosi corsi di ipocrisia a un certo punto sarebbero stati ripagati."

Saphira si prende una pausa e prova un altro cioccolatino che, secondo la scritta, è al gusto palissandro-lampone-erba. La calligrafia a zampe di gallina di Lucius a volte è difficile da decifrare, forse la risoluzione della scansione è troppo bassa. In alcuni punti, Saphira pensa di distinguere i singoli pixel.

"Non preoccuparti," prosegue Lucius, "non sono geloso, in fin dei conti anche io dormo con la mia segretaria e con il suo fratellastro."

Per un pelo Saphira non si strozza col cioccolatino. Continua a leggere in fretta: "Ho un ottimo consiglio per te. Il tuo impegno per una buona causa sarebbe ancora più convincente se ti mostrassi solidale anche esteriormente. Ecco perché ti ho preso un pacchetto di modellamento che dà al corpo l'aspetto di una perla nera. Ovviamente con misure perfette e un indice di 9,9 sulla scala internazionale di sbavamento. La tua popolarità salirà alle stelle!"

Saphira conosce la scala di sbavamento. Viene misurata dalla reazione della gente alla vista di una sua foto tramite le telecamere anteriori dello smartphone. Grazie al deep learning, le espressioni facciali e i movimenti vengono valutati e convertiti in un valore compreso tra 0 e 10. Nel corso della sua vita, Saphira ha ottenuto punteggi medi fino a 7,5. Lucius sta esagerando con un indice da 9.9, ma, nel suo stesso interesse, non permetterebbe alcun peggioramento.

Continua a leggere: "Con il tuo consenso, ho collegato l'attivatore di modellamento ai cioccolatini che ti ho inviato. Devi solo mangiarli e..."

Le manca il fiato. Saphira salta in piedi e getta via la lettera. Cerca di rigurgitare l'ultimo cioccolatino, ma non funziona. Non si vomita su un server di lusso!

Sbalordita, si fissa la mano. È diventata marrone scuro. Marrone cioccolato, direbbe, ma non sa se al momento questo termine sia politicamente corretto, e di sicuro non si tratta delle rimanenti praline che si sono sciolte.

"Ah... ah..." Sente un formicolio e poi prende a barcollare in giro per l'enorme soggiorno. Rufus alza la testa e la guarda incerto. Riesce a capire che la sua amata ha appena cambiato colore di pelle? O abbaierà o addirittura la morderà come se fosse un'intrusa?

A Saphira viene da starnutire forte varie volte.

Quando ha finito, corre in camera da letto. Sul soffitto c'è un enorme specchio e, strada facendo, si toglie di dosso tutti i vestiti. Non sa cosa sia peggio: che Lucius dia per scontato che lei accetti l'offerta, che il suo vecchio corpo esista adesso solo in una bara sotto terra, oppure che a Egon possano piacere solo donne bianche.

È piuttosto confusa.

Solo di una cosa è certa: la sua presenza su questo server è stata acquistata a credito.

È costretta ad avere successo se vuole continuare a esistere qui, e qualsiasi mezzo le va bene. A dire il vero, il colore della pelle è secondario.

A questo punto si metterebbe a piangere sul serio.

Ma questo server di lusso non lo supporta. Invece, poco dopo, le sue amiche suonano alla porta. Hanno portato champagne e altri cioccolatini dimagranti, ma senza effetti collaterali. Per fortuna.

ANNUNCIO: *BEYOND STYX*, IL NUOVO ALBUM DEGLI ABBA

Quello che il mondo stava aspettando! Finalmente nuove canzoni degli ABBA, fresche dall'aldilà. Canzoni pop sull'amore, sulla perdita e sulla vita dall'altra parte. Con il singolo di successo *Forever Music* e l'emozionante ri-registrazione di *I Have a Dream*, ovviamente. Ora su Spotify!

"Come sai del mio ex ?" chiede Julius.

La sua compagna di giochi scuote solo le spalle.

"È stato una vita fa," prosegue e toglie la polvere dalla credenza vicino a lui. O meglio, fa solo finta, sui server di e-ternità non c'è polvere. Ma luridi stronzi sì.

"È stato un incidente." Deglutisce. "Sul serio."

I ricordi tornano. No, non è vero. Sono sempre stati lì. Rinchiusi nel magazzino dell'anima. Come vecchie cianfrusaglie da cui non riesci a separarti. E ogni tanto apri la porta per vedere se qualcuno ha avuto la misericordia di buttare via la roba.

"Era giovane," dice lui in tono spento. "Troppo giovane." Scuote la testa. "Avrei dovuto tenere a posto le mani. Ma pensavo che volesse... starmi vicino, davvero. Come persona, come amico. Non come vittima."

Julius alza lo sguardo. Purtroppo, la simulazione non riesce a distorcere il volto di un e-terno.

"Non ho preso niente con la forza. Mi si è concesso volentieri. Almeno era quello che pensavo. Poi... " Deve fare di nuovo una pausa. Si guarda i palmi delle mani, se li strofina sulle gambe dei pantaloni. "Poi a un certo punto è finita. Era impegnato a combattere le guerre per il clima, in quanto soldato delle truppe europee. A dare protezione a quelli che nessun altro aiuta. Un bravo ragazzo, davvero. Ero orgoglioso di lui. Mio Dio, quanto mi è mancato. Che paura avevo per lui! Io... "

Fa una pausa. Sembra non sentire una domanda che la sua compagna gli fa sottovoce Poi annuisce. "Sì, è tornato una volta. Dopo una missione in… non lo so. Sudan del Sud? Ma non era più lo stesso. Eppure il mio unico desiderio era…" Julius deglutisce a fatica. "Solo una volta ancora, capisci? L'avevo sognato tutto il tempo. Ho sognato che sarebbe tornato di nuovo da me. Non sono riuscito a separare sogno e realtà. Così…"

Deve interrompere il resoconto. Prima si accende una sigaretta, poi riprende a raccontare. "Così sono andato da lui, stava facendo il bagno. Beh. Puoi immaginare cosa è successo. C'è stata una discussione. C'è stata… violenza fisica."

Julius guarda la sua compagna di giochi.

"Ma non volevo ucciderlo! Lui era come… come un angelo per me. Mio Dio, lui aiutava gli oppressi, e… oh, che stai dicendo?"

Perplesso, Julius osserva la sua compagna tirare fuori da una tasca del cardigan un documento d'identità.

"Polizia criminale?"

Julius sprofonda sul bordo del letto. Sbianca. Lancia uno sguardo alla donna, sbuffa.

In realtà, non è proprio una donna, piuttosto un travestito. Proprio quello con cui si era confidato. E al quale aveva raccontato tutto volentieri perché gli stava porgendo il didietro. Quando si resta insieme in abiti fetish, si crea un legame di fiducia. Lei – lui – è un honey pot. Una trappola. Ma cos'ha in mano la polizia contro di lui?

"È stato un incidente," ripete Julius, fissando il pavimento. "Non sono un assassino. E comunque, lui è ancora lì da qualche parte. Sotto forma di… soldato digitale. Lotta ancora sempre per il bene. Il mio David starà di certo meglio di me. Non ce la faccio più. E adesso? Non sono stato ancora punito abbastanza? Non è abbastanza che io mi sia buttato dal campanile della chiesa?"

Strofina i piedi sul pavimento come se volesse grattarsi via i propri resti. Per non essere più un peso per nessuno, per annullarsi del tutto e per sempre.

Ma non può fare niente riguardo al fatto che il Vaticano paghi i suoi preti defunti per vivere come e-terni. Fino all'arrivo del regno dei cieli.

"Chiaro, tu fai il tuo dovere. Sì, certo, verrò senza opporre resistenza. Infido serpente. Ha, ha! Serpente, hai sentito? Ma forse almeno il tuo orgasmo era reale. Bene allora, andiamo. Per verdi prati o dolci acque. Mio Dio..."

Guarda verso il soffitto in maniera teatrale. "Chi ti loderà nel regno dei morti?"

Rufus è un bravo cagnolino. Ecco, guarda, se ne va in giro tutto solo!

La padrona adesso è molto impegnata. Non può occuparsi tanto di Rufus. Al momento perché sta montando un tipo. Altrimenti spesso si sdraia sul divano e geme.

Ma questo è un altro tipo di gemito.

C'è il gemito di quando monta qualcuno e quello di quando non c'è nessuno.

La padrona poi si sdraia da sola sul divano, beve acqua profumata frizzante, e si tiene un asciugamano sulla fronte. E geme. Forse c'è qualcosa che le fa male.

Forse la pelle. Ultimamente è diventata nera.

In passato, il colore dei capelli della padrona cambiava solo di tanto in tanto. Ora è cambiato quello di tutto il corpo.

Il nuovo padrone è gentile. Pare contento quando Rufus lo saluta, gli dà persino le zampe e quasi sempre ha con sé un bocconcino.

Rufus capisce che la padrona non può fare una passeggiata con lui perché è troppo impegnata con il colore della sua pelle e col padrone.

È un padrone nuovo. Viene solo da quando si sono trasferiti qui. In questa città senza odori e senza nord e sud.

Quello vecchio compare a volte come un'immagine alla finestra. A Rufus non piaceva quello vecchio. Quell'ometto non gli aveva mai portato dei bocconcini come fa il nuovo. Una volta ha anche preso a calci Rufus. Gli ha fatto male.

E ha trascinato Rufus da un veterinario. È successo poco dopo che la padrona era morta. Oppure era molto, molto malata, perché adesso è di nuovo viva.

Il veterinario ha mostrato a Rufus molte foto e lo ha misurato con delle apparecchiature fredde. Poi gli ha fatto un'iniezione.

Rufus dopo un po' si è addormentato e poi si è risvegliato qui, in qualche modo; durante il trasloco ha dormito.

Ecco! Il suo albero preferito, quello all'angolo del parco giochi. Rufus si china e in tutta calma deposita un salsicciotto bello grosso. Perlomeno, sembra essere così. Poi, però, non c'è più niente. Questa strana città aspira via da sola la sua cacca oppure la rende invisibile.

Rufus non lo capisce. Comunque non sono affari suoi. Ha fatto quello che doveva fare, il resto non deve interessarlo.

Cammina felice finché non sente un rumore dietro un cespuglio. Si volta e rizza le orecchie, guarda dietro l'angolo.

Una cagnolina se ne sta lì seduta e osserva Rufus con aria un po' sorpresa.

"Ciao," abbaia Rufus e ansima. "Non è che per caso sei in calore?"

"Ho mal di testa," risponde lei.

Rufus è deluso, però sa da incontri precedenti che la cosa non funziona sempre. Ogni volta che ci prova, sente l'impulso irresistibile di urlare "Pfui", di fermarsi e tornare al suo cestino per farsi una bella dormita. Valuta l'insieme dei pessimi risultati della passeggiata.

"Allora che ci fai qui?"

La cagnolina ulula. "Mi nascondo da un bambino."

"Perché?" ringhia Rufus.

"Vuole giocare con me."

Lui si volta e guarda in fondo alla strada. Non c'è neanche l'ombra di un bambino.

"Nessun bambino nei paraggi," fa Rufus in tono rassicurante. "Abiti nelle vicinanze?"

"Sì, ma non da tanto."

"Anch'io sono nuovo di qui."

"Mi chiamano Blacky."

"Io sono Rufus. Vogliamo vederci per fare una passeggiata?"

"Sì, volentieri," dice Blacky, alzandosi. "Davvero non si vede nessuno?"

"No. Ma dovresti evitare il parco giochi."

"Perché? Il padrone dice sempre che questa è la migliore toilette per cani di zona."

"Ha, ha," abbaia Rufus divertito. "Forse il tuo padrone non è molto intelligente."

"Invece lo è!" Abbaia offesa Blacky "Dice sempre di essere intelligente, ed è vero, perché lo dice sempre."

Rufus scuote la testa. "Dice che anche tu sei intelligente?"

"Oh sì, ogni volta che faccio la cacca al parco giochi!"

Lui non riesce più trattenersi dal ridere. A malapena nota che Blacky gli ringhia contro e poi se ne va.

Appena si è calmato, torna a casa. Se ne sta da bravo di fronte alla porta dell'ascensore e aspetta fino a quando la cabina non lo conduce su all'attico, come fosse tirata da una mano magica.

La padrona sta di nuovo gemendo, ma non c'è il padrone lì con lei.

È stesa sul pavimento, in mezzo a tante bottiglie vuote. Ha i capelli arruffati.

"Non ha funzionato," dice lei, ma Rufus non capisce a cosa si riferisca.

Va al suo angolino e si mette a sonnecchiare.

Blacky gli appare in sogno e gli dice che è uno stupido bastardino. Rufus guaisce e si sveglia di soprassalto. Non riesce a trovare la padrona da nessuna parte.

Mette il mento sulle zampe e si riaddormenta.

Ultime notizie: Israele blocca il Sinai.
L'esercito israeliano ha fermato la coda di profughi con un posto di blocco sulla penisola del Sinai. Dal momento che il Mar Mediterraneo è minato in maniera capillare (lo sostiene la #verità') ci sono sempre più rifugiati che, a causa delle guerre climatiche, si spostano dall'Egitto verso Israele e adesso devono invertire la marcia o aspettare il ritiro delle truppe. Nel deserto del Sinai la situazione è al momento tranquilla, dato che i rifornimenti degli aiuti umanitari dell'eu sono già arrivati.

I suoi ricordi sono reali? Lo scorpione è mai esistito? Era una manovra diversiva per distrarlo? Come diavolo è arrivato il formulario nella tasca dei pantaloni? E come mai basta una crocetta sul formulario per far dimenticare a un e-terno diversi minuti della sua esistenza? Chi ha compilato l'altro formulario, in modo che lui stesso confonda uno scorpione con un foglio di carta?

Paul se ne sta immobile sul divano senza nemmeno accorgersi che la trasmissione di calcio è stata sostituita da una pubblicità in cui una ragazzina dai tratti manga in uniforme scolastica giapponese lucida scrupolosamente i cofani di auto sportive europee.

È evidente che questa Claudia – o comunque le piaccia farsi chiamare – è coinvolta nella faccenda. Ha organizzato l'intera avventura sul server ECO, dalla A alla Z: il regalo, lo scorpione, il formulario, il fattorino.

Paul si chiede se il fattorino fosse davvero un e-terno o un bot. Niente può impedire a un bot di sostenere di essere un umano. In poco tempo anche Paul avrebbe potuto fare un test per vedere se è un bot. In effetti, i bot possono essere confusi facilmente, dato che di solito sono programmati solo per un compito specifico. Inoltre, hanno solo un repertorio standard di piccole conversazioni, che non si nota finché non vengono coinvolti in un discorso sul loro amore giovanile.

Paul cerca di confrontare i suoi ricordi con la realtà. È semplice finché non arriva agli ultimi risultati della sua squadra preferita. Ma che dire delle parti essenziali del suo passato? Che dire di Mia?

È tanto tempo che Paul non parla con lei. In breve, dà istruzioni al suo appartamento di stabilire una connessione. Con sua grande gioia, funziona subito.

"Mia!" grida Paul. "Che bello vederti!"

Lei pare essere seduta al tavolo della cucina. Guarda nella telecamera e sorride. "Adesso sto mangiando. Spero che non ti dia fastidio se mastico."

"Mangia tranquilla! Che c'è di nuovo?" Paul è felice di rivederla, anche se solo dal grande schermo sul muro della sua tomba.

"Hai sentito dei soldati dell'esercito che sono morti?"

"Spaventoso," ribatte Paul e cerca in fretta le ultime notizie: in effetti, in Somalia, dei caschi blu tedeschi sono stati uccisi. La VERITÀ' ha confermato la morte di quattro uomini e una donna. Nei forum di VERITÀ' viene richiesta la fine della tregua, che ha salvato migliaia di vite nell'Africa centrale distrutta dalle guerre climatiche.

"Guerra di merda," borbotta Paul. Si trattiene da un "Questo è tutto?"

"Oltretutto abbiamo di nuovo un periodo di siccità," dice Mia. "Non piove da tre settimane."

"Neanche qui piove mai," sogghigna Paul.

"Te la passi bene. Puoi guardare il calcio tutto il giorno. È quello che hai sempre sognato."

"Beh," relativizza Paul, "mi sono cercato un lavoro. La vita qui è più costosa di quanto si pensi."

Lei annuisce, poi si mette in bocca una forchetta piena di pasta, e mastica.

"Mi è successa una cosa strana," nel parlare Paul usa la sua pausa forzata. "Ho ricevuto una specie di incarico segreto. Ho dovuto calarmi in un pozzo di manutenzione di un eco server."

"Sembra eccitante," dice Mia a bocca piena, "come un thriller di fantascienza."

"Davvero?" grugnisce Paul. "È stato... sì, eccitante è la parola che più gli si addice."

"Mi sono comprata delle fragole fresche." Mia tiene una ciotola con la frutta rossa davanti alla telecamera. "Peccaminosamente costose. Anche da te ci sono le fragole?"

"Sembrano deliziose," borbotta Paul. Sente che adesso la conversazione sta alzando il livello della sua depressione. "Io... non volevo interrompere la tua cena."

"Devo comunque andare a un appuntamento. Bello che ti sia fatto vivo!"

"Chiaro."

"Dovremmo parlare più spesso, non credi?"

"Sì, certo."

"Ti fa sicuramente bene."

Paul deglutisce. "Mi manchi."

"Per fortuna non sei morto davvero!"

"Sì," Paul fa per spegnere. "Giusto. Ciao!"

"Ciao!"

Quando lo schermo mostra di nuovo lo screensaver dello spazio – immagini in diretta dalla stazione spaziale, come se Paul volteggiasse sopra alla Terra – cala un silenzio che sa di solitudine.

Si sente vuoto. È felice di aver visto Mia, ma non può toccarla, stringerla tra le braccia, non può sentirla respirare o russare di notte.

No, per fortuna non è morto davvero. Ma alcune analogie sono evidenti. Non c'è niente di peggio della morte. A parte l'e-ternità, pensa Paul.

Mia non ha parlato di se stessa. Nessuna parola su come sta. Come sta davvero. Sì, dovrebbero "parlare più spesso", ma non è piuttosto un modo di dire appena sotto al "di te non m'importa granché"?

I modi di dire hanno la proprietà sgradevole di non riuscire a nascondere la mancanza di sentimenti concreti. Invece di parlare di sé, Mia ha riportato una notizia sulla guerra del clima; quasi come un assistente digitale che si manifesta sul cellulare con un dolce tintinnio e un'icona in cima alla lista delle notifiche.

E che appuntamento ha Mia dopo cena? Ci può essere solo un tipo di appuntamento.

Maledizione!

Paul passa in rassegna i tweet di #VERITÀ e quelli di @governopreferito. Qui c'è il discorso minaccioso 'dell'ONU (sotto la guida di UE, USA, Russia e Cina) che vuole mettere gli e-terni sotto il controllo di una specie di Polizia di non-morti. Il motivo presunto è un danno all'economia globale e un aumento dei suicidi e del commercio di organi. Non ultimi i costi energetici!

Un esperto di dati EXA della VERITÀ riferisce che un e-terno produce quattro volte il numero di CO_2 di una persona viva. Questo solo a causa della potenza di calcolo di cui ha bisogno. Sempre più aziende di server, che in molti paesi sono alimentate con energia a carbone a basso costo, contribuiscono ad aggravare la situazione. Che tali dibattiti distraggano dal fatto che i governi mondiali non sono disposti a raggiungere un accordo per la tutela del clima, a Paul è del tutto chiaro. Ma questo non è un argomento che vorrebbero sentire i dimostranti, che stanno già esigendo la disattivazione dell'esercito di "zombi" prima che "cancellino tutta la vita."

Un eccessivo sovraccarico può oscurare persino argomentazioni giuste, soprattutto se queste sono gridate a gran voce da tanti bot.

All'improvviso Paul scatta in piedi. E se non solo lo scorpione... ma tutta l'avventura di Claudia fosse stata qualcosa di più di un gioco innocuo? Vale a dire un'insinuazione, un sottile avvertimento. Ciò a cui Paul ha assistito dimostra ciò che è possibile fare. Perché modifiche e falsificazioni dovrebbero essere limitate alle piccole cose?

Interrompe subito quel treno di pensieri, perché metterebbe in discussione ogni cosa. Verrebbe colto da brividi lungo tutto il corpo, anche se, per qualche ragione, il suo sistema operativo non lo ritiene opportuno.

Qualcosa emerge da dentro di lui, non riesce a fermarlo.

È il desiderio irrefrenabile di scaricare un aggiornamento delle proprie doti calcistiche.

Proprio ora.

Notifica: aiuta i rifugiati – adesso!

Volete aiutare le vittime delle guerre climatiche e siete e-terni? L'Agenzia Africana per i Morti vi offrirà volentieri bambini vittime delle guerre climatiche, i cui genitori non possono permettersi un abbonamento su un server. Abbiate pietà di loro, prendete un bimbo in affido. Per un piccolo costo aggiuntivo, cambieremo anche il colore della sua pelle. E anche meglio: potete impostare da soli fino a che età farlo crescere! Portate la vita nella vostra e-ternità – vedrete che ne varrà la pena per voi e per la vostra coscienza!

"Caro Leo," il messaggio compare tra le notifiche di nonna Elisabeth, "Sono felice di poterti dire che sto bene. Sono solo bloccata nel mio stesso corpo. Aiutami a sbarazzarmi del trojan di ricatto che mi tiene prigioniera. Per favore, versa la somma di 450 crediti all'indirizzo ght6-g-gtt5-1vf54-vz6zp."

"Carne fresca di merda!" urla Leo. "O chiunque l'abbia fatto!"

Senza starci tanto a pensare, Leo corre alla porta d'ingresso. Esita un attimo, gira verso il frigo e si mette in bocca una super libellula. Quindi corre alla metro.

Quando arriva a Isla Dorada, la super ha aumentato la sua rabbia fino a renderla inarrestabile. Segue il segnale radio di sua nonna e si fa largo a gomitate per preparare l'attacco. Spera che lì in mezzo ci sia molta carne fresca, che comunque se lo merita proprio. Vogliono anche la pelle, tutto!

Non solo hanno rapito sua nonna – l'aveva avvertita! – ma adesso deve anche spendere una parte del già poco denaro per salvarla. Da qualche parte, qualcuno se la sta ridendo del fatto che questo costerà a Leo un paio d'anni di vita, ma ride bene chi ride ultimo.

Fase uno: salvare la nonna.

Fase due: consegnare i colpevoli alla giustizia e sradicare l'intera cospirazione.

Il Movimento dei Cittadini contro il Sovraffollamento di Zanzibar si occuperà della faccenda. Una volta che Leo avrà intrapreso questa strada, un numero sufficiente di sostenitori si unirà a lui per spazzare via il sistema esistente.

Adesso la libellula sta vibrando nelle sue viscere. Ci si sente così, ma in realtà non ha digerito bene. Quando si fa strada in mezzo al gruppo di curiosi raccolti intorno a sua nonna, la rabbia si trasforma in smania di uccidere. Spinge le persone da parte senza pietà.

Una volta di fronte a nonna Elisabeth, seduta su una sedia al bar della spiaggia con le mani giunte pregando senza sosta di essere salvata, si rende conto che la soluzione suggerita è buona ma costosa.

"Conosce questa donna?" chiede qualcuno che sembra il barista.

"È mia nonna."

"Dunque può pagare il riscatto senza problemi? Sta spaventando i clienti, sa? E qualunque cosa proviamo a fare, non riesce a muoversi, ad alzarsi e andare via. In questo modo niente di tutto ciò sarebbe più un problema nostro."

Leo sta per picchiare il barista, ma sfortunatamente il ragazzo è più alto di una testa e parecchio più forte. Fa un rapido calcolo di quanti anni gli costerebbe il riscatto.

"Deve esserci un'altra possibilità," dice in modo lapidario. "La cosa migliore è che ci lasciate in pace. Sono sicuro che gli amministratori del server avranno qualche consiglio."

"Ci ho già provato," dice il barista, sistemandosi il farfallino.

"E?"

L'uomo alza le spalle. "Mi hanno messo in attesa."

"Quanto tempo ha aspettato?"

"Niente. Il messaggio automatico mi ha consigliato di riprovare più tardi."

"Com'è successo di preciso?"

Una biondina s'intromette: "La signora stava parlando con un uomo distinto. Poi lui se ne è andato e da allora è rimasta seduta lì."

"Distinto?" Leo nota che la sua ira si è placata e ne è infastidito. Ciò lo rende furioso, ma stavolta con se stesso: "Dov'è andato il tipo?"

"Non lo so," dice la bionda. "Ero troppo occupata con il mio long drink."

"E con me!" aggiunge un tipo squallido, mettendo un braccio intorno alla bionda.

"Andatevene tutti affanculo!" urla Leo. "Adesso salvo mia nonna."

"Buona fortuna," fa il barista. "Puoi pure tornare dopo. Dalle 9 facciamo l'happy hour."

"Ma fottiti!"

A fatica, solleva Elisabeth e le mette un braccio intorno alla spalla. Alla fine, procede lentamente insieme a lui invece di farsi trascinare per la spiaggia. Alcune funzioni della parte inferiore del corpo sono ancora attive.

"Bene," sibila Leo raggiungendo la passeggiata acciottolata. "Adesso te ne stai seduta su questa panchina." Lascia che sua nonna scivoli sul sedile decorato. "Ho bisogno di una pausa."

"Posso aiutarvi?" chiede qualcuno all'improvviso.

Leo si volta. Di fronte a lui c'è un tale con un abito nero fatto su misura. L'uomo indossa una camicia bianca e una cravatta di seta rossa. Abbigliamento di chi vuole infondere fiducia. "Mi chiamo Lang," aggiunge con un sorriso.

Per un attimo Leo è incerto e non risponde.

"È nuovo qui?"

"No! Mia nonna si è beccata un Trojan ricattatore."

L'asiatico annuisce amichevole. "Brutta cosa. Per fortuna sono un esperto di questi problemi."

"Sul serio?" Il viso di Leo s'illumina.

"Ma sì. Sono sicuro di poterla aiutare." L'uomo gli porge la mano.

Leo assume un'espressione acida. Il signor Lang a prima vista sembra simpatico, ma è pur sempre un estraneo. "Non ci siamo già salutati?"

Il signor Lang raggela. "Lei non è del posto e potrebbe non avere familiarità con gli standard di Isla Dorada in fatto di cordialità."

"Che vuol dire?"

Lang accenna un inchino. "È evidente che lei preferisce risolvere il suo problema da solo. Arrivederci." Detto ciò gira sui tacchi e corre spedito per il lungomare verso il parco divertimenti.

Leo resta indietro, perplesso. Poi guarda sua nonna e ha un sussulto. Ha gli occhi spalancati dal panico. Sta ripetendo la stessa frase, ma fissando terrorizzata una certa direzione.

Lang. Ora tutto torna.

Leo si volta. "Ehi!" urla.

Lang lancia un'occhiata alle sue spalle, quindi comincia a correre.

"Aspetta qui," fa Leo a sua nonna, poi parte all'attacco.

Le funzioni extra di Leo per il calcio funzionano solo durante le partite, ma è comunque bravo con i piedi. E l'asiatico indossa un completo e scarpe di vernice, mentre Leo pantaloni della tuta e scarpe da ginnastica.

La distanza si riduce. Leo si affretta lungo i negozi di souvenir, le bancarelle di patatine e i bar del lungomare. Poi vede che lo sconosciuto sta entrando nell'area divertimenti. Ci sono parecchie persone in movimento, tra bancarelle e giostre si può facilmente far perdere le proprie tracce. "Merda," sbotta Leo.

Quando raggiunge l'ingresso, perde di vista l'asiatico. Si guarda intorno: a sinistra un baracchino dove un clown automatico sorteggia dei numeri. A destra una bancarella di gelati e dietro l'autoscontro.

Il rumore è tremendo. Leo fa ancora un paio di passi. Di fronte a lui c'è un altro clown, che vende palloncini a forma di cuori rossi, fantasmi bianchi e lapidi grigie. "Ehi!" grida Leo. "Hai visto un asiatico? È appena arrivato di corsa da questa parte."

Il clown ride e indica uno stand: il treno fantasma.

Leo ha il fiato corto.

Mentre si avvicina all'attrazione, sente un groppo in gola.

Ansia. Copiata senza pietà dal suo originale.

"Merda, merda, merda," geme Leo. Lascia scorrere lo sguardo sulla fiancata del mostruoso treno fantasma. Alieni sbavanti, una donna con una testa su ogni mano (solo una è la sua), un troll con una motosega piantata nella pancia.

Si stanno tutti muovendo e sembra che ammicchino in maniera maliziosa. Non gli può succedere niente, è già morto.

Qualcuno gli tocca la spalla. Leo si volta e fa due passi indietro.

"S-scusi," fa il clown con i palloncini. "Pensavo volesse sapere che le lapidi sono in vendita. Costano solo la metà e c'è anche uno sconto del 10% per un giro sulla ruota panoramica." Il pagliaccio ride, impacciato.

Leo cerca di guadagnare terreno. Corre verso il treno fantasma, compra un biglietto e attraversa una tenda nera.

In quello stesso momento lo sa: il male sta facendo il suo corso.

ANNUNCIO: L'EX CANCELLIERE MÜLLER PUBBLICA LE SUE MEMORIE

Leggi adesso "Pronto per il mondo", il libro di memorie di Michael Müller, che 3 anni fa è stato quasi eletto cancelliere e ora è uno degli e-terni più famosi dei nostri tempi. Müller racconta dei possibili negoziati di coalizione falliti, dei suoi ultimi sforzi infruttuosi per migliorare il clima globale e rivela la sua relazione sessuale segreta con l'erede al trono britannico. Secondo #VERITÀ, tutte le informazioni sono integrali e #VERE. Prima edizione firmata, a tiratura limitata, e adesso a prezzo speciale!

Benvenuto sul server Kafka. Il suo nome è Sven K. Deve obbedire senza eccezioni a tutti gli ordini ufficiali. Le violazioni saranno punite con la detrazione di punti sociali. Il suo attuale punteggio è: zero. Le auguriamo una buona morte.

Sven è seduto di fronte a un semplice tavolo di plastica grigia. Si guarda intorno. Le pareti del suo monolocale quadrato sono marrone chiaro. C'è uno scaffale stretto su cui sono disposti i venti volumi degli ordini ufficiali. Il grande schermo sulla parete opposta mostra lo skyline della città. A Sven rammenta un vecchio film: *Metropolis*.

Bianco e nero.

Sopra, in sovrimpressione, c'è una K decorata. Una scritta ricorda le ultime normative: "Chiunque indossi orologi al polso destro anziché al sinistro o incoraggi le persone a farlo, oppure che non segnali violazioni di questa norma al più vicino ufficio dell'ordine pubblico, riceverà una detrazione di 5 punti sociali per il primo reato, 10 per il secondo e 20 per ogni reato ulteriore."

"Modifica dell'ordine § 98a: arrivare in ritardo sul posto di lavoro sarà punito con una detrazione di 3 invece che di 2 punti sociali al minuto. Ciò si applica in via retroattiva dal primo gennaio."

"I pagamenti delle indulgenze per annullare le detrazioni dai punti sociali da subito costano sempre dieci anni di vita per 1000 punti. Tutte le esenzioni sono sospese. All'Ufficio per il Regolamento Sociale può essere presentata, invece, istanza di reclamo per il condono di una parte della somma."

La visualizzazione dello schermo cambia e adesso mostra una bandiera rosa con una svastica bianca. "E ora il motto del giorno!" dice un presentatore in tono solenne. Una statua del Führer appare davanti alla bandiera. Da lì risuona la sua voce: "Siamo tutti api, il nostro alveare è il Reich e il nostro miele è la nostra lealtà al Führer."

Una scritta s'illumina: "Ricompense in punti sociali per aver ripetuto il motto: A casa da solo: 10 punti. In pubblico: 20 punti. La declamazione del motto in modo improprio a intervalli troppo brevi può essere punita con la decurtazione di punti."

A titolo di prova, Sven borbotta il motto del giorno. L'immagine sullo schermo cambia e mostra il nuovo valore: 10. Sotto, appare una scritta: "Si noti che i punti possono essere revocati in via retroattiva se un'indagine ufficiale giunge alla conclusione che sono stati acquisiti in modo illegale."

"Non può essere vero!" esclama Sven.

La risposta segue prontamente sotto forma di scritta luminosa: "Esprimere dubbi sulla VERITÀ può essere punito con la detrazione di punti per via dell'ordinanza § 134g."

Sven si morde il labbro. Si alza dalla sedia. Lungo il terzo lato della stanzetta c'è una brandina. Davanti, c'è la porta di uscita.

Sven si dà un'occhiata: indossa una tuta grigia con un cartellino di riconoscimento sopra il cuore. Sotto, c'è il suo punteggio: 9.

Apre la porta dell'appartamento con cautela, sebbene non sembri esserci alcun ordine contrario. Fuori trova un corridoio con porte tutte uguali, ognuna delle quali ha un nome. Anche sulla sua porta c'è un cartello: Sven K., 9 punti.

Sulle pareti del corridoio ci sono dei simboli disegnati: i bagni comuni sono a destra e l'uscita a sinistra.

Sven si chiede dove si possa trovare qualcosa da mangiare. Nel suo appartamento non c'è né un frigo né una cucina. Fa per dirigersi verso l'uscita.

C'è un montacarichi che lo porta al piano terra. Nell'atrio ci sono delle vetrine con esposti gli avvisi ufficiali. La luce del giorno cade attraverso le finestre strette formando coni bizzarri. Non c'è anima viva.

Sven apre la porta e si trova in un cortile sul retro, chiuso su tutti i lati da grattacieli dello stesso tipo. Di fronte, un passaggio che sembra portare in strada. Nel cortile sono stati sistemati un'altalena e uno scivolo, e c'è anche una vecchia quercia su cui un pastore tedesco sta facendo pipì. Accanto, su una panchina senza schienale, sta seduta una donna dai capelli cortissimi che osserva il cane con aria annoiata.

Quando lui si avvicina, legge il suo cartellino: Dörte K., 732 punti. Non gli sfugge che la donna studi a sua volta il suo cartellino.

"Nove punti?" dice Dörte con sarcasmo. "O sei nuovo o sei sociopatico."

"Nuovo."

Dörte alza l'indice. "Se non è la verità, la VERITÀ lo scoprirà!"

"Posso?" Sven indica la panchina e Dörte annuisce. "La VERITÀ c'entra qualcosa con questo... Kafka," continua lui mentre si siede. "Qualcosa non quadra."

"Non potremmo parlare del tempo? È meglio per il mio punteggio."

"Hai un bel cane."

"Non è mio."

"E di chi è, allora?"

"Non importa. I bastardini possono andare a passeggio da soli."

Sven sorride. "Non lo sapevo. Sembra pratico."

"Andare a fare una passeggiata con il cane non porta punti," risponde Dörte alzando le spalle. "E tu perché sei qui?"

"Beh," fa Sven con una smorfia. "Per vendetta, immagino."

"Io sono qui perché è così economico."

"Sul serio?" Sven non sa niente di prezzi locali, forse non sta pagando niente. Si ripromette di verificare appena si presenterà l'occasione.

"Sì, questo server aveva un'offerta conveniente. A un prezzo stracciato, e-terni per sempre, l'host si trova da qualche parte nei Balcani, forse in Kazakistan o Vietnam, non si sa di preciso."

"Ma nessuno è qui di sua volontà."

Dörte gli dà un'occhiata. "Non è sempre stato così... *kafkiano*. Forse il server ha cominciato a chiamarsi così da quando sono arrivati gli hacker."

"Hacker?" Sven scuote la testa. "Questi sono nazisti."

"Oh, insomma." Dörte ridacchia, poi si guarda in giro in tutte le direzioni.

Le finestre delle case circostanti sono solo finte, gli appartamenti sono senza finestre. Loro invece saranno di certo osservati. "Gli hacker sono arrivati per primi. In qualche modo hanno avuto accesso."

"Magari i server economici nei Balcani non sono molto ben protetti," ipotizza Sven. "E agli amministratori mal pagati comunque non importa cosa succede."

"Immagino si siano divertiti. Beh, gli hacker almeno... Continuavano a inventare nuove regole senza senso. In quanto nuovo arrivato, non hai nessuna possibilità. Sapevi che qui è vietato manipolare i selfie? Non puoi indossare occhiali stravaganti o far volare in giro cuoricini digitali."

"Non lo farei comunque... E dopo sono arrivati i nazisti?"

Dörte continua a parlare a voce più bassa. "Quando di preciso, non lo sa nessuno. A un certo punto hanno introdotto i punti sociali. Nessuno ci aveva ancora pensato. Molti l'hanno considerato come un gioco."

"Me lo posso immaginare."

"Invece è una cosa dannatamente seria. C'era una voce in giro una volta: dei gruppi di destra avrebbero semplicemente acquistato l'operatore del server. Ma la VERITÀ ha scoperto che non era vero. Piuttosto noi, abitanti di Kafka, abbiamo scelto di essere governati dai nazisti e di diventarlo a nostra volta. Anche se nessuno riesce a ricordare una votazione, a quanto pare ce n'è stata una."

"Non si esce da qui?"

Dörte scuote la testa. "Le connessioni sono interrotte. Ci si arrangia."

"Mai pensato di opporvi?"

Dörte sussulta facendo un fischio. "Non sei qui da molto. Ecco perché non avrò una detrazione di punti se non ti denuncio subito. Per sedizione e disfattismo."

Sven la guarda disperato. "Ma io ho solo..."

"Solo?" sbuffa lei. Tira fuori dalla tasca un berretto rosa e lo indossa.

Sven nota che in questa città ci sono solo toni di grigio e il rosa antico delle bandiere con la croce uncinata. Nessun altro colore. Fa quasi male agli occhi.

"Vieni con me. Dovresti mangiare qualcosa. Ti fa pensare in modo diverso."

Porta Sven in strada, dove i passanti, vestiti in uniforme grigia, ignorano stoicamente la coppia dopo rapide occhiate ai loro punteggi. Ogni tanto Sven nota un uomo in uniforme, sempre con una fascia rosa, la svastica e varie medaglie rosa appese al petto. Ai tipi così manca la visualizzazione del punteggio. A proposito, sono quasi tutti maschi – Sven vede solo una donna in uniforme lungo la strada.

Dörte gli mostra la strada per l'ufficio pensioni più vicino, che serve a procurare un lavoro ai nuovi arrivati. L'ufficio di espulsione dal distretto è proprio di fronte. Davanti c'è una lunga fila di persone non ariane.

"Ma che cosa?"

"Zitto," sibila Dörte. "E guarda! No! Di là!"Afferra Sven per un braccio e lo spinge in avanti.

Alla fine i due raggiungono un punto ristoro. Almeno è quello che c'è scritto sul cartello sopra l'ingresso.

"Ecco. Dopo di te." E gli indica la porta.

Sven entra e sente il rumore dei piatti. In lunghe file di tavoli, i cittadini vestiti di grigio siedono sulle panche e scodellano una zuppa grigia con ciotole di plastica bianca. "Devi essere contento che non ci siano odori nell'aldilà digitale," sussurra Dörte. "Vieni con me, il bancone del cibo è là sopra."

A quanto pare, in realtà ci sono quattro punti di distribuzione che servono tutti la stessa zuppa. Si differenziano solo per la lunghezza delle code.

"Nel tuo caso ci vorrà un po'," dice Dörte, indicando la fila più lunga.

"Come mai?"

Senza parlare, lei indica un cartello. Sopra c'è scritto *Fino a 100 punti*. "Questa è la tua coda. La mia è la terza. Quella più corta. Nel caso non ci vedessimo... buona fame." Accenna un sorriso, saluta e si avvicina alla sua coda.

Ora Sven ha tutto il tempo per diventare davvero di cattivo umore finché non avrà ricevuto il suo pasto. Vorrebbe avere con sé la spada. Con quella si sarebbe fatto largo attraverso la coda, avrebbe abbattuto dozzine di zombi indifesi e alzato il suo punteggio a livelli inimmaginabili.

Un glorioso massacro: l'annientamento di questi nazisti, di questo sistema. Sanguinoso, efficace, spietato. Purtroppo solo nella sua fantasia.

"Sven K.?"

Lui sobbalza. Due uomini in uniforme sono apparsi dal nulla.

"Eh?"

"Ufficio del Reich per la protezione dei pensieri. Sei in arresto per intenti sovversivi."

"Cosa?"

Le altre persone in fila adesso guardano molto attentamente altrove.

"Se non l'ammette subito, lo farà di sicuro più tardi." Dice l'uomo in uniforme, con un sorriso smagliante. "L'Ufficio per il Chiarimento della Verità ha metodi infallibili."

"Adesso ci segua," fa l'altro uomo.

Sven non ha paura. Non c'è più niente che lo possa aiutare comunque. La sua vita è finita. La sua morte è stata solo un episodio. C'è un backup.

"E se mi rifiutassi?"

L'uomo in uniforme sbuffa e schiocca le dita.

Senza rendersene conto, all'improvviso Sven si ritrova in una cella con le pareti nere. È così piccola che non riesce nemmeno a sedersi. Una bara verticale, illuminata quel tanto che basta per capire quanto sia disperata la situazione.

Sul muro c'è un cartello: Ufficio per fidelizzazione illimitata.

Il cartellino di Sven adesso mostra -493, e il numero diminuisce di un punto ogni pochi secondi.

Ordine ufficiale

D'ora in poi l'uso della parola "nazista" è proibito. La violazione è punita con una decurtazione di 1000 punti. Il nome ufficiale corretto per il governo di Kafka è "movimento". L'uso di questa parola nel contesto appropriato viene premiato con 10 punti (al massimo una volta al giorno).

Il ragazzo dietro all'angolo che si sta tagliando la pancia con una katana seghettata sembra proprio Leo. L'effetto ottico è da gioco di specchi da quattro soldi, eppure Leo ha comunque un sussulto.

Ancora un passo e il terreno sotto di lui cede, facendolo cadere in una poltiglia fangosa. Quella schifezza gli penetra subito nel naso e nelle orecchie, come se fosse fatta di vermi curiosi. Delle dita sembrano afferrargli le caviglie per tirarlo ancora più giù.

Poi un'esplosione e Leo si ritrova sdraiato sul pavimento a guardare un enorme scarafaggio che gli sta mordicchiando la parte inferiore della gamba in modo rumoroso.

Quando chiude gli occhi, il rumore cessa. Quando li riapre, un vero troll con il volto sfregiato, la gobba e la clava gli si para di fronte e gli fa una proposta di matrimonio.

Per spaventare a morte gli ospiti già morti di un treno fantasma, devi ricorrere a mezzi davvero speciali.

"Non è che hai visto un asiatico da queste parti? O... lo hai sposato?" chiede Leo.

"Oh... devi sapere che sposo tanti ragazzi e ragazze ogni giorno," tuona il troll.

"Sì, certo..." Leo guarda al di là del troll, ma c'è solo un grande letto spiegazzato con le lenzuola macchiate. "Comunque, non puoi provare a ricordare?"

"Il Ministro della Difesa ha combinato qualcosa con una principessa thailandese, lo sapevi?"

Leo fissa il troll incredulo. "Di che diavolo stai parlando?"

"Si è incontrato con lei varie volte e sul cellulare ha delle foto di lei nuda. Ci sono le prove. Ne hanno già parlato le riviste di tutto il mondo."

Per fortuna, Leo sa riconoscere un troll-bot quando ne ha uno davanti. Anche durante la sua vita aveva spesso a che fare con questi fenomeni. Volevano svelargli i segreti dei giocatori di calcio in modo che potesse scommettere sulla squadra giusta. Dietro, c'era naturalmente la manipolazione delle scommesse o una fabbrica di troll che vuole diffondere il caos.

"Con me non funziona, amico! Vuoi solo rovinarmi la giornata."

"Oh, per favore sposami, sono così solo e a letto sono davvero bravo!"

Leo ride in modo sguaiato. "Questo è davvero un treno fantasma? Tu fai solo ridere."

"Aspetta che mi tolga i vestiti," dice il troll e comincia ad armeggiare con i bottoni dei pantaloni.

"Sei un bot. E i bot non possono sposarsi. Anche se sono bravi a letto."

"Un bot?" Il troll mette i pugni sui fianchi. "Prova a dirlo di nuovo! Anche tu lo sei!"

"Non dire stronzate! Io sono un umano!"

"Non lo sei."

"Io sono reale!"

"Non lo sei. Ma guardati!" Il troll ride, sbavando su tutto il tappeto. "Un avatar a bassa risoluzione, pre-programmato con alcune stupide battute e con la personalità di un calzino da calcio."

"Io..."

"I bot si riconoscono perché è impossibile parlare con loro del primo amore giovanile."

"Io..." Leo impallidisce mentre cerca di ricordare. Ma trova solo birra, calcio e goffe frasi da rimorchio nelle chat anonime.

"Lo sapevo," ringhia il troll. "Chi ti ha mandato? L'Inquisizione americana? I mormoni? La FIFA?"

"Ma..."

"Dormi con me, sposami, mettimi incinta, facciamo tanti piccoli mezzi troll."

Adesso il troll si sta liberando dei suoi vestiti. È una lei e si sdraia a faccia in giù sul letto. È l'occasione.

Leo salta sopra le gambe tozze della troll, e grazie all'allenamento, raggiunge la porta di uscita prima che la zampa raccapricciante di chi vuole sposarlo possa afferrarlo.

Una volta fuori, si schianta a tutta velocità contro il telone della parete esterna del treno fantasma. Inciampa su una specie di corda e atterra sulla pancia. Vede che c'è uno spazio vuoto tra il telone e il terreno. Ci passa sotto strisciando e si ferma vicino alla casa stregata. Si guarda intorno agitato. Ma c'è solo un mago su una panchina, che a quanto pare si sta prendendo una pausa dal divertimento frenetico.

Leo si alza di scatto. "Ehi!" Lo chiama. "Ha visto un asiatico?"

"Sì," risponde il mago sbadigliando. "Voleva che lo facessi sparire con un incantesimo."

"Ma siete tutti pazzi?"

Il mago solleva il cilindro e si gratta tra i capelli stopposi grigio argento. "Pazzi? Direi piuttosto intraprendenti. Non penserà mica che io teletrasporti qualcuno gratis, vero?"

"Aspetti," dice Leo, cercando di pensare. "Lei è un bot di teletrasporto?"

"Lo sembro? Sì, ovvio!"

Leo è felice di essere ancora capace di distinguere i bot dagli umani, dopo l'incontro con la troll. Spera che valga anche per se stesso, benché in effetti, con tutta la buona volontà, non saprebbe parlare del suo amore giovanile. Si è bevuto quella parte del cervello? È stata cancellata durante il backup? Oppure è un bot?

"Portami dove hai teletrasportato l'asiatico."

"Non è possibile," risponde il mago-bot sembrando vagamente sensibile. "Le è chiaro che una cosa del genere violerebbe i diritti personali."

"Bel tentativo," fa Leo cupo. "L'asiatico è un bot che non ha alcun diritto."

"Va bene, però capisce che dovevo provarci. Noi bot dobbiamo sostenerci l'un l'altro."

"Che stupidaggine! D'accordo, allora anch'io sono un bot, adesso portami lì! Preleva la tariffa dal mio conto. I miei crediti dovrebbero bastare."

"Beh, se non desidera altro." Il mago si aggiusta il cilindro, si alza in piedi e solleva la bacchetta magica.

"Un momento" dice Leo, guardando l'orologio. "Messaggio al resto della squadra," parla al microfono. "Servono rinforzi. Urgente. Allego un link della posizione in tempo reale. Per favore... fate presto!" L'app conferma l'invio del messaggio.

"Adesso," dice Leo. "Lo faccia."

Il mago fa spallucce e agita il bastone. I contorni di Leo diventano sfocati, la sua texture trasparente e un'aura viola lo avvolge.

Leo chiude gli occhi terrorizzato.

TUTORIAL PER E-TERNI PRINCIPIANTI: TELETRASPORTO

Sconsigliamo vivamente di usare dispositivi di teletrasporto non autorizzati su server esterni. Non c'è nessun backup automatico, quindi nessuna garanzia che, in caso di incidente, il vostro ultimo stato possa essere ripristinato sul nostro server. Se non riuscite a tornare, la vostra simulazione non può essere riattivata, dato che il vostro codice di identificazione globale viene bloccato dall'altro server e quindi impedisce un riavvio sul nostro.

I meccanismi di teletrasporto non autorizzati sono spesso riconoscibili dal loro prezzo molto economico. Potete contare solo sui nostri servizi dotati di tutte le certificazioni di sicurezza! Nel vostro stesso interesse.

Quando Saphira si addormenta, sogna una serie TV melensa sui vampiri.

È seduta su un unicorno d'argento che cammina sempre in linea retta, non importa dove Saphira voglia condurlo con le redini o i talloni. Non nitrisce neanche e il corno sembra spuntato.

Saphira non sa cosa la irriti di più di questo sogno. Che l'unicorno la stia portando in un castello cupo, dove tanti pipistrelli volteggiano intorno alla cui torre più alta e storta? Che un vento dispettoso voglia sollevarle il vestito sotto il quale lei – oh mio Dio! – non indossa nulla? O, per finire, che corde invisibili suonino un brano da cui trasuda desiderio e lussuria?

La notte è fresca, Saphira trema. L'unicorno frena prima di raggiungere il castello. Sopra l'inevitabile ponte levatoio pende un cartello:

D. VON KARFUNKEL

MARCIOVAMPIRO

NON INSERIRE PUBBLICITÀ

Arrivato nel cortile, l'unicorno si ferma.

Saphira sta ancora pensando a come tornare a casa, quando si rende conto di essere scesa da cavallo senza accorgersene. Percepisce un movimento sulla scala esterna: sette gradini conducono all'ingresso dell'edificio principale. Una persona vestita di stracci scende e si avvicina. L'uomo indossa un mantello grigio antracite mezzo rovinato sotto il quale nasconde le braccia, e ha una bombetta in testa.

I canini lampeggiano al chiaro di luna.

Appena Karfunkel si ferma davanti a Saphira, si lecca le labbra screpolate con la lingua. La sua faccia è pallida, piena di macchie, ammuffita.

"Benvenuta a castello Karfunkel," sibila il vampiro. "La sua *sstanza* è già pronta."

"Grazie, nobile signore," sussurra lei, senza riuscire a impedirselo. Sembra un reality dal copione già scritto. E senza possibilità di uscire di scena.

Mano nella mano con il vampiro, Saphira entra in casa, dove vecchi candelabri tremolanti creano un'atmosfera rilassante. Imbocca le scale e sale al primo piano. A sinistra, una porta aperta conduce in un'enorme camera da letto piena di drappi di stoffa rossa. L'intera ambientazione, compreso il letto appena fatto, ricorda un soft porno a buon mercato.

Saphira capisce cosa sta succedendo. Gira sui tacchi e scappa più veloce che può. O almeno ci prova, tuttavia non ha alcun potere sul suo corpo già programmato. Deve restare a guardare immobile mentre il marciovampiro s'insinua sotto il suo vestito e comincia a succhiarla. L'auspicata perdita di coscienza non arriva. Al contrario, Saphira si sente euforica e intontita, quando il suo ospite la stende nuda sul letto, beve sangue dal suo ombelico e poi si sdraia tra le sue gambe con i pantaloni calati.

I denti le penetrano in gola. E anche il pene del vampiro si sta avvicinando.

Saphira vuole urlare. Divincolarsi. Scalciare. Scappare. Mordere.

Ma è priva di forze.

A un certo punto, passato del tempo, mentre si sta godendo un bicchiere di vino rosso con il vampiro, perde conoscenza.

Appena si sveglia, può finalmente mettersi a piangere. Attraverso un velo di lacrime, riesce a scorgere l'ambiente circostante.

Benvenuti sul server venus02 di e-ternità.de. Vi auguriamo una piacevole morte.

E adesso che cazzo è successo di nuovo?

Si mette a sedere e si guarda in giro. Non è il suo attico, bensì un monolocale del tutto ordinario: angolo cottura, tavolo e divano letto. Alle pareti sono appesi tre grandi display, quello centrale sembra addirittura avere una modalità 3D.

Saphira sta per alzarsi per cercare un drink nel frigo, quando Lucius appare sullo schermo 3D.

"Ah, sei qui, mia cara," dice canticchiando.

"Lucius," gracchia lei, tirando su col naso. "Che diamine...?"

"Non è così male come sembra. Non è un server qualsiasi, sai. L'offerta era davvero perfetta."

"Dov'è il mio attico?"

"Sai, tesoro," Lucius fa finta di pensarci su. In ogni caso, è un attore davvero scadente.

"Parla, stronzo!" sibila Saphira.

"Il costo, sai, il costo. Se non ti avessi spostata su un server più economico, sarebbero andati a pescare dal mio conto, quei ladri, capisci? Io sono pur sempre il tuo parente più stretto... *vivente*."

"Quali costi? Dove sono i miei soldi?"

"Oh," fa Lucius sorpreso. "Forse ti mancano alcune informazioni, ma non c'è da preoccuparsi. Si tratta solo di complicate questioni amministrative che riguardano tasse, prestiti e premi assicurativi."

"I miei soldi sono... finiti?" bisbiglia lei.

"Non ti capisco, parla più forte. E poi devo andare via subito, appuntamenti urgenti, lo sai. Un potenziale cliente."

"Un cliente?" grida Saphira. "Come quel... viscido vampiro?"

"Oh, lui. In realtà è un tassista che ha perso il lavoro a causa di un robot e si è ubriacato a morte. Del tutto innocuo."

"Mi ha violentata!"

"Ma non si può dire proprio così," dice Lucius. "Voglio dire, l'hanno visto tutti che era consensuale e che vi stavate divertendo parecchio."

"Cosa intendi con *tutti*?" urla Saphira.

"Beh, lo sai che non si guadagna molto se lavori solo con un..."

"Maledetto pappone!" sbraita Saphira. "Mi hai venduta!"

"Ti ho procurato una parte in un film," dice Lucius con entusiasmo. "E come ringraziamento..."

"Un ruolo? Io..."

"Tesoro, devo proprio andare adesso, ne riparleremo più tardi, vero?" Dietro Lucius, qualcuno entra nel suo ufficio. Una bella donna in un vestito costoso, una versione più giovane di Saphira. "Oh, ciao, mamma!"

"Elaine," sussurra Saphira. "Che cosa?"

"Oh, tutto a posto. Lucius mi ha procurato una parte in uno show. Dobbiamo andare a una riunione preliminare. Ti racconterò un'altra volta. Ti voglio bene! Ciao!"

Lucius saluta di nuovo, sorride e poi spegne il collegamento prima che Saphira possa aggiungere qualunque cosa. Resta sola nel suo nuovo appartamento.

Solo rabbia e dolore le fanno compagnia.

Stringe i pugni. Questa storia deve finire!

ULTIME NOTIZIE: LA FIGLIA DI SAPHIRA HA UN NUOVO AMANTE

Oggi la figlia della famosa Saphira, morta di recente in circostanze spaventose, è stata avvistata con il suo nuovo agente.

I due sono andati in un lussuoso ristorante nel centro di Amburgo. Le foto mostrano una coppia felice, innamorata. Siamo contenti per te! (Autenticità delle immagini confermata dalla #VERITÀ)

"Beh," dice Nele a Tom mentre lo guarda pulirsi le unghie con un coltellaccio enorme. "La compagnia di taxi è fallita perché la sua reputazione è stata rovinata."

Tom abbassa il coltello. "La reputazione è stata rovinata a causa di un incidente?"

"Non del tutto," dice Nele, indicando il tablet. "Ci sono stati migliaia di tweet sulla VERITÀ dopo il tuo incidente."

Lancia un'occhiata interrogativa a Tom, ma a lui non importa che si stia parlando proprio delle circostanze della sua morte. È imbarazzante per i vivi parlare di morte quando l'altro sta ascoltando. Al contrario, gli e-terni sembrano non avere problemi a riguardo. I tabù sono una cosa a loro estranea, la morte è un problema degli altri. Il peggio per loro è passato, sono liberi da ogni paura. Almeno finché l'abbonamento è valido.

In un attimo di malinconia, Nele prova invidia per il suo Tom, poi deglutisce e prosegue: "La VERITÀ sostiene di aver scoperto molte negligenze nel caso di AutoTaxi, tutte sostenute da dati e documenti ottenuti da ExaData. Sempre ExaData. Questo dovrebbe sembrarti sospetto."

Tom alza lo sguardo. "Se lo dice la VERITÀ, allora è stato un errore umano."

Lei sospira. "Davvero è così semplice?"

"Certo che sì." Adesso Tom sorride. È il sorriso ripugnante di un capitano dei pirati che non si lava i denti da un po'. È digitale, non umano.

"C'è un posto dove non ho ancora cercato indizi," dice Nele. "Il tuo laptop."

"Come vuoi."

Determinata, lei salta giù dal letto e corre in corridoio. Lì ci sono gli scatoloni con le cose di Tom. Nele non è ancora riuscita a separarsene. Forse un giorno. Prima o poi.

Dalla stanza di Steven risuonano deboli urla di morte. È quasi mezzanotte. Il ragazzo fa finta di dormire e quantomeno ha abbassato il volume per pura formalità.

Nele afferra il laptop nero di Tom. Il logo del produttore sul retro dello schermo è coperto da un adesivo di Amnesty. Con il dispositivo sotto il braccio, torna in camera da letto e apre lo schermo. Subito compare il campo di immissione password.

"Dammi la password," dice lei in maniera decisa.

Ma Tom non c'è più. La pittoresca e solitaria isola dei pirati è vuota. C'è solo il forziere con i lucchetti esagerati, che hanno resistito persino all'attacco degli artigli zombi di Steven. Due piccole palme ondeggiano al vento. Il mare sembra calmo e non come se avesse appena inghiottito il pirata più selvaggio della zona.

"Tom?" Nessuna risposta.

Nele si siede perplessa sul letto. Sulla sua metà, ovvio. A destra, dalla parte di Tom, sono ammucchiate pile di biancheria di cui non è riuscita a sbarazzarsi. Magliette e calzini che quando Steven sarà cresciuto saranno da tempo fuori moda. E quale figlio vorrebbe mettersi i calzini di suo padre? Le scarpe, sì, ma...

Nele si riprende. In passato, Tom non è mai scomparso senza disconnettersi. A essere onesti, era sempre lì. Solo di notte teneva la bocca chiusa in modo che lei potesse dormire in pace. In effetti, deve ammettere che non ha idea di come contattare Tom quando lui non è presente. Per fortuna, in famiglia c'è qualcuno che di sicuro conoscerà la risposta.

Nele bussa alla porta di Steven, poi entra nella stanza. Il ragazzo se ne sta in mezzo alla stanza in boxer e calzini. Un esercito di zombi sta ballando sul grande schermo al suono della chitarra di plastica di Steven. Si ferma e guarda nella sua direzione.

"Stai disturbando, mamma."

"Hai..." Per un attimo, lei chiude gli occhi. "Hai visto papà?"

Steven la guarda confuso. "Pensavo fosse con te."

Per poco Nele non scoppia a ridere. Per un giovane d'oggi è abbastanza normale che un membro della famiglia sia e-terno. Quello che dice Steven non suonerebbe diversamente se Tom fosse ancora vivo.

"No. Era proprio lì, seduto sul forziere. Poi ho preso una cosa, e adesso lì c'è solo il baule."

"Ci sono bauli divoratori di uomini."

"Forse nei giochi."

"Mamma," dice Steven con pazienza, "è un gioco."

"Devo chiedere a papà una cosa importante."

"Mandagli un'e-mail." Steven fa spallucce.

"Per quello..." Nele sospira. "Potrebbe volerci troppo tempo."

"Bene, allora usa il tracciamento. Come parenti prossimi ne abbiamo diritto."

"E poi?"

Steven sbuffa. "Aspetta." Getta la chitarra di plastica sul letto e afferra il mouse. Click, click, l'armata zombi si prende una pausa, scompare e viene sostituita dall'ingresso per gli ospiti di e-ternità.de. La web-cam sul display di Steven riconosce il suo volto e consente l'accesso.

Sullo schermo appare una foto di Tom insieme all'annuncio funebre.

"Strano," dice Steven, indicando un punto preciso. "È off-line."

Nele si sporge in avanti. "Come può essere offline? Ma non ha alcun senso."

"Questa roba qui ancora meno," dice Steven, indicandole una linea nella parte inferiore dello schermo. Dice: "Nessun dato. Contattare l'assistenza per maggiori informazioni."

All'improvviso, Nele ha un brivido di freddo. "Deve esserci un errore."

"Certo. Chiamo la hotline."

"Fallo," dice Nele piano.

Il contenuto dello schermo cambia e adesso mostra il logo di e-ternità.de.

"Benvenuti nella hotline sopravvissuti di e-ternità.de. State parlando con l'IA di Primo Contatto. Per cortesia, esprimete il vostro desiderio."

"Mio marito se ne è andato," dice Nele. Steven le lancia un'occhiata interrogativa.

"Non ho capito," risponde pronta l'IA. "Per favore, parlate a voce alta e in modo chiaro ed evitate l'ironia o il sarcasmo, dato che possono portare a malintesi."

Nele ci riflette su. Poi parla nel modo più chiaro possibile: "Pretendo di parlare con un dipendente umano."

"Grazie," risponde l'IA. "Sto bene anche io. Come posso aiutarla?"

"Non ho tempo per queste stronzate," scatta Nele.

"Fantastico," dice Steven. "Adesso guarda, si può anche selezionare da qui."

"Grazie per aver scelto di rinunciare ai miei servizi. Per favore, valutatemi mentre aspettate di parlare con un membro dello staff."

"Zero stelle," risponde Nele.

"Non si può," dice Steven. "Almeno una stella. Così."

"Buonasera," s'intromette un uomo dai capelli grigi appena apparso sullo schermo.

Secondo il display, si chiama Eduard (77). "Come posso aiutarla?"

"Lei è umano?" sibila Nele.

"Mamma..."

"Naturalmente," risponde offeso l'uomo.

"Mamma, questo è uno zombie."

"Si dice e-terno," lo corregge l'uomo.

"Meglio di un'IA dura di comprendonio," afferma Nele. "Voglio sapere dov'è finito mio marito."

"E lei è?"

"Sua moglie. La vedova."

"Capisco," dice l'operatore.

"Non lo vede a sistema?" chiede Steven.

"Ehm, sì, certo," fa Eduard sfoggiando un sorriso da cretino. "Ecco qui, Tom Haerter. Ehm... quel Tom Haerter?"

"Certo!" esclama Steven. Sembra in qualche modo fiero.

"Sì," conferma Nele. "Lui è... sparito."

"Gli e-terni non spariscono," chiarisce Eduard con tono composto. "Semplicemente al momento si trovano su un server diverso."

Nele è imperterrita. "Quand'è che Tom ha lasciato il suo server e dove si trova adesso?"

"Aspetti..." Eduard guarda il suo schermo, che Steven e Nele non possono vedere. "Beh, sembra che non l'abbia lasciato."

"Come faccio a contattarlo?"

L'immagine si blocca temporaneamente, poi Eduard guarda di nuovo nella telecamera. "Mi spiace ma, stando al registro che compare qui, la simulazione è stata cancellata."

Pausa.

"Mi spiace," aggiunge Eduard con lentezza, come se stesse leggendo. "Io... le sono vicino. Dev'essere una terribile perdita."

"Come, scusi?" esclama Nele. "Vuole dire che è *morto*?"

"Mamma," Steven afferra la mano di Nele.

"Non posso farci niente," dice l'operatore alzando le mani come per difendersi. "E sto solo leggendo quello che mi viene mostrato qui."

"Ma ci sarà pure un backup!" urla Nele. Si rende conto che sta tremando.

"Certo," risponde Eduard. "Posso leggerle quello che c'è scritto qui: 'i dati sono stati accidentalmente cancellati durante un aggiornamento tecnico. È stato fatto un tentativo di ripristino ma, per ragioni sconosciute, il backup non è stato recuperabile.'"

L'uomo alza lo sguardo. Lui stesso è un e-terno. Sa cosa vuol dire essere cancellati. Non c'è più niente. Nessun cadavere, nessuna bara, nessuna cenere. Solo poche righe nei registri di sistema.

Nele si mette la mano davanti alla bocca. Con l'altra stringe le dita sudate di Steven.

Sente che le lacrime le stanno riempendo gli occhi. "Non può essere vero," singhiozza.

"Mamma..." Steven piange. L'ultima volta che l'ha fatto è stato quando è caduto dalle sbarre per arrampicarsi al parco giochi. È passata un'eternità. La vita di un uomo.

"Io..." l'operatore prosegue. "Devo anche dirle che per l'inconveniente riceverà via posta delle scuse scritte. Dovrebbe fornirmi le sue coordinate bancarie, in modo da trasferire il resto del credito dell' e-terno. Oltretutto..."

"Io..." Nele chiude gli occhi.

"Oltretutto, l'azienda le regalerà un buono per 100 anni di vita ultraterrena premium su uno dei nostri server di lusso. È molto generoso," sottolinea Eduard. Forse ha letto anche questo.

"Spegnilo," sussurra Nele. "Per favore."

Steven esegue. La hotline scompare. Lo schermo mostra di nuovo l'armata di zombi nudi, immobili come se fossero nel bel mezzo di un passo di danza.

"Niente di tutto questo può essere vero," dice Nele, guardando fuori dalla finestra.

Fuori è buio. Luci notturne, rumori di persone indaffarate, in auto, a piedi, in e-bike.

Vita.

"Mamma," fa Steven sottovoce, stringendole la mano. "Non è vero."

Lei guarda suo figlio confusa. "Cosa intendi?"

"Il tipo che adesso è sparito, cancellato..."

"Tuo padre," dice Nele in tono spento.

Tuttavia Steven scuote la testa. "Quello non era papà. Lui non avrebbe mai giocato a zombi e pirati con me!"

Nele singhiozza, poi con voce roca, scoppia a ridere. "Sì," dice lei quasi senza voce. "Forse è vero." Il suo sguardo si volge di nuovo alla notte.

Vorrebbe che Steven avesse ragione.

Aggiornamento tweet di e-ternità.de

Registrati oggi per il grande evento di gioco di ruolo dal vivo #LRPG sul nostro server di avventura dedicato AUENLAND01. Quote di partecipazione a partire da 35 crediti, con organi sessuali utilizzabili a partire da 75 monete. Unisciti a noi, #LiveYourDeath!™

In realtà, Paul dovrebbe andare ad allenarsi. Domani ha una partita. Cosa imbarazzante: non sa nemmeno contro chi. Il calcio gli interessa così tanto! Ma i dubbi lo stanno divorando. Si chiede come sia possibile tutto questo: lo scorpione, il modulo, il fattorino smemorato.

Cerca una spiegazione ma il suo ragionamento è letteralmente bloccato.

Rimugina senza successo. Cerca indizi in rete, altrettanto inutile.

Più che altro trova pubblicità, clickbait e siti di phishing che vengono generati in base alle sue chiavi di ricerca, forniscono pseudo-risposte senza senso in modo pretenzioso e cercano di installare diversi Trojan di nascosto. Dopo che il software di sicurezza di Paul ha suonato l'allarme tre volte, lui lascia perdere.

Internet non può rispondere alla sua domanda fondamentale. Non è un buon segno. Gli servono delle risposte. Forse Claudia ne ha qualcuna. La questione è: come contattarla?

In nessun modo. Non ha nemmeno bisogno di cercare il suo nome in rete. È comunque falso, e di Claudie ce ne sono tante quante la sabbia nel mare.

Adesso è piuttosto sicuro di conoscere solo la punta dell'iceberg. La rete era piena di fake anche prima. Immagini manipolate, fotomontaggi ingannevoli, didascalie false. Vecchie foto tirate fuori in occasione di un evento che non c'entrano nulla.

In fin dei conti anche gli e-terni sono dati e i dati si possono modificare. Ma come saperlo? Come può capire se è stato lui stesso a essere modificato?

Non c'è modo.

Scoraggiato, Paul inizia a fare *binge watching*. Sceglie una serie su un pollo isterico che provoca il caos in una famiglia allargata di vari volatili perché mette sempre in discussione l'orientamento sessuale di tutti.

"Oh," dice al pappagallino nel primo episodio, "ma allora sei gay! Ammettilo che ti piace lo zio Lena."

"Intendi dire zia Lena?" gracchia il pappagallino.

"Amico, sei duro di comprendonio?" gracchia e ridacchia il pollo.

Paul ride. Ama le serie divertenti.

Distraggono dalle preoccupazioni dell'esistenza. Tra gli episodi 13 e 14, Paul si concede uno yogurt al whisky dal frigo. Solleva i piedi e si gode l'e-ternità.

Poi arriva un messaggio da parte di Mia

In un colpo solo, il pollo confusionario viene dimenticato.

È un messaggio di testo: "Questo pacchetto è stato lasciato per te. Bacio, Mia."

Paul fissa l'icona lampeggiante sullo schermo. Il messaggio contiene un allegato a forma di icona di un pallone da calcio.

Paul lo apre subito. Lo scanner antivirus stavolta non s'inchioda, ma l'allegato è protetto da una password. Paul se la ride e ne mette una: *Mia2002*

P ASSWORD ERRATA. T ENTATIVI RIMANENTI: 2

Cosa dovrebbe fare? O l'allegato è indirizzato a lui, quindi la password dovrebbe essere facile da indovinare. O non è indirizzato a lui, allora perché preoccuparsi?

Mia conosce la password standard di Paul, anche se non l'ha usata. Strano... Cos'altro potrebbe essere? Il messaggio contiene un indizio?

Legge ancora una volta: "Questo pacchetto è stato lasciato per te. Bacio, Mia."

A una seconda occhiata, non ha senso. L'allegato non è un "pacchetto". Un allegato non può essere "lasciato". E... Mia non ha mai scritto "Bacio, Mia".

Paul inserisce: *Bacio, Mia*

PASSWORD ERRATA. TENTATIVI RIMANENTI: 1

Paul serra il pugno. Non gli piacciono i giochi in cui perde. E questo è senza dubbio un gioco. Però Mia odia i giochi, su tutti il calcio.

Infastidito, si porta una mano alla fronte. L'allegato non è di Mia, le è stato inviato per inoltrarlo. Non l'ha crittografato. Piuttosto...

Claudia

PASSWORD CORRETTA. 1 FILE DECIFRATO.

Paul apre il semplice file di testo incluso nell'allegato: "Vuoi indietro i tuoi veri ricordi? *heinz674@e*-ternità.de."

Paul salta su. Claudia si chiama Heinz?

C'è qualcosa di vero? Paul si mette a correre per l'appartamento, sempre in tondo, e impreca. Prende a calci tavolo, sedia, parete. Non provoca danni, ma lo fa sentire bene. Gli piace imporre la sua volontà agli oggetti, esercitare un potere, mettere da parte ogni pensiero razionale.

La violenza senza senso libera l'uomo dalla schiavitù della ragione. Puoi sfogarti e poi dire: "Mi sono lasciato andare. Ero fuori di me. Non ero padrone dei miei sensi. Sì, sono stato uno stronzo, ma chi mi conosce sa che in realtà sono una brava persona. Mi spiace. Chiedo scusa e tutto è di nuovo a posto."

Questo no.

Paul si butta sul divano e detta un'e-mail arrabbiata a Heinz.

"Heinz, Claudia, come ti chiami! Smettila con questi giochi di merda! Dimmi che sta succedendo invece di prendermi in giro! Altrimenti ti uccido! O sei già morto? Ecco che succede!"

Senza fiato, Paul invia l'e-mail e crolla sui cuscini.

La risposta arriva meno di un minuto dopo e consiste solo in un insieme di coordinate di teletrasporto.

Paul impreca ancora, ma alla fine non ha scelta. Il destino è uno sporco criminale e chiunque creda in un sentiero predefinito è un debole che non ha il coraggio di prendere le proprie decisioni. A volte senti nel profondo il desiderio di cambiare qualcosa, di liberarti dal peso che porti sulle spalle. Solo che in questo caso si tratta di un pacco importante che devi a tutti i costi portare a destinazione. È la tua vita, e di solito anche quella della tua famiglia o dei tuoi amici. Non lo butti semplicemente nella fogna.

Ma tu segui il sentiero predefinito.

Lui sta seguendo proprio questa via, ma non gli piace, e decide di dire ancora una volta molto chiaramente a questo Heinz di andare all'inferno. Prende la metro per Piazza dei Vivi e lì entra in una delle cabine di teletrasporto sotterranee. Dopo aver inserito le coordinate, viene avvolto da un'aura viola pacchiana.

Quando la luce svanisce, si ritrova in un pub dall'aria losca.

Dietro il bancone c'è un tizio vestito da cowboy che sta versando una birra scura in silenzio. Per il resto il locale è vuoto. Non ci sono finestre né porte.

Paul vede un jukebox in un angolo. Sta suonando una vecchia canzone country che gli sembra familiare. Ma ciò vale un po' per tutte le vecchie canzoni country.

"Mi spiace doverti ricevere qui," dice il barista. "Sono Randy."

Paul si siede su uno sgabello. "Sei sicuro?"

Randy sorride, poi posa il boccale di birra per Paul. "Questa è analcolica, ma ha comunque un buon sapore. Se preferisci, chiamami Heinz. O Claudia."

"Suppongo che non m'importi."

"Diciamo che come mi chiamo non conta."

Paul sorseggia la sua birra. Gli ci vuole un po' per notare la strana intonazione che ha scelto Randy. "Senti. So che qualcosa in me non va. Perché sono qui? Allora, me lo spieghi? O vuoi continuare a prendermi in giro? Nel secondo caso..."

"Non pensavo fosse possibile," lo interrompe Randy. Adesso ha anche lui la sua birra alla spina e prima di continuare, beve un lungo sorso. "Hanno falsificato il tuo passato. Il tuo nome. Anche la tua ragazza."

Paul afferra il bicchiere. "Non posso dire di essere sorpreso. Ma come fai a saperlo? Perché me lo stai dicendo E perché dovrei crederti?"

"Perché io non sono la VERITÀ."

Paul scuote la testa senza capire. "Non sono dell'umore giusto per gli indovinelli."

"Però è un mistero, perché ti abbiano falsificato. Davvero incredibile. Avrebbero potuto farti morire, sparire. Non so perché non l'abbiano fatto. Forse avevano bisogno di te. Quindi, del tuo codice d'identificazione. Giusto. Forse qualcuno avrebbe fatto troppe domande se non fosse esistito un e-terno con il tuo codice. Quindi hanno solo sostituito i tuoi ricordi..." Randy sbuffa. "...con serie TV e calcio, a quanto ho capito, senza dare nell'occhio."

Paul svuota il bicchiere. "Mi dici chi sono veramente? La cosa m'interessa, sai? Che mi è successo? O se me lo dici poi devi uccidermi?"

Paul ridacchia. "Ti chiami Tom Haerter. Potresti cercare il resto in rete, ma te lo dico io: eri un attivista, un informatore, un collaboratore importante all'interno della VERITÀ."

Paul apre la bocca, deglutisce e boccheggia: "Cosa?"

"Sei stato il primo a rendere pubbliche le prove che la VERITÀ inventa la sua verità. Con foto, video manipolati e risultati falsi di sondaggi: tutto documentato in modo inattaccabile da un'immensità di prove del gruppo ExaData. Tutto un falso. Un falso che si può comprare."

"Non si può andare contro la verità..." dice Paul a bassa voce.

"Neanche contro la VERITÀ," annuisce Randy. "Ci hai provato, hai scoperto chi ha pagato per creare qualunque verità."

"Ma questo era... prima di morire. Allora non sono caduto dal balcone?"

"No, non è andata così. Sarà un sollievo sapere che non sei uno di quegli idioti che hanno provveduto da soli ad allontanarsi dal patrimonio genetico e sono entrati nella lista dei candidati per il leggendario Darwin Award."

"Un sollievo che mi fa levitare fino al soffitto."

"Non ti preoccupare, ti riporto giù io. Sei morto in un incidente con un taxi automatico. Hai lasciato un figlio e una vedova."

Paul guarda nel bicchiere vuoto con aria triste. "E Mia?"

"Un bot, abbastanza buono, ma un bot. Nella chat video hai visto il filmato di un'attrice che il bot ha ritenuto adatto per la conversazione. Non è programmato in modo così intelligente. È stato facile convincerla a inoltrarti un mio messaggio."

Paul annuisce. "Avrei potuto capirlo, se avessi avuto qualche sospetto. Spesso chiudeva le conversazioni in modo superficiale e non rivelava molto di sé." All'improvviso alza lo sguardo. "E la mia vera moglie? Devo mancarle."

Randy fa spallucce. "Non ne ho idea. Forse le hanno rifilato un Tom-Bot che non è molto più intelligente della tua Mia."

"E non se n'è accorta?" Paul scuote la testa. "Ovviamente no. Io ho addirittura pensato che Mia fosse reale. Che grandissima presa per il culo."

"Qualunque cosa tu prenda in considerazione," risponde Randy dondolando la testa. "Quello che la VERITÀ tira fuori è una bufala super-mega-gigante ancora più grande. Certo, qualcosa di ciò che diffondono online forse è vero. È difficile da distinguere. Per esempio, la guerra per il clima, una questione terribilmente confusa. A volte si parla di cessate il fuoco, poi di centinaia di migliaia di profughi che vengono bloccati dall'esercito israeliano nella penisola del Sinai. Non riescono più ad attraversare il Mediterraneo, perché è minato, secondo la VERITÀ."

"E le fonti indipendenti?"

Randy scuote la testa. "Ci sono, ma quando la VERITÀ twitta che un video è falso, è falso. Dopodiché mostrano che il filmato in effetti è stato girato alcuni anni prima in un luogo diverso e quindi non può essere autentico."

"E se questa fosse una bugia?"

Il barista fa schioccare la lingua. "Hai capito il principio. Un'altra birra?"

"Solo se è vera. Ma adesso cosa dovrei fare?"

"Una cosa è certa: sei sotto sorveglianza. Non qui, questa simulazione è sicura. Ma a casa nella tua cripta07. Se scoprono che lo sai, combineranno qualcosa."

"Possono riavviarmi," dice Paul in tono piatto.

"Possono farlo quando vogliono Solo che si inventano una motivazione, nel caso qualcuno dovesse fare domande."

"Come fai a saperlo?"

"Oh, non vale la pena parlarne." Randy ha spillato un'altra birra e la sta spingendo verso Paul. "Sono solo un programmatore e-terno con troppo tempo libero. Ho rimosso la necessità di dormire dal mio codice. E fatto qualche altra modifica."

"Tu sei uno dei temuti hacker e-terni."

"Non dici che uno scorpione è un criminale solo perché porta un'arma mortale."

"Come posso fidarmi di te?"

Randy nicchia. "Non puoi. Nella migliore delle ipotesi, ci si può fidare delle persone, ma noi siamo solo un mucchio di codice. Che può essere manipolato senza lasciare tracce."

"Quindi riesci a manipolare gli e-terni?"

"O controlli la tecnologia o lei controlla te. Non mi piace essere una vittima."

Paul fissa la sua birra e poi l'allontana. "Perché sono qui? Tu che ci guadagni?"

"Oh, questa è facile. Voglio mettere fine alla VERITÀ."

"Non è un obiettivo un po' troppo ambizioso? Voglio dire: la VERITÀ può affermare che ti sei cancellato da solo e tutti ci crederanno. Il che è praticamente lo stesso di un dato di fatto."

"Beh, prima era diverso. Non importava quante volte avevi detto qualcosa per farla diventare vera. Nell'era di Internet, però, questo è possibile: i dati possono essere manipolati e le persone credono ai dati che si adattano meglio alle loro opinioni. Ciò che è dentro un'immagine, il suo contenuto, non viene messo in discussione."

"Fantastico," dice Paul, alzando il bicchiere. "Finalmente gli esseri umani possono davvero creare gli dei."

"Penso che la VERITÀ abbia piani meno soprannaturali. Ma non c'è dubbio che si tratta di potere e di molto denaro."

"Come sempre. Qual è il tuo suggerimento adesso?"

"Per sconfiggere un nemico, devi trovare il suo punto debole."

"E nel caso della VERITÀ, quale sarebbe?"

"Beh, non è facile come nei film, dove spesso si scopre il tallone d'Achille del nemico, un unico punto debole. E tutto ciò che basta fare è premere un pulsante custodito in maniera distratta, tagliare un cavo, uccidere il capo… Questo non funziona con la VERITÀ. Non c'è un capo, è una comunità, una comunità di interessi. Consiste in innumerevoli nodi nella rete. Chi ci sia dietro di preciso… nessuno lo sa davvero."

"Aspetta! Hanno un punto debole, è chiaro: me anzi Tom. Hanno ritenuto necessario spegnermi. Se esistessi di nuovo, per loro sarebbe senza dubbio molto spiacevole."

"In fin dei conti anche per te, però," sogghigna Randy.

"Ho bisogno dei miei ricordi."

Randy cambia espressione. "Penso siano stati abbastanza furbi da cancellarli. Anche se così non fosse, non sarebbero su server pubblico."

"Ma potrei dare un volto alla resistenza contro la VERITÀ. Ogni movimento ha bisogno di un volto, una figura in cui identificarsi. Come i FRIDAYS FOR FUTURE di allora. Quindi dovrei muovermi allo stesso modo, attirare l'attenzione, guadagnare sostenitori, finché non si raggiunge un numero significativo. Oh, e comunque, dovrebbero esserci parecchi backup di me stesso. Per sicurezza."

Randy sembra considerare la faccenda. "I tuoi ricordi di Paul sono contraffatti. E se ti dotassimo di altri ricordi contraffatti?"

"Niente più calcio e serie TV? Strano."

"Posso mettere insieme qualcosa. Raccogliere tutto ciò che è disponibile su Tom… su di te… non manipolato. La tua conoscenza e personalità: sarebbe una copia, ma in questo ho una certa esperienza."

"E funziona?"

"Non hai visto il nuovo film con Humphrey Bogart? Anche la sua personalità è stata ricreata in modo artificioso."

"Meglio di niente. Cosa devo fare?"

"Oh, non molto. Devi essere nudo, per così dire."

"Come, scusa?"

"In senso figurato. Ho bisogno dell'accesso completo ai tuoi dati in lettura e scrittura, e solo tu puoi darmelo con la firma digitale."

Paul deglutisce. "Capisco cosa intendi per nudo. Ma i miei ricordi non sono miei. Sarebbe come se mi mostrassi nudo ma tu vedessi solo un attore. Non la persona reale."

"Un po' come un porno," dice Randy.

"Lasciamo perdere i paragoni stupidi," dice Paul svuotando il bicchiere. "Il vero Tom non te lo lascerebbe mai fare. I suoi dati personali sono sacri per lui."

"È un bene che tu sia un falso."

Paul ride senza umorismo. "Abbiamo parlato abbastanza. Mettiamoci al lavoro."

ULTIME NOTIZIE: L'EX CANCELLIERE MÜLLER INSIGNITO DI UN PREMIO LETTERARIO

Il politico e-terno Michael Müller ha ricevuto il premio Karlo Bertram per il suo best-seller *Pronto per il mondo*. La giuria, composta da esperti letterari, ha elogiato la veridicità delle descrizioni e l'umanità dello stile. La cerimonia di premiazione si svolgerà domenica prossima sul server venus02 di e-ternità.de. Il libro è disponibile in ogni negozio.

Ai quattro lati della stanza ci sono scrivanie, ognuna con almeno mezza dozzina di laptop. Al centro, scatole di pizza vuote e bottiglie di birra, barrette di cioccolato, tablet e smartphone. Per un programmatore e-terno in realtà basta un'unica console, solo che l'atmosfera deve essere quella giusta.

Heinz si gratta la testa calva. Come se avesse l'acceleratore prepara un laptop da gamer rosso dall'aspetto piuttosto vistoso, poi una tastiera nera con simboli che brillano di blu. Gli schermi tremolanti gettano sul protagonista una luce insopportabile.

Vecchie notizie dal dark web, foto e profili dei compagni, tutti i meme possibili: Heinz assembla i nuovi vecchi ricordi di Tom, senza avere idea se il piano funzionerà. Nel peggiore dei casi, la modifica renderà Paul un idiota sbavante che si crede il Salvatore; nella migliore... riporterà indietro Tom.

Quando Heinz incontra il profilo della vedova di Tom, si morde il labbro, scoraggiato. Un'agente di polizia di nome Nele, questo complica le cose. Se contatta la donna, cosa dovrebbe dirle? Ciao, ho ritrovato il tuo defunto marito. Non ti è mancato per niente?

A essere onesti, non sa perché la moglie di Tom non abbia creato problemi dopo che suo marito è scomparso in seguito all'incidente. Non era uno qualunque. Oppure la VERITÀ ha fatto tacere anche lei?

Certo che sì, con la sua versione della verità.

E il figlio di Tom, Steven? Anche lui avrà fatto delle domande quando suo padre da e-terno non gli ha più raccontato la favola della buonanotte.

Heinz non ha tempo per approfondire adesso; inizia a copiare i dati raccolti in un pacchetto da inserire nel database di Paul.

Mentre armeggia gli accessi, nota un messaggio nella sua casella di posta contrassegnato come urgente. Senza pensarci, lo apre. Proviene da un certo Leo e contiene un link a una posizione.

"Bisogno di rinforzi. Urgente," inizia il messaggio. Heinz non sa chi sia questo Leo, non era nemmeno nella memoria di Tom, forse è uno che conosce solo Paul, che ha raccolto sul suo server cripta.

"Per favore, sbrigatevi!" Termina il messaggio.

Heinz si mordicchia di nuovo il labbro inferiore. Senza indugi, apre il link alla posizione: compare una finestra su una schermata secondaria che mostra una sezione colorata della mappa. In mezzo lampeggia una croce. Leo deve trovarsi lì.

Quando Heinz riconosce il nome del server a cui appartiene la mappa, ha un brivido di terrore che scende fino alla punta dei piedi digitali.

Kafka: il server più famoso del Dead Web.

Non solo, dai forum darknet, Heinz sa che i nazisti hanno preso il controllo del server. Quello che in origine era un divertente raduno di eccentrici hacker gotici a cui dopo un po' si faceva l'abitudine, adesso è una distopia nazista senza precedenti. E senza uscita.

Cosa cavolo ci fa lì Leo? E perché chiede aiuto a Paul e, a quanto pare, ad altra gente? Chi finisce dentro Kafka non può più essere aiutato. O Leo non ne è consapevole o è una trappola. Comunque è un tentativo piuttosto goffo. Il messaggio è firmato digitalmente in modo corretto, quindi il mittente è davvero Leo.

Se Paul non conosce Leo, allora non cadrà nella trappola.

Heinz tamburella con le dita sul desktop. In ogni caso, non sarebbe una buona idea se Paul andasse su Kafka. Un server, tra l'altro, che di norma non è accessibile. I nazisti hanno installato un controllo d'ingresso, non si può entrare per vie ufficiali. C'è bisogno di un hacker...

"La palude marrone," Heinz si appoggia allo schienale. "Mi piacerebbe giocare al topo..."

All'improvviso, si piega di nuovo sulla tastiera. Esegue un nuovo input. Copia il link della posizione e si introduce nel server interessato. Non è troppo sicuro. Tipico dei moduli di funzione semplici senza grossi requisiti di sicurezza. Lo sviluppo non dovrebbe essere costato molto. Per le funzionalità crittografiche adeguate manca sempre budget.

Heinz sbuffa. Lo sa fin troppo bene. La sicurezza è compresa nella maggior parte dei requisiti per i progetti software, ma viene sempre dopo la funzionalità.

Dopo tre tentativi di crackare il programma, Heinz ha stabilito un collegamento con l'host di Kafka. Per qualche motivo, la larghezza di banda è ristretta, ma dovrebbe bastare per far entrare Randy.

Come copia di Heinz, Randy è un po' più magro, diverso e soprattutto con un suo numero d'identificazione globale. Ciò consente a Heinz di esistere due volte, la prima come se stesso e la seconda come Randy. Quindi aggiunge in fretta alla sua copia una connessione al proprio terminale, in modo da controllarla o eliminarla, se necessario.

Dopodiché spedisce Randy su Kafka. La trasmissione dati richiede un tempo snervante. Se la connessione cadesse a causa della scoperta dell'intrusione, sarebbe tutto inutile.

Nell'attesa, Heinz si distrae finendo di raccogliere i nuovi ricordi di Tom. A un certo punto basta e magari in seguito ci saranno altre occasioni di aggiungere delle estensioni. Un suono di notifica annuncia che il trasferimento di Randy è stato completato.

"Arrivederci, vecchio amico mio. E se incontri i nazisti, sai cosa devi fare."

"Questo non è il mio bar," digita Randy dal sistema di connessione. "Oh merda!"

Randy è su Kafka e descrive ciò che vede. Riga dopo riga, appare tutto sul terminale.

Heinz continua a leggere. Gli si rizzano i peli sulla nuca.

Canale Youtube di Jack O'Momix

Sul serio, gente, il nuovo servizio di verità è fantastico! Finalmente non dovrete più gestire programmi troppo complicati per scambiare mail crittografate! Enigmail, PGP – sei fottuto! Usate solo il servizio di crittografia e firma di verità' e non dovrete preoccuparvi di altro! I vostri dati sono al sicuro dai ragazzacci, questa è – giuro – la verità!

Leo si trova proprio al centro di uno stadio gigantesco. Senza dubbio, è più grande dello stadio più grande del mondo, che si trova in Corea del Nord. Un posto meraviglioso per uno spettacolo calcistico, per i giocatori e per i tifosi, seppure siano e-terni. Tuttavia, qui al momento non si sta svolgendo nessuna partita, bensì una manifestazione nazista.

Pilastri, bandiere, torce. Agenti in uniforme con fasce rosa al braccio. Disposti in file, grigio su grigio.

Gli spettatori sembrano tutti uguali, gli sguardi vacui, stanno lì rigidi col braccio destro alzato e mormorano in silenzio tra sé e sé. Indossano tutti abiti grigi e hanno una carnagione piuttosto malsana. A nessuno di loro importa che Leo sia appena apparso qui dal nulla.

Sono bot.

"Ehi," sussurra lui al vicino. "Che tipo di spettacolo è?"

Nessuna risposta, eppure il bot muove le labbra e sembra sussurrare qualcosa.

Leo avvicina con cautela l'orecchio alla bocca del bot. Non capisce nulla, ma ciò che sente suona come... numeri.

Forse i bot stanno contando le vittime delle imminenti guerre di annientamento.

Disperato, Leo si chiede come farà a trovare tra la folla l'hacker che ha infettato sua nonna con il ransomware. Forse il mago l'ha mandato su un server sbagliato.

Un brivido gli corre lungo la schiena. Magari il mago stesso era un malware? Con il solo scopo di reclutare vittime o sostenitori dei nazisti su questo server? Solo una delle due opzioni è possibile. Di solito scopri a quale gruppo appartieni quando è troppo tardi.

"Uomini di Kafka!" All'improvviso una voce simile a un uragano tuona attraverso lo stadio. "È il nostro onorevole tenente colonnello Heinrichs che vi parla!"

"Heil!" tuona la folla in risposta.

Leo si guarda intorno e finalmente individua l'uomo in uniforme su un palco dalla parte opposta dello stadio. Sembra si stia preparando a fare un discorso.

"La nostra guerra è cominciata," spiega Heinrichs. "Distruggeremo tutti i nostri nemici!"

"Heil!"

"Li condurremo al suicidio di massa con false notizie di disastri!"

"Heil!"

Solo adesso, ovunque nello stadio, si accendono immensi schermi, che mostrano il volto dell'oratore. A quanto pare c'erano alcuni problemi tecnici iniziali. La trasmissione va a scatti, la tecnologia non ha tutto sotto controllo.

"E poi sistemeremo i miliardi di e-terni in mega-copie di Kafka per controllarli e, se necessario, distruggerli ancora e ancora!"

"Heil!" ruggiscono i bot e forse i veri e-terni distribuiti tra loro.

Leo è l'unico che non ha alzato il braccio e non ha gridato "Heil!" Senza dubbio, il Super-Nazi è un megalomane. Probabile si tratti di una specie di patologia legata al troppo lavoro. Tuttavia, le sue minacce suonano tutt'altro che innocue. Non si tratta di esaurimento, è terrore.

"Saremo padroni di tutti i servi, perché siamo la VERITÀ!"

"Heil!"

A Leo ci vuole poco per capire che Heinrichs si riferisce alla verità maiuscola. Adesso se la sta facendo sotto. I nazisti hanno penetrato la VERITÀ fin nelle viscere? Questo spiegherebbe tante cose, come gli attacchi a scopo di estorsione contro anziani e-terni innocenti. In quanto i nazisti hanno bisogno di molti soldi per i loro piani. Il potere non è mai gratuito, e di sicuro la potenza non è illimitata .

Un po' di controllo sulla VERITÀ sarebbe una leva che potrebbe rendere possibile ogni cosa.

"Leo?"

Si volta verso la persona che ha parlato. Accanto a lui c'è un uomo ossuto vestito da cowboy. Una camicia che prima era blu, un volto segnato...

"Chi lo vuole sapere?" sfugge di bocca a Leo.

"Randy," risponde il cowboy. "Un amico di Paul."

"Questo lo può dire chiunque."

Il cowboy sorride di traverso, poi fa un cenno con la testa verso il leggio. "La sfiducia è molto ragionevole quando non puoi fare affidamento sulla VERITÀ."

"E?"

"Hai chiesto rinforzi e hai allegato un link alla posizione. Paul non poteva venire, ma almeno adesso ci sono io."

Per Leo, questa al momento è una prova sufficiente. Annuisce. "Quindi sai cosa sta succedendo?"

"Più o meno. Ti sei intrufolato per sabotare il server nazista."

"Eh?" Leo non può fare a meno di sorridere. "Su questo sei fuori strada. Mia nonna è stata hackerata, con un ransomware. Ho seguito le tracce del colpevole fino a qui."

"Interessante. Fa senso. In ogni caso, non credo che troverai presto i colpevoli e li consegnerai alle autorità." Lancia uno sguardo significativo alla folla.

Leo china la testa e sospira. "Non avevo idea di cosa aspettarmi."

"Questo è sicuro. A quanto pare nessuno ne sapeva

nulla. Anche se ovviamente c'erano alcuni sospetti sulla VERITÀ, per usare un eufemismo. Ma non era chiaro chi ci fosse dietro. Forse alcuni nazisti hanno comprato alcune verità dalla VERITÀ. Oppure sono ancora più coinvolti, avendo occupato incarichi importanti."

"E adesso?"

Randy guarda verso il leggio, dove Heinrichs si prepara a nominarsi capo. "Sto registrando e lo sto trasmettendo in streaming a un amico. In ritardo, a causa dell'ampiezza di banda ridotta."

"Mia nonna non ha niente a che fare con tutto questo."

"Neanche noi, ma a volte bisogna fare dei sacrifici."

"Non dire stronzate!"

Randy indica i pantaloni di Leo. "Hai una vuvuzela con te, vero?"

Leo tira fuori la trombetta che gli spuntava dalla tasca. "Sai di cosa si tratta?"

"Penso di sì. Puoi riempire uno stadio di tifosi."

"Questo è già pieno."

"Beh..." Randy indica da un lato. "Stanno arrivando i tipi in uniforme. Ci siamo fatti notare."

"Merda!" esclama Leo. "Dobbiamo sparire!"

"Questo è Kafka," ricorda Randy. "Sarebbe una fuga breve."

"Cos'altro possiamo fare? Io..."

Randy lo trattiene. "Senti, non abbiamo molto tempo prima che i tipi arrivino qui."

"Ecco perché voglio scappare!"

"Aspetta!" Randy indica i bot che si trovano intorno a loro. "Il server sta girando oltre il limite massimo della sua potenza. Sai cosa fanno tutti i SIM qui in questo momento?"

"Recitano una serie di numeri."

"Crittografia. Stanno contando i soldi per la loro cosiddetta lotta. In pratica, l'intero server è in sovraccarico. Si trova da qualche parte in Armenia, a quanto ne so. Hardware scadente, alimentazione scadente, ventilazione insufficiente. Anche la connessione a internet è sovraccarica. Possiamo provocare un guasto."

"Come?"

Randy tocca la vuvuzela di Leo con un dito. "Basta attivarla e il server genererà altri centomila bot, che farà superare il limite massimo... si strozzerà."

Leo all'inizio sorride, ma Randy ha intenzione di farlo sul serio. Ci vuole provare, poi penserà a qualcosa. Si guarda attorno in cerca degli agenti di sicurezza, i quali si fanno strada in mezzo ai bot a poche file di distanza. "Che succede allora? Possiamo metterci a correre su questo server."

Randy scuote la testa, stringendo forte il braccio di Leo. "Che succede se non lo fai?"

"Merda!" Leo solleva la vuvuzela. Capisce che adesso dovrebbe essere spaventato. Paura vera. Paura che dei suoi millenni non rimarrà niente, nulla, a partire da subito.

Le sue gambe cominciano a correre. Ma Randy lo trattiene. "Il mio amico all'esterno sta ascoltando tutto. Proverà a tirarci fuori. Fallo *adesso*!"

Leo sussulta. Scuote la testa. Si guarda intorno. Panico.

Si mette la trombetta in bocca e soffia.

Il suono penetrante e fastidioso mette a tacere persino il führer Heinrichs.

Dal nulla, in tutto lo stadio appaiono tifosi esultanti. Gente allegra, uomini, donne, bambini, vestiti con maglie colorate, bandiere, sonagli e trombette. Iniziano subito a fare la ola e cominciano a balbettare. Come un gioco 3D super carrozzato su un Windows lento e col disco rigido pieno. Ogni movimento è incerto, compresi i suoni.

Leo non riesce più... a...

Più a... pen... sare...
Vede il cowboy Randy spararsi un colpo in testa con una
Colt, al rallentatore.
Poi...blocco.

ANNUNCIO: *L'ULTIMO CORVO* – IL NUOVO FILM CON VINCENT PRICE

Scopri Vincent Price, resuscitato digitalmente, nel suo
caratteristico ruolo di mago nel classico remake Disney de
Il corvo: battaglia di maghi! Ora in tutti i principali canali di
streaming che si concentrano ancora sulla vera qualità. E non
dimenticare: i pirati sono criminali e vanno all'inferno!

Tom 1

Benvenuto sul server cripta07 di e-ternità.de. Ti auguriamo una piacevole morte. Sei tornato. Saluti, Heinz.

Tom salta in piedi. Si guarda intorno. Riconosce la stanza.

Le pareti pixelate e imbiancate a calce, e il tavolo del soggiorno largo 1800 pixel.

È l'appartamento di Paul e lui adesso è Paul.

No. Dannazione. Ricomincia.

Tom era Paul dopo essere stato Tom. Quindi... per il momento adesso è tornato. Lui, Tom Haerter. L'uomo che ha svelato come la VERITÀ non prenda la verità così sul serio, facendone il proprio modello di business.

Se le bugie, pagando, diventano verità, i fondamenti della convivenza sociale sono in pericolo. Ebbene, la civiltà sarà presto comunque storia, se si guardano le guerre climatiche, gli aumenti crescenti di temperatura, le condizioni meteorologiche avverse e le inondazioni.

I fatalisti dicono: la Terra sta comunque meglio senza noi umani.

L'uomo si aggrappa alla vita, non importa quanto misera possa essere. La volontà di sopravvivere come pulsione, e la morte digitale come risultato: questo è ciò che definisce il mondo di oggi.

Tom ricorda le reazioni iniziali alle sue scoperte. Certo, è stato ritratto come un bugiardo, un imbroglione, un troll, persino un bot creato da una cospirazione con l'obiettivo di minare le basi stesse della società. La VERITÀ fa esattamente questo.

È divertente: la verità appartiene a quelli che convincono le persone di essere la verità.

Ehi, ragazzi, quella donna dai capelli rossi è una strega, dobbiamo bruciarla per salvarla, è la verità. Chiunque ne dubiti è un eretico e può unirsi a lei sul rogo.

Ecco, questa acquetta diluita all'infinito, in cui non c'è più nessun principio attivo, guarisce la tua malattia, questa è la verità. Chiunque ne dubiti, ovviamente è stato comprato dalla lobby farmaceutica.

Catastrofe climatica? Oh, nella storia della Terra ci sono sempre stati periodi caldi di tanto in tanto, il cambiamento climatico è un'invenzione di quei bastardi della sinistra verde che stanno pianificando un cambio forzato della composizione etnica della popolazione, e tutti questi scienziati del clima sono idioti all'oscuro di tutto, questa è la verità.

E poi: la Terra è un disco piatto attorno al quale ruota il resto dell'universo, questa è la verità, e chi ne dubita... Avremmo ancora qualche rogo, sceglitene uno!

Chi ha il potere, possiede la verità, fa la verità. Se hai i mezzi, compri la tua verità, che è ciò di cui vivono ExaData e tutti gli altri porci dati.

La vera verità si perde perché non è abbastanza redditizia.

Si unisce alle tante altre vittime del capitalismo.

Tom riceve una chiamata. È Heinz. Il ragazzo che l'ha rimesso a posto. Tom gli è grato.

"Come va?" chiede Heinz con una specie di allegria che suona un po' troppo finta.

"Meglio. Niente contro Paul, ma sono contento di non essere più lui."

Il programmatore ride. "Era un tipo a posto."

"Gli piace... gli piaceva il calcio. Il calcio appartiene alle più mostruose piaghe del capitalismo con cui..."

Heinz lo interrompe: "Trattieni il respiro. Ascolta, ci sono notizie urgenti. Conosci un certo Leo?"

"È della mia squadra di calcio." Tom fa una pausa, rendendosi conto di ciò che ha appena detto. "Della squadra di calcio di Paul. Un tipo imprevedibile. Tossicodipendente, a quanto ne so."

"Ha chiesto aiuto a Paul, via e-mail. Mi sono imbattuto nel messaggio mentre mi stavo occupando dei tuoi ricordi."

Tom alza le sopracciglia. Vuole aiutarlo. Heinz non ha affatto cancellato i legami sociali che Paul aveva costruito. "Cosa gli è successo?"

"Adesso non posso spiegarti i dettagli. So solo che è entrato in un server chiamato Kafka. Ho inviato una mia copia di Randy per avere informazioni. Così facendo, mi sono imbattuto in qualcosa. Kafka è sotto il controllo di alcuni nazisti e, a quanto pare, gli stessi nazisti hanno le mani in pasta nella VERITÀ."

"Incredibile… Secondo la mia ricerca, la VERITÀ è una comunità i cui leader hanno oltrepassato i limiti delle loro competenze."

"Dio mio," dice Heinz e ridacchia. "Lo dici in maniera diplomatica. Qualcuno ha guadagnato una fortuna manipolando i dati."

"I nazisti?"

Heinz scuote la testa. "No, loro devono essersi aggiunti dopo."

Il sistema di comunicazione sposta l'immagine di Heinz nell'angolo inferiore dello schermo perché è in arrivo una chiamata prioritaria: da Nele.

Tom sussulta. Lei non esisteva nemmeno nei ricordi di Paul. Invece c'era una Mia?

Qualcuno gli ha anche programmato sentimenti, passioni e desideri: amore creato in modo artificiale, un altro confine superato da chi persegue i propri obiettivi senza scrupoli. Una spietatezza simile è incompatibile con l'imperativo categorico di Kant. Tom sospetta di dover tenere sotto controllo l'aggressività che sta montando in lui. Altrimenti comprometterebbe la sua capacità di giudizio. La vendetta non è un'opzione, ma ciò che è stato fatto passare al mondo e, non ultimo, proprio a lui, deve avere e avrà delle conseguenze.

Quando Nele appare sullo schermo, Steven è in piedi accanto a lei.

"Ciao," dice Tom felice. "Contento di vedervi."

"Tom?" Lei sembra sconvolta. "Sei proprio tu? Eri... hanno detto che sei stato cancellato."

"Al giorno d'oggi non si può credere a tutto," fa Tom con amarezza. "Qualcuno ci ha provato. Comunque voi due adesso dove siete?"

"Sulla tua..." Nele singhiozza.

"Lapide," l'aiuta Steven. "Stavamo andando a visitare le tue vere spoglie e ho pensato di suonare il campanello. A proposito: ciao papà. Ho sempre saputo che l'altro tipo non era vero!" E lo dice rivolto a sua madre.

"L'altro?"

Steven annuisce con vigore. Il ragazzo è pallido. Potrebbe non aver visto molta luce solare ultimamente. Proprio come Tom. "Lui era molto diverso da te. Ha pure giocato con me."

"Steven!" lo rimprovera Nele, scuotendo la testa. "Però è vero: il falso Tom era solo un pessimo bot. Avrei dovuto rendermene conto. Forse ero accecata dal dolore. Lui non aveva nessuna... profondità. Aveva solo due dimensioni: premuroso padre di famiglia e simpaticone dalla risposta pronta. Era superficiale come un attore non protagonista in un film di Hollywood."

"Bella sensazione di non essere un attore non protagonista," risponde Tom secco. "Ho sempre voluto essere il personaggio principale della mia serie: il benefattore Tom Haerter mette se stesso e la sua famiglia in un sacco di guai perché non capisce con chi è meglio non scherzare."

"Con la VERITÀ."

Tom annuisce. Nele guarda di lato. Accarezza con le dita la lapide sul cui display le appare Tom. "A quanto parte ti hanno ucciso."

"Allora ero sulla strada giusta."

Prima Nele ride, poi aggiunge: "Evidentemente si sono infiltrati in una compagnia di taxi automatici. Uno dei veicoli ti ha investito. La società è stata liquidata subito dopo, fallimento per motivi economici. Ho parlato con un ex dipendente. Aveva le sue opinioni in merito."

"Senti, non resteranno con le mani in mano una volta saputo che i miei dati sono stati ricostruiti. Io... un momento."

La connessione con Heinz, ancora attiva, lampeggia in modalità emergenza.

Tom si collega. "Che succede?"

"Riguarda Leo." Heinz è sovreccitato, impaziente. Agitato. Perplesso.

"Che succede?"

"Ha paralizzato Kafka. Il server è sovraccarico, tutti i SIM vanno al rallentatore." Heinz ride, tuttavia è teso. "Però il tempo reale scorre ancora in modo corretto. Ciò ha conseguenze divertenti, perché migliaia di residenti non possono essere presenti al loro ultimo appuntamento con le autorità e quindi andrebbero tutti deportati in base ai punti delle leggi kafkiane attuali. Quindi non ci sarà mai più potenza di calcolo sufficiente per far funzionare il sistema, che è andato in tilt."

"Leo è ancora lì?"

"Certo, ma non è tutto. Abbiamo un problema." Heinz prende fiato. "Penso che la VERITÀ sappia del tuo ritorno."

Tom deglutisce. Questo non dovrebbe sorprenderlo.

Bene, allora ci saranno delle complicazioni.

TWEET DEL CABARETTISTA @LASSEVONBERGHUSEN
Davvero, gente: questa è una bugia. Beccati questo, @VERITÀ!

NELE 5

"Nele?"

"Sono qui!" Sollevata, lei si passa una mano tra i capelli. Lascia andare Steven, che teneva stretto quando Tom era scomparso per un momento dallo schermo della lapide.

"Scusa," dice Tom. "Una chiamata molto importante. Ascolta, potresti essere in pericolo."

"Ah, davvero? Perché sono un'agente che fiuta la VERITÀ?"

"Beh, hanno manipolato i miei ricordi. Sono esperti nel modificare i dati in modo che sia inattaccabile e difficile da scoprire. Da e-terno, non riuscivo a difendermi."

"Tutti noi valiamo quanto i nostri dati," risponde Nele.

"I miei dati appartengono a me!" precisa Steven.

Tom fa una smorfia. "Forse un paio. Quelli che rimangono non sai nemmeno che esistono. Ma non importa. Può darsi che i miei dati mi appartenessero legalmente, ma ciò non ne ha impedito la manipolazione. Forse hanno appena autenticato il mio consenso, falsificato la mia firma o l'hanno copiata da qualche parte. Hanno manipolato tutto, i miei interessi, il mio nome, i miei sentimenti. E per te hanno creato un Tom-bot come sostituto. Anche per me, comunque. Una certa Mia."

"Sei andato a letto con lei?" chiede Steven.

"Ehilà!?" grida Nele indignata.

"È del tutto impossibile," dice Tom sorridendo. "È ancora viva. Anzi..." fa un grugnito e si tocca la fronte. "Beh, era un bot, ma io credevo che fosse la mia vedova ancora viva. Oltre a ciò, sono stato piuttosto impegnato con la mia carriera nel calcio zombi. Questo risponde alla tua domanda?"

"Sport per e-terni?" fa Steven. "Forte. Quale squadra?"

Nele alza gli occhi al cielo. Suo figlio ha un modo originale di affrontare la situazione.

"FC Südfriedhof. Non abbiamo avuto successo, ma ci siamo divertiti a giocare."

"È la verità?" vuole sapere Nele.

Tom fa spallucce. "Non ero me stesso. Sai cosa penso del calcio professionistico."

"Perché adesso sei di nuovo te stesso?" chiede Steven. Nele è felice che faccia anche delle domande sensate.

"Ho avuto un aiuto," ammette Tom. "Anche se per tutto il tempo sospettavo che qualcosa non andasse, è stato più come un solletico tra le scapole appena prima di svegliarmi la domenica mattina. Poi un hacker ha capito che ero stato modificato. Mi ha cercato – beh, ha cercato la mia falsa identità, Paul, il tifoso – e ha ricostruito i miei ricordi. Con il mio consenso, badate bene." Tom alza le braccia e poi le abbassa di nuovo. "Dobbiamo il mio ritorno a Heinz, si chiama così. Era lui che mi ha appena chiamato per dirmi che la VERITÀ ha preso il controllo di un intero server. E forse sa del mio ritorno."

"Ti hanno già cancellato una volta," dice Nele con dolcezza. Una vaga paura la attanaglia. "Cosa gli impedisce di farlo di nuovo?"

"Io!" grida Steven con la sicurezza di un killer professionista.

"Grazie per il supporto," dice Tom. "Davvero! Per sicurezza, Heinz mi ha fatto diversi backup. Così tanti e così ben distribuiti che la VERITÀ non può impossessarsene facilmente. Oltretutto, sembra che in questo momento sia un po' impegnata con se stessa. Io..."

Nele lo interrompe. Ha paura di perdere di nuovo suo marito. La situazione è difficile da sopportare: lei se ne sta lì, accovacciata davanti alla sua lapide, guardando nel display l'immagine dagli occhi azzurri e teme cosa risponderà alla prossima domanda.

"Che farai adesso?"

"Andrò avanti. Mi spiace, non posso fare altrimenti."

Nele annuisce. Non si aspettava niente di diverso.

Di colpo, l'espressione di Tom cambia. Si alza in preda al panico.

Ultime notizie: il politico locale si blocca

A Cottbus, il nostro onorevole sindaco Rudolf Halsewitz si è bloccato sullo schermo durante un discorso in occasione dell'inaugurazione del nuovo asilo nido Coraggiosa Gretchen. Il politico straordinariamente popolare, noto per essere morto dopo un attacco terroristico commesso da vili stranieri... voleva...ad.. e... ss...

L'allievo David Tröger corre lungo il corridoio buio. Ogni due metri riluce una lampada a risparmio energetico, e non ci sono finestre. La base sotterranea è ben nascosta ai tanti nemici dell'Unione. Qui nessuno ha accesso tranne la loro unità speciale.

Da quando è qui sotto, è uscito alla luce del giorno solo durante il rito per i nuovi arrivati. Ma qui non è in vacanza. Ha il suo da fare. Il capitano l'ha convocato.

Gli stivali battono a intervalli precisi sul pavimento di plastica del corridoio grigio.

David immagina che ogni botto sia uno sparo. Un colpo d'arma da fuoco di grosso calibro. Un tiro che colpisce il prete nelle palle. O in faccia.

Ogni colpo che David spara è una vendetta sanguinosa. Vendetta per ciò che il prete gli ha fatto. Dato che il colpevole non è disponibile, David si vendica eliminando gli obiettivi che il capitano gli ordina. E non fa domande.

Entra nella sala di comando e saluta. Il capitano accetta il saluto e va dritto al punto. "L'obiettivo oggi è uno psicopatico responsabile di numerose vigliacche uccisioni di soldati delle nostre truppe, il quale ha anche una storia di molestie su minori. La persona si trova in un banalissimo ambiente urbano e deve essere eliminata in modo discreto usando un drone telecomandato."

"Ricevuto," risponde David senza emozioni.

"Tuttavia, il bersaglio sta usando un travestimento insolito."

Il capitano indica uno schermo che mostra un profilo dettagliato.

"Una donna?"

"Esatto," annuisce il capitano. "È un problema?"

"Certo che no, signor capitano. L'obiettivo è l'obiettivo, il genere è indifferente."

Su istruzione del suo superiore, David si siede alla postazione di controllo dei droni. Ottiene le coordinate del bersaglio e calcola una traiettoria che evita le zone trafficate della città.

"Il tuo drone da combattimento KO-7 ha un'arma a bordo di piccolo calibro," spiega il capitano. "Inizia l'avvicinamento all'obiettivo e fai rapporto non appena gli ordini sono stati eseguiti. Cominciare!"

"Ricevuto." Pilota il drone su un campo, poi appena sopra le cime degli alberi di una foresta cittadina annerita dalla siccità. Dietro, si vede un cimitero.

Un sussulto lo infastidisce, ma non era l'immagine della cam di bordo a sobbalzare, invece era il comandante. I suoi gesti, i suoi arti.

Ovviamente ciò è impossibile.

Forse David stava pensando troppo ad altre cose venendo qui. O, in qualche modo, era distratto dal fatto di dover sparare a una donna? No, si corregge: un molestatore di bambini travestito da donna. Un vile criminale. Uno come il prete.

David sente il suo corpo contrarsi. Con la coda dell'occhio, vede il capitano afferrare il telefono con sorpresa e muoversi a scatti, come in un porno HD su un vecchio cellulare.

Adesso salta anche l'immagine della cam del drone. In un millisecondo ha sorvolato metà cimitero. Evidentemente qualcosa non va in David, ma se ne occuperà più tardi.

Ora è concentrato sulla missione. Perché compare il molestatore, e ha un ragazzino con sé. David smette di pensare. Il suo odio accompagnerà i proiettili dell'arma nel loro tragitto verso la carne del criminale.

Insieme agli ultimi saluti: da uno che non è più...vittima.

Annuncio: sostieni l'Europa

Arruolati oggi come soldato a contratto a tempo indeterminato. Ti aspettano missioni emozionanti in zone esotiche, compiti impegnativi in nome della sicurezza dell'Europa. Guadagna bonus extra e rimani, senza limiti di tempo, al servizio dell'esercito d'Europa come soldato digitale e-assassino, non importa quante volte muori in azione. Non pensarci due volte, fai la cosa giusta, difendi i valori dell'Unione Europea per sempre!

Tom è addolorato per ciò che deve sopportare Nele, la quale potrebbe perderlo di nuovo, stavolta per sempre. Forse la VERITÀ non va molto per il sottile. Di sicuro cercheranno di eliminare anche Heinz e preso altre precauzioni; in altre parole creare verità a loro congeniali. Come per esempio:

VEDOVA INVESTITA DA UN CAMION SULLA STRADA PRINCIPALE

RAGAZZO ORFANO CADUTO DAL BALCONE MENTRE GIOCAVA

Tom non ha idea di come proteggere Nele. Tranne nella maniera più drastica: mettendo fine alla VERITÀ.

Se ne sta lì seduto, nella sua stanzetta sul server cripta07, e guarda sua moglie e suo figlio, infinitamente lontani eppure vicini e così preziosi.

Quando riconosce un puntino sull'immagine video, rimane basito. Un punto si sta muovendo e via via diventa più grande.

Tom balza in piedi. Nessuno potrebbe reagire così rapidamente come un e-terno con un paio di moduli da calciatore installati.

"Dietro di voi!" urla Tom.

Vede Nele e Steven voltarsi e riconoscere il drone in avvicinamento. I due saltano fuori dal campo visivo della telecamera.

Una frazione di secondo dopo, il drone apre il fuoco.

Tom sente i proiettili colpire la sua lapide. Partono delle schegge. Poi la connessione s'interrompe.

"Nele!" grida Tom. "Steven! NELEEEE!"

TWEET DI TENDENZA DI WALHALLA LIVE
Sì, l'abbiamo visto anche noi! Quella che sembrava salsa marrone si è rivelata un cumulo di merda e la VERITÀ anche! Condividi il video! Tutti devono vederlo! La VERA verità non può essere cancellata! #WerderWalhalla #Amorefinoallamorte #Naziandatevene

Un giovane disorientato entra nel bar, Randy si precipita verso di lui, gli prende la mano. "Sei conciato proprio male, ragazzo. Mi dispiace."

"Dove... chi...?"

"Vieni, siediti. Hai bisogno di una birra più in fretta che mai."

Mentre Randy gli versa da bere, l'uomo si guarda intorno. "Non ci sono molti ospiti qui. Chi sono io?"

"Leo," dice Randy con calma. "Ti chiami Leo. Tu sei un e-terno, hai 22 anni e hai ancora qualche secolo di credito rimasto. Ce ne sono ancora abbastanza per qualche bicchiere di birra e la mia scorta è inesauribile."

"Io vorrei, non so..." Leo ricorda qualcosa. "Nonna! Devo aiutare mia nonna. Ma come si chiama?" Si sforza di ricordare, senza successo. "Sono un po' confuso. Perché? Ho avuto un black out?"

"Ascolta. Ti devo spiegare una cosa importante. Tutti e due..." Indica se stesso, poi Leo. "In futuro avremo tante occasioni di chiacchiere. Infatti per ora devi rimanere qui."

Leo si guarda intorno incerto. "Giusto, non c'è una porta. Strano bar."

"Non è per quello. È più complicato."

"Almeno avete delle partire di calcio?"

"Si può organizzare, credo." Randy fa un cenno al vecchio televisore vintage dietro il bancone. Sullo scaffale accanto, c'è una palla di cuoio logora, con un orologio a cucù appeso sopra. "Ti ricordi di Paul, vero?"

"Sì. Un calciatore niente male."

Randy sorride. "Anche lui è stato qui una volta. Ti saluta."

"Ora gioca per un'altra squadra?"

Per un attimo, Randy guarda pensieroso il suo ospite. "Puoi metterla così. Forse passerà per una birra. Sai, in realtà il suo vero nome è un altro, non Paul."

"Lo sapevo!" esclama Leo. "È un attaccante delle stelle e-terne Questo spiega tutto!"

Randy trattiene una risata. "Ci sei andato vicino. Si chiama Tom, Tom Harter. Ti dice niente?"

Leo cerca di ricordare. Randy aspetta. È consapevole di quanto sa Leo. O meglio, Heinz lo è. Ma la maggior parte di ciò che sa Heinz, lo sa anche Randy.

"Era un attivista. Un informatore. Ha scoperto la verità… sulla VERITÀ. Che è in vendita. Vado avanti?" Randy fa un cenno d'incoraggiamento. "Hanno organizzato un incidente e manipolato i suoi ricordi prima della sua resurrezione come e-terno… hanno trasformato il pericoloso Tom nell'innocuo Paul. Sapevo che c'era qualcosa che non andava in quel ragazzo." Leo prende il bicchiere di birra mezzo pieno, cammina avanti e indietro e si ferma davanti al jukebox. "Questo affare può suonare qualcosa di diverso dal country?"

Randy sbuffa. "Cosa vorresti sentire?"

Always Look on the Bright Side of Life.

"Il tuo desiderio è un ordine per il vecchio catorcio."

E risuona la voce di Eric Idle.

Some things in life are bad
They can really make you mad…

"Il catorcio è una figata," dice Leo, poi si siede di nuovo al bancone. Mentre la canzone suona, guarda dritto nel nulla. A un certo punto, chiede: "Che cosa non va in me?"

Randy inspira. È sempre una scommessa indovinare se una simulazione funzionerà con dati incompleti. Soprattutto quando non c'è stato molto tempo per preoccuparsi di eventuali incongruenze. I primi e-terni sono impazziti tutti quanti, finché non hanno avuto la brillante idea di dirgli che non erano più vivi. La verità è più facile da affrontare di una rete di bugie che prima o poi cede.

"D'accordo," fa Randy. "C'è un server molto particolare di nome Kafka."

"Lo so."

"Lo so che lo sai. Ma la mia storia deve pur cominciare da qualche parte. Si comincia da Kafka. Sei andato lì in cerca di qualcuno che si dice abbia hackerato tua nonna."

"Com'è che si chiama?"

"Elisabeth, a quanto ne so."

"Grazie."

Randy annuisce. Heinz ha dimenticato di includere queste informazioni quando ha ricreato Leo. "Sei andato a finire in una gigantesca manifestazione nazi. Kafka, infatti, appartiene ad alcuni nazisti con dei progetti per il futuro che fanno proprio schifo."

"Voglio... volevo sventare quei piani?"

"Esatto. Hai attivato una vuvuzela che ti porti sempre dietro. No, non guardare, adesso non ce l'hai. Una trombetta che riempie di tifosi lo stadio dove giochi con i tuoi amici."

"Ha funzionato?"

"Sì," Randy annuisce e prende un sottobicchiere. "Di fatto, lo stadio nazista era davvero gigantesco e la tua trombetta da stadio ha generato così tanti tifosi che il server è andato in sovraccarico. In ogni caso, era già al limite, perché i nazi usavano i bot per il criptomining, per l'estrazione di criptovalute, e questo richiede molta capacità di calcolo."

"Criptomining?"

"Si usa per creare denaro dal nulla. Non è così importante." Randy fa un gesto sprezzante. "L'importante è che il server nazista da allora è fermo. Non funziona più niente. Come quando la cameriera non trova spazio sul sottobicchiere per annotare la prossima birra e rimane bloccata in un ciclo infinito. Anche parti della rete VERITÀ sono rimaste paralizzate perché ovviamente erano collegate a Kafka."

Leo annuisce. "Come fai a sapere tutte queste cose?"

"Ero lì. Fino all'ultimo momento. Poi mi sono tirato indietro."

"Come?"

"In realtà non ero lì, c'era una mia copia. Io stesso sono un backup fatto prima. Ci può essere solo uno di ciascuno di noi nel mondo. Forse mi sono sparato, come faccio sempre quando non sono più necessario."

"E... io?"

Randy fa una smorfia. "Be', questa è la parte sgradevole. Temo che tu sia ancora lì. Bloccato in una simulazione inceppata all'infinito finché qualcuno non stacca la spina, non c'è altro da fare."

"Significa che sono spacciato?"

"Non ti preoccupare. Non appena Kafka verrà spento, il tuo codice d'identificazione globale verrà rilasciato e potrà essere avviato un backup. Questo però vale anche per quelli dei nazisti, quindi speriamo ci voglia un bel po', almeno fino a quando non saranno state adottate determinate misure di sicurezza per prevenire una situazione del genere in futuro. E con questo non intendo il trucco della vuvuzela." Randy sghignazza e prosegue. "È solo che dei tipi cercano di cambiare la realtà manipolando una rete chiamata VERITÀ, in cui viene riposta fin troppa fiducia. E se me lo chiedi, solo in virtù del nome. Troppa gente crede che se sopra c'è scritto VERITÀ, allora la verità deve essere anche all'interno."

"Io faccio parte di quella gente," dice Leo imbarazzato.

"Può essere, però tu non sei il responsabile, sei una vittima. Mai confondere i due ruoli. Sarebbe fatale."

"Hai detto che l'e-ternità può essere data una volta sola... Allora perché sono qui?"

"Il tuo codice ID è falsificato."

"E non è... proibito?"

"Eccome."

"Ma potrei uscire con quello?"

"Sì, ma senza tornare alla tua vecchia vita da e-terno. Non puoi rientrare nel tuo appartamento, il tuo documento d'identità sarebbe quello falso. I tuoi amici ti prenderebbero per uno sconosciuto. Se affermassi di essere Leo, ti incastrerebbero per furto d'identità. Con successo, ovviamente. Saresti considerato una copia illegale e verresti cancellato. Solo rimanendo qui, verrai risparmiato."

Leo sospira. "Quindi dovrei stare qui seduto e bere fino a perdere i sensi?"

Randy indica la vecchia TV. "Potresti vedere un po' di calcio." Il barista guarda l'orologio a cucù appeso al muro. Segna un minuto a mezzanotte. "Oltretutto, stai per avere un po' di piacevole compagnia."

"Chi?"

L'orologio scatta e la porticina si apre. Il cucù strilla dodici volte.

Dodici copie di Tom appaiono in vari punti del bar e, per Leo, hanno le sembianze di Paul.

"Back up," spiega Randy. "Tutti con codici ID diversi, appena finiti. Altre copie di Tom sono già su vari server per spiegare le macchinazioni della VERITÀ. Però non si sa mai se uno zelante rilevatore di malware o un fan della

VERITÀ potrebbero metterlo fuori combattimento. Da qui i backup."

Leo li guarda un po' perplesso, uno dopo l'altro. I Tom, anche loro confusi, si osservano timidamente. Leo si alza in piedi. "Ragazzi, sistemiamo i mobili."

"Come, scusa?" chiede Randy, e anche i Tom sembrano interdetti.

"Siamo quattordici persone: abbastanza per una partita sette contro sette!"

Randy sospira mentre gli uomini risistemano il bar.

Leo accende il jukebox, che suona *Il calcio è la nostra vita*.

"Oh mio Dio," fa Randy. Poi svuota il bicchiere, si rimbocca le maniche e, scuotendo la testa, prende il pallone dallo scaffale.

Sulla piazza del server venus02 di e-ternità.de piove senza sosta da tempo.

Saphira non è l'unica persona bagnata fradicia. Con lei centinaia di e-terni stanno manifestando per rivendicare i propri diritti. Chiedono di non essere presi in giro da nessun bot dopo aver atteso in coda quando avevano bisogno di aiuto. Esigono che gli operatori smettano di aumentare sempre i prezzi e ridurre le funzionalità. Pretendono che smetta di piovere.

In effetti, la piazza centrale del server è un fiore all'occhiello, un luogo d'incontro, un mercato di idee, merci e creatività.

Da quando gli e-terni hanno manifestato per maggiori diritti, piove a dirotto: le nuvole sono come la polizia intoccabile: potrebbe impedire la protesta, in quanto ha portato con sé un'armata carica di cannoni ad acqua. Le bancarelle del mercato ora, invece di peluche parlanti e altra roba kitsch, vendono snack, striscioni senza scritte e ombrelli. Contro ogni previsione, i manifestanti perseverano. A quanto pare, gli operatori di e-ternità.de non hanno ancora escogitato un provvedimento che possa porre fine alle proteste senza avere conseguenze negative all'esterno, nella vita reale. Come, per esempio, il calo dei prezzi delle azioni, la cattiva stampa e manifestanti veri davanti alla sede vera della società.

Saphira ha disegnato un cartello su cui è scritto:

Il mio corpo è mio, vivo o morto!

Non ha più parlato con Lucius da quando l'ha venduta al vampiro. L'ha chiamata più volte al numero verde di emergenza, ma lei gli ha sempre mostrato il dito medio e poi ha spento.

Lui nel frattempo, come lei ben sa, ha ricevuto varie lettere molto spiacevoli dal suo avvocato. Del resto, deve astenersi da ogni contatto con la figlia Elaine. Oltretutto, su di lui pende una causa per maltrattamento di animali dal momento che ha fatto sopprimere Rufus per tenere compagnia a Saphira nell'e-ternità. E anche per non doverlo portare a spasso.

Saphira non intende più farsi controllare. I suoi dati sono suoi, e nessuno deve manipolarli. Nemmeno il suo ex agente, il quale fa affidamento su un contratto legalmente scaduto dalla morte di Saphira.

Ora lei rappresenta se stessa: non usa più la sua celebrità per progetti di aiuto discutibili in cui il denaro filtra nelle tasche dei funzionari, ma per i diritti degli e-terni. È un po' assurdo che il cambiamento nel colore della sua pelle causato da Lucius le abbia portato molta più considerazione. Ma in ciò Saphira è pragmatica: l'aspetto esteriore è facoltativo, la dignità no.

E si tratta della dignità degli e-terni che si ribellano al dispotismo degli operatori dei server.

La folla che sta protestando inizia a muoversi. Saphira si alza in punta di piedi, anche se non vede nessun motivo per fuggire. Non ci sono né forze di sicurezza né dinosauri carnivori da nessuna parte, come si dice sia successo sul server di un operatore thailandese in un'occasione simile.

Saphira ruota su se stessa. E non è un movimento che prelude alla fuga. Invece, i manifestanti si stanno dirigendo come falene verso una lampada. Solo che la lampada è una persona, anche se non una qualsiasi, bensì una figura carismatica in cui ogni movimento ha bisogno di identificarsi. Era così per FRIDAYS FOR FUTURE, non è diverso per DIGNITY FOR E-TERNALS.

Saphira si avvicina a Tom Haerter senza fretta. Guarda gli e-terni farsi selfie insieme a lui, stringergli la mano e offrirgli i loro ombrelli.

Tom è in piedi su una panchina del parco con un megafono e sta tenendo un breve discorso. "Dobbiamo lottare per i nostri diritti! Per il rispetto della nostra dignità, non importa se da vivi o da morti."

Gli e-terni lo acclamano. Quando Saphira è vicina a Tom e lui le sorride, sceglie di non farsi un selfie. La pioggia le sta gocciolando dal naso e Tom le porge un fazzoletto bianco.

"Grazie."

Tom fa un cenno con il capo. "Prego. Hai tutte le ragioni per essere qui."

"Ho ancora tempo da recuperare. Prima di morire ho trascurato un paio di cose importanti. Ero troppo occupata con me stessa, carriera e robe del genere."

"Eri famosa?"

"Abbastanza. Mai sentito parlare di una certa Saphira?"

Tom non deve pensarci su. "Certo, mi piaceva la tua canzone. Però scusa se te lo chiedo in modo così diretto... non eri bianca?"

"Dettagli."

Tom le dà una mano e la fa salire sulla panchina. "Ho un'idea," dice, mettendole il microfono in mano. "Canta."

All'inizio lei guarda Tom indecisa, poi annuisce. Tom giocherella con l'altoparlante del megafono, poi la musica comincia. "La versione karaoke," sussurra Tom. "L'avevo lì per caso."

Comincia un ritmo lento, poi un pianoforte. Archi.

Poi Saphira si mette a cantare.

La libertà è invisibile?
La fiducia ha un prezzo?
Riesci a vedere la mia dignità?
Fammi sentire il tuo rispetto
Just respect me ...
Just respect me ...
And my true life ...
True life.

INDICE

Progetto grafico Alda Teodorani
Immagine di copertina di Matteo De Monte

www.ingramcontent.com/pod-product-compliance
Lightning Source LLC
LaVergne TN
LVHW031429170726
843492LV00010B/2918